颐和园文化研究丛书

# 湖山真意

颐和园地区历代帝王诗文解读

［加］夏成钢 著

北京出版集团
北京出版社

图书在版编目（CIP）数据

湖山真意：颐和园地区历代帝王诗文解读 /（加）夏成钢著. — 北京：北京出版社，2024.4
（颐和园文化研究丛书）
ISBN 978-7-200-17525-7

Ⅰ.①湖… Ⅱ.①夏… Ⅲ.①古典诗歌—诗歌研究—中国②古典散文—古典文学研究—中国 Ⅳ.①I207.2 ②I207.62

中国版本图书馆CIP数据核字（2022）第202624号

版权合同登记号　图字：01-2022-5877

颐和园文化研究丛书
**湖山真意**
颐和园地区历代帝王诗文解读
HU SHAN ZHENYI
[加]夏成钢　著

| | |
|---|---|
| 出　　版 | 北京出版集团<br>北京出版社 |
| 地　　址 | 北京北三环中路6号 |
| 邮　　编 | 100120 |
| 网　　址 | www.bph.com.cn |
| 总 发 行 | 北京出版集团 |
| 经　　销 | 新华书店 |
| 印　　刷 | 北京华联印刷有限公司 |
| 版 印 次 | 2024年4月第1版第1次印刷 |
| 成品尺寸 | 185毫米×260毫米 |
| 印　　张 | 17.5 |
| 字　　数 | 250千字 |
| 书　　号 | ISBN 978-7-200-17525-7 |
| 定　　价 | 198.00元 |

如有印装质量问题，由本社负责调换
质量监督电话　010-58572393

版权所有，未经书面许可，不得转载、复制、翻印，违者必究。

# 作 者 简 介

**夏成钢** 1982年毕业于北京林业大学园林系，长期从事风景园林规划设计与园林理论研究工作，发表了大量学术论文，已出版《颐和园楹联镌刻浅释》（合作）、《湖山品题——颐和园匾额楹联解读》等著作。

作者在大量造园实践中，主持设计了一系列具有中国特色的风景园林项目。如先后九届国际园林博览会中的北京园设计、北京"三山五园"地区诸多景观提升规划设计、承德避暑山庄及外庙景观复原设计、中国园林博物馆景观设计、北京城市副中心千年城市守望林设计等。这些设计与研究相互依托。一方面，设计实践强化了理论研究的深度和广度；另一方面，理论研究的成果也为设计提供了灵感与素材。

作者还担任《中国园林》《风景园林》学术期刊编委，北京林业大学园林学院、中国人民大学徐悲鸿学院客座教授。现任中国园林文化与实践研究院院长、北京市园林古建设计研究院有限公司总顾问。

# "颐和园文化研究丛书"总序

这是一套关于颐和园地区园林艺术、历史人文的研究丛书。丛书分为5册，分别从景观景物、匾额楹联、金石碑刻、历代诗文、帝王原典5个方面入手，深层次解读这片山水与园林。

相对于山水楼台的外在形态，丛书着眼于内在的文化渊源，正是它们影响了这片湖山的布局与特征。了解它们使我们既能知其然，又能知其所以然，即透过景观思考文化、透过文化思考景观。丛书宗旨基于下面3个认识。

一是颐和园作为世界遗产的评价："以颐和园为代表的中国皇家园林，是世界几大文明之一的有力象征。"这是自辛亥革命以来对颐和园最正面、最积极的评价。那么，我们这代人能够理解祖先的这份遗产吗？了解多少蕴含其中的文化与文明？又有什么样的研究成果来印证这份世界遗产评语？这是本丛书首要回答的问题，也是不断思考的动力。

二是国学的视野。研究这一地区所体现的文化与文明，若从现代某一学科单独而论，都难以概括全面，而经史子集的国学体系，则涵盖了目标研究的所有内容，也提供了思考线索。可以说，颐和园就是一座鲜活的国学研究园地。

三是首都功能定位的启示。在构成京城特色的文化体系中，颐和园地区不仅是北京西北郊风景园林区的中心，还是两大文化带的交会点。它向东孕育出"大运河文化带"，向西牵动起"大西山文化带"；历史上，它不仅是城市生态的源流之地，还是京城文化的灵感之区。尤为可贵的是，它现在依然是首都最具特色与活力的区域，影响广大而深远。

为呼应颐和园最早的研究刊物《湖山联咏》，丛书各册均冠以"湖山"二字。同时想强调，昆明湖与万寿山是构成颐和园的根本生命。依托于这片湖山，历史上前辈英杰以园林形式筑造他们时代的梦想，倾注无限情感、留下无数故事。颐和园之前的清漪园、圆静寺、大功德寺、大承天护圣寺……无一不是时代文化的结晶。本丛书在湖山背景下，将其呈现出来，从中我们可以看到，今天的这份世界遗产，不是某朝某代一蹴而就，而是辈辈薪火相传的结果；它也绝非某一帝王的灵光闪现，而是集中了全国乃至历代人的聪明才智，是社会、政治、经济、文化诸因素合力而成，折射着某个历史时期国家的整体身影。

以"湖山"为题还想指明丛书涉及的空间与时间。历史上的昆明湖自玉泉山向东移动，景随水移，游赏热点也随之转换，因此研究范围涵盖了颐和园外围地带，特别是西部区域。地质年代万寿山就以"山前残丘"的形态存在，所以时间追溯到远古时期。总之，拉长空间与时间维度，是想跳出颐和园来论颐和园，大墙内的亭台楼阁不过是湖山中的一些片段、一个过程而已。

丛书分别为：《湖山纵横——颐和园地区历史与园林新解》，以一景一物为线索，深究其后的文脉典故；《湖山品题——颐和园匾额楹联解读》，将园中现存与消失的匾额楹联收录书中，详加注解，既是"微言大义"传统的延续，也是造园"小中见大"的延展；《湖山集翠——颐和园地区历代文人诗文合集》，收集了历代诗文，以"诗史"形式展示湖山美的历程；《湖山颂碑——颐和园地区石刻碑碣集录》，整理、解读湖山间的金石碑刻，这是前人留下的最直观信息，随着碑刻风化加剧愈发珍贵；《湖山真意——颐和园地区历代帝王诗文解读》，集合了历代帝王建设这片湖山的原始论述，展现决策者的思想历程。

丛书各册均以挖掘原始资料为着力点，特别收集了来自中国台北故宫博物院，以及日本、韩国、美国图书馆所藏的中国文献，力求论据充足。在此基础上，针对一些流行传说，尝试着提出新观点，并在写作方法上追求深入浅出，力戒"戏说"。

丛书构想源自湖山品题的写作，2008年成稿之际还余有大量资料，笔者深感颐和园文化积淀的丰厚，于是萌发了系列写作的想法。湖山品题只是个开始，感谢孟兆祯院士、罗哲文先生为其作序。孟先生是我大学的指导老师，引领我走上学术之路。罗先生是古建园林大家，对我的想法给予了热情支持，生前还题下书名墨宝。

在此要感谢张钧成先生，他的言传身教和主导写作的《颐和园楹联镌刻浅释》一书，开启了我的文化研究之门。而我亲历的汪菊渊、周维权、金柏苓等先生的授课与学术思想也影响至深。

由于我的主职是园林设计师，繁多的项目常常打断写作思路，使出版计划一再拖延，只好学李贺以锦为囊，逐步成稿出版。

总体而言，要论述颐和园的文化积淀仅从5个方面是远远不够的。另外，以个人之力、跨界而论也似乎有些不自量力，然而，每当我面对这片好山好水，总有一种冲动，愿将自己积累的一星半点展示出来，或许对那些热爱中国传统文化的人们有用，抛砖引玉也是一件有益的事情，因此不揣浅陋一吐为快，其中错误还请读者批判指正。

夏成钢
2016年秋 于潮白河畔锥园

# 序

本书辑录并解读了11位对颐和园地区风景园林有过重大影响的帝王诗文，分为元、明、清三个朝代。这些诗文以决策者的视角记述了颐和园地区风景园林的建设初衷、规划布局，以及他们在游览这些园林时的感悟情怀。帝王文集深藏内廷，民间流传不广，加之战乱佚失，以致人们长期以来对皇家造园的意图知之不多，往往依循后世传言，也由此产生种种误解、戏说或偏颇结论。本书将这些帝王所作诗文搜集整理，直面读者评判，以求史实，故名《湖山真意》。

### 一、诗文作者在风景建设中的关键性作用

帝王诗文又称御制诗文。涉及颐和园地区的御制诗文记录了大量的原始信息，彰显出这些作者在风景建设中的决定性作用。

在北京乃至全国，并非所有风景园林都能自古传今，历史上与昆明湖、万寿山类似的风景地还有许多，如石景山、八宝山、京东20里长山、莲花池、柳林湿地行宫、延芳淀飞放泊等，都曾盛极一时。然而其发展结局各不相同，或为矿场墓地，或成民宅住区，或彻底消亡、湮没无痕。颐和园地区的风景园林也曾面临过类似危机，但皆一一躲过，从而延绵至今。

这片天然山水，早年被人们自发无序地辟为水田鱼场。随着辽南京、金中都的营建，辽、金二朝也开始了对今颐和园地区有组织的风景开发。然而这一过程并不顺利，美景进化中夹杂着阶段性的荒野倒退。

到了元代，元世祖忽必烈最先下旨在玉泉山一带禁猎，同时拓挖瓮山泊及其水系，保障了这一地区良好的生态基底。继而元文宗建设瓮山泊大承天护圣寺，连山跨水，富丽堂皇，一开局便展现出皇家的恢宏气势，构

建了两山一湖的风景格局。然而，随着元末政治经济的崩溃，水阁楼台化为残砖断瓦与一顷野洼。

这种情形延续近60年，荒野记忆充斥了近一代人。直到明宣宗建设大功德寺，才重新恢复湖山风景的壮美。然而到了明中期，这一风景区再度陷入杂乱衰败，太监与贵戚豪强占据湖周佳地，广建坟寺，漫山遍野的坟寺极大地损害了风景品质。直到嘉靖帝即位，在这一地区整治环境，大拆坟寺，禁开矿伐树，才使瓮山、红石山一带免于淹没在坟茔碑冢之中。至明末，风景区又陷入无节制的水田开发，湖泊被挤压缩小，瓮山也因森林被砍伐殆尽，成为荒山秃岭。

清代初年，玉泉山一度被钦定为炼灰石场，瓮山泊面临着绝源境地，所幸当权者采纳良臣谏言，下旨停工，保护了山体泉脉，并再次严禁开矿伐木。两山一湖间的生态水源虽然得到了严密保护，但这一地区仅仅用作稻米生产基地，以及太监劳改铡草的马场，而非游览审美的风景区。于是，农田渔场的寻常景象又延续了120余年。直到乾隆十四年（1749年）的瓮山泊水利整治与清漪园、静明园建设，颐和园地区才再度迎来了风景园林建设的高潮，且其规模与强度远超以往。最终，颐和园地区成为三山五园的风景核心区。

凡此种种，两山一湖间的风景园林有过数次湮灭无痕的经历，之所以能够屡废屡兴，历代帝王的决策与管理起了关键性作用，从而使这一地区始终保持着风景发展的主脉。因此，研究这些决策者的诗文，有助于还原史实，客观评价颐和园这一文化遗产，并为对其的利用、保护提供依据。

**二、御制风景诗文概要**

11位帝王作者可分为风景园林开创与风景园林守成两类。开创者诗文的价值在于记述了风景建设的缘由与思路，是重要的第一手资料。守成者诗文则记录了风景遗产的传承与使用情况。两类作者都有对风景的理解感悟，不过在写作水准、山水认识上则各有高下。全书共收录18篇御制记文、189首御制诗词，89篇应制恭和诗文，其中有几个特点值得关注。

第一，本地区的风景建设大都开始于新政权的两三代帝王之后，也就是综合国力的高峰期。开创者都有积极进取的精神与远大的抱负。因此，他们将自己的政治目标、理想投射于风景建设之中。元文宗是在两都之战后开始修建瓮山泊风景园林，明宣宗是在平定朱高煦之乱后开始建设西湖风景，康熙帝则是在平定三藩之乱后开始建设畅春园，等等。即使是颐和园的复建，也是在号称复苏的"同光中兴"时期，以示习武图强。

第二，风景建设皆由国家元首亲自主持，如元文宗"凡规制皆图以献，而上亲临定焉"。明宣宗及清代诸帝不仅钦定蓝图，还亲写园记，记述之详如数家珍。其中，乾隆帝指示之繁多居各帝王之首。也正因如此，这些风景园林的品质自然经得起历史考验。

第三，御制诗文记录建设之详尽，为其他史料所不及。仍以大承天护圣寺为例，以往关于其营建的信息主要来自元末朝鲜汉语教材《朴通事谚解》，不过其描述只是浮光掠影，难究其详。本书收录的《大承天护圣寺记》，洋洋洒洒2000余字，记录了建寺的来龙去脉、山水格局、建筑形制，叙述之细几可指导复原工作。类似的还有明宣宗的《大功德寺记》，详述了新皇后孙氏捐建寺庙的缘起与时间。由于记文传播不广，到明后期，民间已戏说大功德寺由木球募捐的板庵和尚所建，这几乎被后世引为正史。最为珍贵的史料当为乾隆帝的诗文，其论述风景园林从不吝笔墨，如万寿山改延寿塔为佛香阁的史料，再无其他文字记录。

第四，纵观帝王对颐和园地区环境的评价，可以看出元、明、清三朝对这一地区风景的认知，是一个不断积累深化的过程。元文宗评价仅着眼于净土梵境的特征；而明宣宗则进一步，将这片山水与帝都王气相联系，视野直达东海，并确认了其作为京城龙脉的地位。清承明制，继续发展这一思路，将这片山水与天下相联系。这些钦定评价，融合了当时文化精英的共识，赋予这片山水以宗教式的神圣，使人生敬畏，对帝都西北郊生态保护起到了心灵威慑作用，从而明确了颐和园地区山水的重要价值。

第五，风景园林文化思想跨代延续。"敬天法祖"几乎是三朝对颐和园地区建设的共同动机，即感谢大自然的恩赐，遵循祖先章法。在具体风景建设中，这一动机表现为尊亲孝道，建设佛寺以求永恒不灭、共登春台。三朝决策者虽分属不同族群，然而不论是草原游牧背景，江南稻作身世，还是黑山白水基因，在建园文化趣向上都展现出连贯性，即对儒、释、道的共同推崇，体现出中华文明多元一体的特征。一个风景区的生态培育成景需要相当长的时间周期，而这种跨朝代的思想意识，保障了颐和园地区生态自我修复的连贯性，这也是这一风景区延续至今的一大因素。

第六，这些诗文还显示，风景建设之初都有着诸多因素考虑，尤其是在清代，人口剧增，土地愈促，需要协调更多关系，既要满足漕运、营田、防洪、祭祀、游赏等物质需求，还要满足国策展示、信仰、个人修养等精神需求，从而集中了不同族群的共同文化审美与价值观，以及共同的道德标准与梦想。这也是颐和园地区风景园林久盛不衰，得到社会各界喜爱的主要原因。因此，不能将本区风景建设简单归结为个人的享乐与趣味。

第七，风景诗文展现出决策者的文化趣向与素养。元、明、清三朝皇帝在京者总计32位，而涉及颐和园地区的御制诗文的作者仅占3/10，可见并非每个皇帝都钟情于山水风景。此外，也并非所有的历史园林都能成为文化遗产。园林的品质与其决策者的素养息息相关，决策者的眼界直接注定了风景区的命运。幸运的是本区开创者都有着丰厚的文化积淀，以诗文为主，涉及绘画、书法、工艺美术等多个艺术领域。他们同时还实施了大型文化典籍的整理工程，如元文宗的《经世大典》、康熙帝的《古今图书集成》、乾隆帝的《四库全书》等。园林是文化各门类的集中载体，上述文化成果也就自然而然被融入风景建设之中，决定了园林艺术的最终品级。

第八，清代康雍乾三代是皇家造园艺术思想的里程碑，康熙帝的《畅春园记》、雍正帝的《圆明园记》、乾隆帝的多篇园记乃一脉相承，其重要意义在于将园居朝政与巡游"正名"，从积极方面诠释了皇家造园的意义。在此之前，历代统治者及文化精英出于江山永固的目的，对皇家园囿建设、风景游览态度摇摆不定。一方面以儒家的山水仁智为依据开建园林，另一方面又以奢侈丧志加以限制鞭挞，类似于对酒的功过评价。其中以明太祖朱元璋的否定态度最为极端，他曾立下祖训："至于台榭苑囿之作，劳民费财以事游观之乐，朕决不为之，其敕所司如朕之志。"这也是明代皇家园林艺术水准逊于私家园林的重要原因。朱元璋的戒令并未起到使后继者励精图治、勤政亲民的效果，其后代大多终生龟缩于紫禁城内，深居简出。相比之下，清代康雍二帝则是将造园与治国理政、观耕验候、澄心观道融为一体，造园与出巡堂堂正正。这些思想被乾隆皇帝心领神会，并大力发扬，达到炉火纯青之境。他从多角度、多层次论述了园林风景，将养心、治国与景观紧密联系，以景喻政，使皇家园林具备了鲜明的官方意识特征，构成形神兼备、丰富完整的艺术体系。

第九，皇家园林活动还是国家政治的晴雨表。如明嘉靖帝三游瓮山泊西湖，随行大臣的唱和诗篇展现出大礼议事件后的政治生态。这些唱和诗文充斥着阿谀奉承，枯燥乏味，然而放在历史大背景下，反倒是三场鲜活的庙堂文化活剧。又如清代诸帝在园中避喧听政、澄怀悟道，提升自我修养，而非花天酒地，穷奢极欲。结合人口、气候、经济背景，诗史互证，可以看到万寿山、昆明湖与时局的密切联系。

第十，在三朝涉及颐和园地区的御制诗文中，都强调在风景建设中要以工代赈，"工给钱，物给值"；强调费用出自内帑、出自内宫，以免扰民。元文宗更斥责下层官员欺上瞒下、克扣工钱的行为，"朕之建寺，非徼福以私朕躬也。昔者国家有佛祠之建，金帛谷粟一出于国之经费，受役庀徒则民与兵，官府供亿，并缘为奸，非朕意也。今兹役也，工佣其直，物偿其价，勿使有司因得以重困吾民"。在专制体系下，难以确定这些思想能有多少落实到社会底层，但从决策者的初衷而言，毕竟将民众疾苦纳入了考虑之中。

最后，三朝帝王在园林建设与巡游中并非孤家寡人，他们身边会聚着全国的文化精英。这些精英秉承旨意，出谋划策，大量的应制唱和诗文成为一种思想交流方式，君臣之间既相互启发，又延展发挥，实为建设决策、审美活动的共同体，成为揭示皇家园林思想的线索。应制唱和之作不为经典文学评论所关注，不过在记录皇家园林思想与活动中却有着重要的历史价值，因此本书也对此加以收录。

### 三、本书结构与体例

上述认知指导了本书结构的搭建，即紧紧围绕诗文作者的风景思想、园林感悟进行选材、编排、注释，在形式上没有囿于文体与文采，也没有全部罗列风景园林的表层歌咏，而是聚焦于思想性、时政性。

思想是流通的，可以体现在不同的具体风景建设中，这些单个项目又反过来印证共同的思想，如元文宗的大承天护圣寺与金陵（南京）大龙翔集庆寺同时建设，意旨相同，建成后所写的《大承天护圣寺碑记》与《大龙翔集庆寺碑记》实为姊妹篇。其他如明宣宗《大功德寺记》与南京《大报恩延寿寺》、清康雍乾三代园记都有着传承关系，并与颐和园地区风景建设思想息息相关。因此，本书将这些关联论述也收录于内，可以使读者更全面地理解诗文作者的思想轨迹。三朝文臣的应制记文、唱和诗篇是对帝王园林思想的重要补充与完善，书中一并收录。

本书对帝王诗文本体解读以"最小干预"为原则，尽可能保持原貌。采用主题与年代两种分类，以便把握精神主脉，择其要者加以详注。

诗文底本字迹模糊无法辨识者，以□表示。依据诗文作者的其他著作或典籍中的惯用词，在注释中加入推测字。推测字外仍加方框以作区别，如"囿"。对明显的文句缺字，加填补字，标以"〔 〕"。

背景介绍作为本书诗文解读的重要途径，分为作者简介、作者文集与园林建设背景、各篇诗文背景提要三方面，使诗文更具延展性，扩大史料视野。政治、经济、生态三要素决定了一个时期的园林兴衰，本书在背景介绍中重点列出。

政治历史事件在风景诗文中有着重要的体现，颐和园地区的山水之情与国家兴衰共起伏。作为帝王作者与国家政局息息相关，这样的特殊身份也必定在御制吟咏中有所反映。本书在背景介绍中列出相关国家大事件，读者从中可以进一步理解诗文中的深意。

人口数量是古代社会的重要经济指标，本书在背景介绍中列出各时期的人口数据，从中可以看到水利、营田对园林建设、管理决策的巨大影响。

生态气候变化也与颐和园地区的风景息息相关。帝王诗文大都注有年代，可与相关文献相对照，展现更多的历史信息。如大水年份，北京许多地区特别是永定河沿线呈现水灾状况，但诗文中的颐和园地区却是一片美景，水满陂塘，稻苗茁壮。这既是本区处于上风上水的优越位置所致，也是其水利设施完备的回报，以这样的视角可以佐证生态风景建设的成就。

为避免过于庞杂，一些公文形式的诏令没有收录本书，如元世祖、明嘉靖帝、清顺治帝、清康熙帝都有保护颐和园地区生态的谕旨，禁止打猎、开矿、伐木等。此外，刻于碑文的风景建设性诗文，收录于《湖山颂碑》书中，如乾隆帝《万寿山昆明湖记》《麦庄桥记》等。读者可自行顺藤阅读。

## 四、结语

本书聚焦于古代决策者建设管理风景园林的动机、思想及其文化素养对这种建设的影响，为读者展示出这样的线索：是什么样的文化思想，使颐和园地区的山水风景得以延续？皇家建园的道义制高点是什么？又是哪些因素保证了颐和园地区风景园林的文化遗产水准？这些决策者又是如何观察、定位这片山水，并使其与社会政治相联系的？

回顾三朝帝王在颐和园地区风景园林建设中的思想轨迹，可以使今人理解本区乃至三山五园风景传承至今的内在逻辑与规律，惠及今日，造福未来。

本书与《湖山集翠》同为诗文集，与文人作品相比，本书所收录的文字更具权威性与思想性，能够从颐和园地区的山水园林，引发对中国文化的深层思考。两部诗文集形成当权者与在野者的视角互补，又同《湖山颂碑》形成纸质与石质文献的组合，是一个完整的文史体系。而《湖山品题》的精微观察，以及《湖山纵横》的广泛论述，都是基于上述三部基础性文献集注，最终合成"颐和园文化研究丛书"的整体框架。

总之，本书将带你透过历史迷雾，直视帝王内心，理解这片湖山蕴含的真意实情。

编者

识于 2022 年 12 月

# 目 录

## 元文宗湖山诗文

### 元文宗园林建设文记 ··········································· 4
大承天护圣寺碑（虞集） ····································· 4
金字藏经序（虞集） ········································· 25
承天仁惠局药方序（虞集） ··································· 25
大龙翔集庆寺碑（虞集） ····································· 26

### 元文宗诗四首 ················································ 29
青梅诗 ···················································· 29
道中望九华 ················································ 30
登金山 ···················································· 30
自集庆路入正大统途中偶吟 ··································· 30

## 明宣宗宣德皇帝湖山诗文

### 明宣宗风景建设文记与评论 ··································· 38
大功德寺记 ················································ 38
　　附录1：御制大报恩寺左碑 永乐二十二年二月日（明成祖朱棣） ··· 47
　　附录2：御制大报恩寺右碑 宣德三年三月十五日 ··············· 48
玉泉记 ···················································· 49
西山赋 ···················································· 53
勤政 ······················································ 56

### 明宣宗风景诗文 ·············································· 57
西郊观稼 ·················································· 57

| 省敛 | 58 |
| --- | --- |
| 秋日郊行 | 59 |
| 冬日游西湖 | 60 |
| 雨后望西山见其顶 | 60 |
| 望太行云气有作 | 61 |
| 惠河春浪 | 61 |
| 雨洗秋山 | 62 |
| 望西山 | 62 |
| 西山白云 | 63 |
| 雨后观西山 | 63 |
| 西湖夏景 | 64 |
| 晚凉泛舟 | 65 |
| 秋日郊行 | 65 |
| 西郊秋兴 | 66 |
| 画山水 | 66 |
| 平堤新柳 | 67 |
| 西郊秋色 | 68 |
| 西山夕照 | 68 |
| 秋日西湖观玉泉三首 | 68 |

# 明世宗嘉靖皇帝湖山诗文

## 明世宗一游西湖恭和诗文 … 74

| 御制《泛舟西湖》恭和二首（廖道南） | 74 |
| --- | --- |
| 恭驾奉圣母《泛舟西湖》（骆文盛） | 75 |
| 拟圣驾祀陵毕奉圣母《泛舟西湖》应制（王立道） | 75 |
| 侍上祀陵回奉圣母《泛舟西湖》恭述二首（夏言） | 76 |
| 恭和御制《奉圣母观玉泉》二首（夏言） | 76 |
| 恭和御制《谒陵礼成奉圣母舟还京记事述怀赋》（夏言） | 76 |
| 甲申驾还由青龙桥《奉圣母御舟经龙王庙至高凉桥登辇》恭和二首（廖道南） | 78 |

## 明世宗二游西湖恭和诗文 … 79

| 灵鱼诗六首 有序（夏言） | 79 |

恭和圣制《鱼入舟》诗二首（顾鼎臣） ············· 80
　　恭和御制《西湖词》（顾鼎臣） ················· 80

## 明世宗三游西湖恭和诗文 ······················ 84
　　恭和圣制《前次灵鱼入舟追作》（顾鼎臣） ··········· 84
　　恭和圣制《前次灵鱼入舟追作》（姚谨） ············ 85
　　恭和圣制《前次灵鱼入舟追作》（蔡昂） ············ 85
　　恭和御制《前次灵鱼入舟追作》（郭维藩） ··········· 85
　　恭和圣制《前次灵鱼入舟追作》诗六首（张璧） ········ 86
　　恭和御制《前次灵鱼入舟追作》四首（夏言） ········· 86
　　恭和圣制《初夏西游奉圣母舟行赋》（顾鼎臣） ········ 87
　　恭和圣制《初夏西游奉圣母舟行赋》（严嵩） ········· 88
　　恭和圣制《初夏西游奉圣母舟行赋》并疏（姚谨） ······· 89
　　恭和圣制《初夏西游奉圣母舟行赋》（蔡昂） ········· 90
　　恭和御制《初夏西游奉圣母舟行赋》（郭维藩） ········ 91
　　恭和圣制《初夏西游奉圣母舟行赋》（张璧） ········· 92
　　恭和御制《初夏西游奉圣母舟行赋》有序（夏言） ······· 92

# 明神宗万历皇帝湖山诗文

## 明神宗风景诗文 ·························· 98
　　画眉山龙王庙碑诗 有序 万历十四年 ················ 98
　　拟御制寿安寺碑 万历十四年（顾绍芳） ·············· 100

# 清圣祖康熙皇帝湖山诗文

## 畅春园记与园居理政之规 ····················· 106
　　畅春园记 ···························· 107

## 玉泉山静明园 ·························· 109
　　玉泉赋 ···························· 109
　　清明登玉泉山 ························· 110
　　时巡近郊悯农事有作 ······················ 110
　　玉泉山晚景用唐太宗秋日韵 ··················· 111

初夏玉泉山二首 ·········· 111
　　静明园喜雨 ············· 111

## 清世宗雍正皇帝湖山诗文

### 圆明园御制诗文 ·············· 116
　　圆明园记 ··············· 116
　　雍正圆明园园景十二咏 ······ 117

### 玉泉山御制诗 ················ 121
　　咏玉泉山竹 ············· 121
　　初夏至玉泉山 ············ 121

## 清高宗乾隆皇帝湖山诗文

### 清漪园建园回顾与自省 ········· 126
　　万寿山清漪园记 乾隆二十九年 ······ 126
　　圆明园后记 ············· 131
　　志过 乾隆二十三年 ············ 132
　　新春游万寿山报恩延寿寺诸景即事杂咏 乾隆二十五年 ··· 134

### 勤政殿与勤政家法 ············ 135
　　勤政殿座右铭 ············ 135
　　题勤政殿 乾隆五十八年 ·········· 138
　　四时勤政赋 ············· 138

### 石舫与民可载舟 ·············· 140
　　石舫记 乾隆十八年 ············ 140
　　附录1：御制《石舫记》恭跋（钱陈群） ·· 146
　　附录2：舫室（钱陈群） ······ 147

### 乐寿堂与仁者寿知者乐 ········· 147
　　乐寿堂 乾隆三十六年 ··········· 147
　　题乐寿堂 乾隆五十年 ··········· 148

知者乐仁者寿 ·············································································· 148

## 清漪园之前的西海风景 ············································································ 149
　　春暮西厂骑射 ·············································································· 149
　　西海捕鱼 ···················································································· 150
　　游西海 ······················································································ 150
　　秋日泛舟西海 ·············································································· 151
　　西山下故宫曲 ·············································································· 151
　　秋日，同二十四叔父、五弟游玉泉诸名胜，即事志兴，用爽气澄兰沼
　　　　秋香动桂林为韵十首 ································································ 152
　　游玉泉山见秋成志喜 ······································································ 153
　　西厂习射即事 ·············································································· 153
　　玉泉垂虹 ···················································································· 154
　　西厂骑射 ···················································································· 154
　　西海泛舟 <sub>乾隆七年</sub> ········································································ 154
　　西海捕鱼 <sub>乾隆七年</sub> ········································································ 154
　　西海泛舟因至玉泉山 <sub>乾隆八年</sub> ························································ 155
　　秋日奉皇太后游玉泉山周览西海近郊获事即景赋诗十四韵 <sub>乾隆九年</sub> ······ 155
　　泛舟自西海至万寿寺 <sub>乾隆十年</sub> ························································ 156
　　西海泛舟至万寿寺 <sub>乾隆十一年</sub> ························································ 156
　　自西海泛舟进宫见岸傍禾黍油然喜而有作 <sub>乾隆十一年</sub> ·························· 157
　　自西海泛舟至青龙桥 <sub>乾隆十二年</sub> ····················································· 157
　　麦庄桥 <sub>乾隆十三年</sub> ········································································ 157
　　自高梁桥泛舟至西海即景杂咏 <sub>乾隆十四年</sub> ········································ 158

## 昆明湖与君臣唱和 ···················································································· 158
　　西海名之曰昆明湖而纪以诗 <sub>乾隆十五年</sub> ··········································· 158
　　昆明湖泛舟至玉泉山 <sub>乾隆二十六年</sub> ·················································· 159
　　　　附录1：恭和御制《昆明湖泛舟至玉泉山》元韵（尹继善）······ 160
　　昆明湖泛舟观荷三首 <sub>乾隆三十一年</sub> ·················································· 160
　　　　附录1：恭和御制《昆明湖泛舟观荷》元韵（尹继善）············· 161
　　赋得涉江采芙蓉 <sub>于昆明湖上作得江字 乾隆二十二年</sub> ····································· 161
　　　　附录1：恭和御制《赋得涉江采芙蓉》<sub>得江字</sub>（汪由敦）··········· 162

附录2：恭和御制《赋得涉江采芙蓉》得江字（梁诗正） ……………… 162
　　附录3：恭和御制《赋得涉江采芙蓉》得江字（钱维城） ……………… 162
　　附录4：奉敕恭和御制《赋得涉江采芙蓉》得江字元韵注于昆明湖上作
　　　　（钱陈群） …………………………………………………………… 163

## 青龙桥君臣唱和 ……………………………………………………………… 163
　　青龙桥晓行 乾隆七年 ……………………………………………………… 164
　　附录1：恭和御制《青龙桥晓行》元韵（汪由敦） ……………………… 165
　　附录2：恭和御制《青龙桥晓行》韵二首（鄂尔泰） …………………… 165
　　附录3：恭和御制《青龙桥晓行》元韵（梁诗正） ……………………… 166

## 重建功德寺 …………………………………………………………………… 167
　　重修功德寺碑记 乾隆三十五年 …………………………………………… 167
　　功德寺拈香作 乾隆三十六年 ……………………………………………… 168
　　肩舆归御园四首 乾隆四十年 ……………………………………………… 169

## 万泉庄泉宗庙 ………………………………………………………………… 169
　　西园泛舟至圣化寺 乾隆八年 ……………………………………………… 170
　　泛舟至圣化寺 乾隆九年 …………………………………………………… 170
　　万泉庄 乾隆十一年 ………………………………………………………… 171
　　虚静斋小憩 乾隆十三年 …………………………………………………… 171
　　轻舆由万泉庄遂至圣化寺杂兴四首 乾隆二十九年 ……………………… 171
　　由万泉堤上至圣化寺即景杂咏 乾隆三十一年 …………………………… 172
　　六月四日诣泉宗庙瞻礼遂奉皇太后游览 乾隆三十二年 ………………… 173
　　由万泉堤遂至圣化寺 乾隆三十二年 ……………………………………… 173

## 金山景泰帝陵 ………………………………………………………………… 174
　　经金山题句 有序 乾隆十五年 ……………………………………………… 174
　　题明景帝陵 在玉泉山北登山可望见 乾隆三十四年 ……………………… 174

## 暮年诗咏 ……………………………………………………………………… 175
　　玉河泛舟至万寿山清漪园 嘉庆元年 ……………………………………… 175
　　万寿山清漪园示咏 嘉庆元年 ……………………………………………… 176

题乐寿堂 嘉庆二年 ·············································· 176

# 清仁宗嘉庆皇帝湖山诗文

## 谐趣园记 ·············································· 182
　　谐趣园记 ·············································· 182

## 绮春园记 ·············································· 187
　　绮春园记 ·············································· 187

## 勤政殿记 ·············································· 190
　　勤政殿记 嘉庆十年六月二十八日 ·············· 190

## 嘉庆初年清漪园御制诗 ·············· 192
　　万泉庄堤上 嘉庆元年 ························ 192
　　广润祠瞻礼 嘉庆元年 ························ 192
　　鉴远堂 嘉庆元年 ······························ 193
　　青龙桥西 嘉庆元年四月 ···················· 193
　　萧家河 嘉庆三年三月 ························ 193

## 嘉庆六年清漪园御制诗 ·············· 194
　　首夏清漪园 ········································ 194
　　题清可轩 ············································ 194
　　玉澜堂即景 ········································ 195

## 嘉庆九年清漪园御制诗 ·············· 196
　　节后万寿山 ········································ 196
　　静明园华滋馆作 ································ 196

## 嘉庆十二年清漪园御制诗 ·········· 197
　　节后万寿山 ········································ 198
　　自香山旋跸经玉泉诸景遂至御园 ···· 198
　　幸香山静宜园 ···································· 198
　　雨中泛舟由玉带桥一带至清漪园即景作 ···· 199

## 嘉庆十五年清漪园御制诗 ⋯⋯⋯⋯⋯⋯⋯⋯⋯⋯⋯⋯⋯⋯⋯⋯⋯⋯⋯⋯⋯ 199
    昆明湖泛舟至藻鉴堂即景成什 ⋯⋯⋯⋯⋯⋯⋯⋯⋯⋯⋯⋯⋯⋯⋯⋯⋯ 200

## 嘉庆十七年清漪园御制诗及谕旨 ⋯⋯⋯⋯⋯⋯⋯⋯⋯⋯⋯⋯⋯⋯⋯⋯⋯ 200
    新正万寿山 ⋯⋯⋯⋯⋯⋯⋯⋯⋯⋯⋯⋯⋯⋯⋯⋯⋯⋯⋯⋯⋯⋯⋯⋯⋯ 200
    谐趣园 ⋯⋯⋯⋯⋯⋯⋯⋯⋯⋯⋯⋯⋯⋯⋯⋯⋯⋯⋯⋯⋯⋯⋯⋯⋯⋯⋯ 201
    涵远堂口号 ⋯⋯⋯⋯⋯⋯⋯⋯⋯⋯⋯⋯⋯⋯⋯⋯⋯⋯⋯⋯⋯⋯⋯⋯⋯ 201
    乐寿堂有会 ⋯⋯⋯⋯⋯⋯⋯⋯⋯⋯⋯⋯⋯⋯⋯⋯⋯⋯⋯⋯⋯⋯⋯⋯⋯ 201
    初冬万寿山 ⋯⋯⋯⋯⋯⋯⋯⋯⋯⋯⋯⋯⋯⋯⋯⋯⋯⋯⋯⋯⋯⋯⋯⋯⋯ 201
    嘉庆十七年谕旨：祭祀昆明湖龙神 ⋯⋯⋯⋯⋯⋯⋯⋯⋯⋯⋯⋯⋯⋯⋯ 202

## 嘉庆二十一年清漪园御制诗 ⋯⋯⋯⋯⋯⋯⋯⋯⋯⋯⋯⋯⋯⋯⋯⋯⋯⋯⋯ 202
    涵虚堂对雨 ⋯⋯⋯⋯⋯⋯⋯⋯⋯⋯⋯⋯⋯⋯⋯⋯⋯⋯⋯⋯⋯⋯⋯⋯⋯ 203
        附录1：恭和御制《涵虚堂对雨》元韵（姚文田）⋯⋯⋯⋯⋯⋯⋯ 203
    昆明湖晓泛至鉴远堂 ⋯⋯⋯⋯⋯⋯⋯⋯⋯⋯⋯⋯⋯⋯⋯⋯⋯⋯⋯⋯⋯ 204
    观莲 ⋯⋯⋯⋯⋯⋯⋯⋯⋯⋯⋯⋯⋯⋯⋯⋯⋯⋯⋯⋯⋯⋯⋯⋯⋯⋯⋯⋯ 204

## 嘉庆二十五年清漪园御制诗 ⋯⋯⋯⋯⋯⋯⋯⋯⋯⋯⋯⋯⋯⋯⋯⋯⋯⋯⋯ 204
    节后万寿山 ⋯⋯⋯⋯⋯⋯⋯⋯⋯⋯⋯⋯⋯⋯⋯⋯⋯⋯⋯⋯⋯⋯⋯⋯⋯ 205
    由万泉庄策马观麦志慰 ⋯⋯⋯⋯⋯⋯⋯⋯⋯⋯⋯⋯⋯⋯⋯⋯⋯⋯⋯⋯ 205
    雨后昆明湖泛舟即景 ⋯⋯⋯⋯⋯⋯⋯⋯⋯⋯⋯⋯⋯⋯⋯⋯⋯⋯⋯⋯⋯ 205

# 清宣宗道光皇帝湖山诗文

## 重修圆明园三殿记 ⋯⋯⋯⋯⋯⋯⋯⋯⋯⋯⋯⋯⋯⋯⋯⋯⋯⋯⋯⋯⋯⋯⋯⋯ 210
    重修圆明园三殿记 道光十七年 ⋯⋯⋯⋯⋯⋯⋯⋯⋯⋯⋯⋯⋯⋯⋯⋯ 210

## 道光三年清漪园御制诗 ⋯⋯⋯⋯⋯⋯⋯⋯⋯⋯⋯⋯⋯⋯⋯⋯⋯⋯⋯⋯⋯ 211
    万寿山即景 ⋯⋯⋯⋯⋯⋯⋯⋯⋯⋯⋯⋯⋯⋯⋯⋯⋯⋯⋯⋯⋯⋯⋯⋯⋯ 212
    昆明湖泛 ⋯⋯⋯⋯⋯⋯⋯⋯⋯⋯⋯⋯⋯⋯⋯⋯⋯⋯⋯⋯⋯⋯⋯⋯⋯⋯ 212
    广润祠瞻礼 ⋯⋯⋯⋯⋯⋯⋯⋯⋯⋯⋯⋯⋯⋯⋯⋯⋯⋯⋯⋯⋯⋯⋯⋯⋯ 212
    昆明湖泛舟至藻鉴堂即景成什 ⋯⋯⋯⋯⋯⋯⋯⋯⋯⋯⋯⋯⋯⋯⋯⋯⋯ 213

| 谐趣园 | 213 |
| 无尽意轩 | 214 |
| 雨后清漪园即景 | 214 |
| 新秋万寿山 | 214 |
| 昆明晴泛 | 215 |
| 自静明园放舟至清漪园即景成什 | 215 |
| 昆明湖泛舟至广润祠瞻礼 | 215 |
| 仲秋七日幸万寿山玉澜堂锡宴十五老臣赓歌图绘以彰盛事 | 216 |

## 道光七年清漪园御制诗 … 217

| 昆明湖远望 | 217 |
| 昆明湖晓泛即景 | 217 |
| 雨中藕香榭放舟，至广润祠谢雨，鉴远堂小憩，复乘舟至静明园龙神祠致谢，诗以事 | 218 |
| 雨后泛舟即景 | 218 |
| 鉴远堂对雨 | 218 |
| 新霁 | 219 |
| 夏夕泛舟即景 | 219 |
| 雨泛 | 219 |
| 昆明湖秋景远眺 | 220 |

## 道光九年清漪园御制诗 … 220

| 勤政殿述志 | 220 |
| 万寿山即事 | 221 |
| 恭侍皇太后游万寿山 | 221 |
| 阅武楼看操后恭侍皇太后幸万寿山喜成 | 221 |
| 恭奉皇太后自昆明湖泛舟至静明园侍膳 | 222 |
| 恭侍皇太后泛舟即景 | 222 |
| 鉴远堂晴望 | 222 |
| 赋得柳桥晴舞絮 | 222 |

## 道光十三年清漪园御制诗 … 223

| 玉澜堂作 | 223 |

# 清文宗咸丰皇帝湖山诗文

## 咸丰六年清漪园御制诗 ························· 228

  书事示廷臣 正月十三日 ························· 228
  喜雪 孟春下浣一日 ························· 229
  谐趣园 ························· 229
  玉兰 ························· 229
    附录1：恭和御制《玉兰》元韵（彭蕴章） ························· 230
    附录2：恭和御制《玉兰》二首元韵（沈兆霖） ························· 230
    附录3：恭和御制《玉兰》元韵（何彤云） ························· 231
  恭和清漪园即景上巳前一日 咸丰六年 ························· 231
    附录1：恭和御制《清漪园即景上巳前一日》元韵（彭蕴章）··· 232
    附录2：恭和御制《清漪园即景上巳前一日》元韵（沈兆霖）··· 232
  藕香榭放舟至鉴远堂作 ························· 232
    附录1：恭和御制《藕香榭放舟至鉴远堂作》元韵（何彤云）··· 233
    附录2：恭和御制《藕香榭放舟至鉴远堂作》元韵（沈兆霖）··· 233
    附录3：恭和御制《藕香榭放舟至鉴远堂作》元韵（彭蕴章）··· 234
  丙辰三月廿三日，皇长子生，敬思天恩祖佑，欣感实深，用成长律以志予意 ························· 234
  昆明晓泛二首 ························· 234
    附录1：恭和御制《昆明晓泛》二首元韵（何彤云） ························· 235
    附录2：恭和御制《昆明晓泛》二首元韵（沈兆霖） ························· 235
  藕香榭对雨 ························· 236

## 咸丰七年清漪园御制诗 ························· 236

  对鸥舫雪望 ························· 237
    附录1：恭和御制《对鸥舫雪望》元韵 二月十五日（彭瑞毓）······ 237
  昆明晓泛 ························· 237
    附录1：恭和御制《昆明晓泛》元韵 二月二十五日（彭瑞毓）······ 238
  皇长子周岁之喜有作 ························· 239
  清漪园即景 ························· 239

## 清德宗光绪皇帝湖山诗文

**光绪颐和园御制诗文及谕旨** ⋯⋯⋯⋯⋯⋯⋯⋯⋯⋯⋯⋯⋯⋯ 244
 光绪十四年修建颐和园谕旨 ⋯⋯⋯⋯⋯⋯⋯⋯⋯⋯⋯⋯ 244
 耕织图 ⋯⋯⋯⋯⋯⋯⋯⋯⋯⋯⋯⋯⋯⋯⋯⋯⋯⋯⋯⋯⋯ 245
 西郊秋望 九月二十一日 ⋯⋯⋯⋯⋯⋯⋯⋯⋯⋯⋯⋯⋯⋯⋯ 245
 昆明湖阅水操 三月二十日 ⋯⋯⋯⋯⋯⋯⋯⋯⋯⋯⋯⋯⋯⋯ 246
 秋日诣颐和园敬赋 八月十四日 ⋯⋯⋯⋯⋯⋯⋯⋯⋯⋯⋯⋯ 246
 泛昆明湖至玉澜堂 九月初四日 ⋯⋯⋯⋯⋯⋯⋯⋯⋯⋯⋯⋯ 246
 西苑观稼 四月十三日 ⋯⋯⋯⋯⋯⋯⋯⋯⋯⋯⋯⋯⋯⋯⋯ 246
 雨后望西山 六月初六日 ⋯⋯⋯⋯⋯⋯⋯⋯⋯⋯⋯⋯⋯⋯ 247
 昆明池习水战 二十日 ⋯⋯⋯⋯⋯⋯⋯⋯⋯⋯⋯⋯⋯⋯⋯ 247
 再咏昆明水战 二十五日 ⋯⋯⋯⋯⋯⋯⋯⋯⋯⋯⋯⋯⋯⋯ 247

元文宗御笔《相马图》

元文宗湖山诗文

## 作者简介

元文宗孛儿只斤·图帖睦尔（1304—1332年），元朝正式建立后的第八位皇帝，元武宗次子，元明宗弟。母文献昭圣皇后唐兀氏。他先后两次登基（首次1328—1329年；后复位1329—1332年），年号分别为天历、至顺，在位时间共计4年。

图帖睦尔于至治元年（1321年）出居海南。泰定帝即位，召还京师，封怀王。泰定二年（1325年）正月，又出居建康（今江苏省南京市），后徙江陵（今湖北省荆州市荆州区）。致和元年（1328年）七月，泰定帝崩于上都（今内蒙古自治区锡林郭勒盟正蓝旗上都镇）。八月，大臣燕铁木儿等人在大都（今北京市）举事，谋立武宗长子周王和世㻋为帝，以路远暂立图帖睦尔为帝，改元天历。九月，上都蒙古贵族拥立泰定帝幼子为帝，建号天顺，发兵进攻大都，两都之战爆发，最终元文宗获胜。随后，天历二年（1329年）正月，周王和世㻋（元明宗）即位于和宁（今蒙古国后杭爱省鄂尔浑河上游右岸厄尔德尼召北哈拉和林）之北，八月行至兴和（今河北省张家口市张北县）时，文宗与燕铁木儿往迎，宴会毒杀明宗，复帝位，改年号至顺。

至顺三年（1332年）八月，元文宗崩于上都，享年29岁。死前自悔谋害兄长，遗诏立明宗之子为帝。庙号文宗，蒙语谥号札牙笃皇帝，葬起辇谷。

## 诗文与园林背景

元文宗深度融入中华文化，尊崇儒学，立奎章阁学士院，延揽名儒请授经学，纂修《经世大典》。倡程朱理学，又受佛戒。精通诗歌、书法、绘画。

自蒙元始，忽必烈对玉泉山、瓮山之间的湖泊湿地进行了一系列的治理与保护行动：开发玉泉水；禁玉泉山樵采渔弋；开拓瓮山泊，这些为后世风景开发奠定了基础。

元文宗在这些基础上，于天历二年（1329年），在瓮山泊北岸建设大承天护圣寺。大承天护圣寺规模宏大，面积与后世颐和园相当，是一个以寺庙为中心、以湖水为特色的园林风景区，成为大都城首屈一指的游览休闲区。当时建设几乎举全国之力，其艺术成就不仅传承了中国园林的主体脉络，而且独具特色，彰显着中华文化多元一体的精神，奠定了三山五园，以及后世颐和园世界文化遗产的基础。

在护圣寺建设的同时，元文宗还将金陵（南京）潜邸改建为大龙翔集庆寺，二寺在布局、规制、风格、做法上互有参照，可作研究之资。此外，元文宗还完成元英宗未竟的寿安山大昭孝寺建设，即后来的卧佛寺风景区。

# 元文宗园林建设文记

**背景提要**

　　元文宗在大都与金陵的两处园林建设，由汉臣虞集应制撰写了四篇文记，详细记述了元文宗的建设思想。大承天护圣寺毁于元顺帝初年火灾，明代在其基址上建大功德寺，《大承天护圣寺碑》一直保存至明代末年，被时人称为"番字碑"，后不知所踪。

　　天历二年（1329年），大都东部水灾。七月，发卫军六千修京城。至顺元年（1330年），大都发水，没田八十余顷。同年，随明宗而来的斡罗思（俄罗斯）军万余人，被安排于大都北屯田一百顷，后名大屯。至顺三年（1332年）正月，大承天护圣寺落成。五月京城地震，护圣寺有墙裂。八月，文宗逝于上都。

## 大承天护圣寺碑
### 虞集

　　惟皇上帝，监观万方，爰启圣神，俾一遐迩。时惟太祖皇帝，神武维扬，作兴帝业，世有浚哲，秉钺誓征。

　　粤世祖皇帝，建兹民极，用辑大成。既有九有，戢兵包甲。礼修乐宣，神祇咸若。敦一本以端统，树群支以定分。秩序有经，万世永赖。

　　成宗显承，法令较一。我武考受命抚军，归缵历服。保育民物，既庶既富。丰亨豫大，如日方中。迨至延祐、至治之间，重熙累洽，物大而盛。弗虞憸壬，间致彝宪。

　　于是，钦天统圣至德诚功大文孝皇帝，德合天人之助，躬修揖逊之节。武以勘定，文以宣昭。忠孝率职，奸慝摘伏。雨旸以时，年谷顺成。宝兴于山，海波不扬。嘉靖宁一，利泽长久。颂声交作，度越古今。

　　列圣之仁恩，神灵之景贶，布濩旁达，湛渍骈臻。于斯时也，有敛福锡民之志焉，固皇极之道也。乃托诸制作之宏，祠享之盛，于以表奉先之孝，于以广济物之慈。同仁之化，不亦与天地合德矣乎？

天历二年，岁在己巳，春正月，皇帝若曰："予承宗庙之重，君临天下，夙夜兢惧。思所以上继祖宗，下安民庶者，不敢少置也。矧予昔在冲幼，太皇太后躬保持而导迪之。欲报之德，亦不敢少忘也。稽诸佛氏之书，孝莫重于报亲，慈莫广于及物，而吾佛之所以阴相我国家者，岂可量哉！汝太禧宗禋使月鲁不花、中书平章明理董阿、大都留守张金界奴，其为朕度地，以作梵刹，称朕心焉。"

四月，上幸近郊，观于玉泉之阳。谓侍臣曰："层冈复巘，隐隆西北。大湖之浸，汪洋渟涵。峙而东高，瓮山在焉。旁薄扶

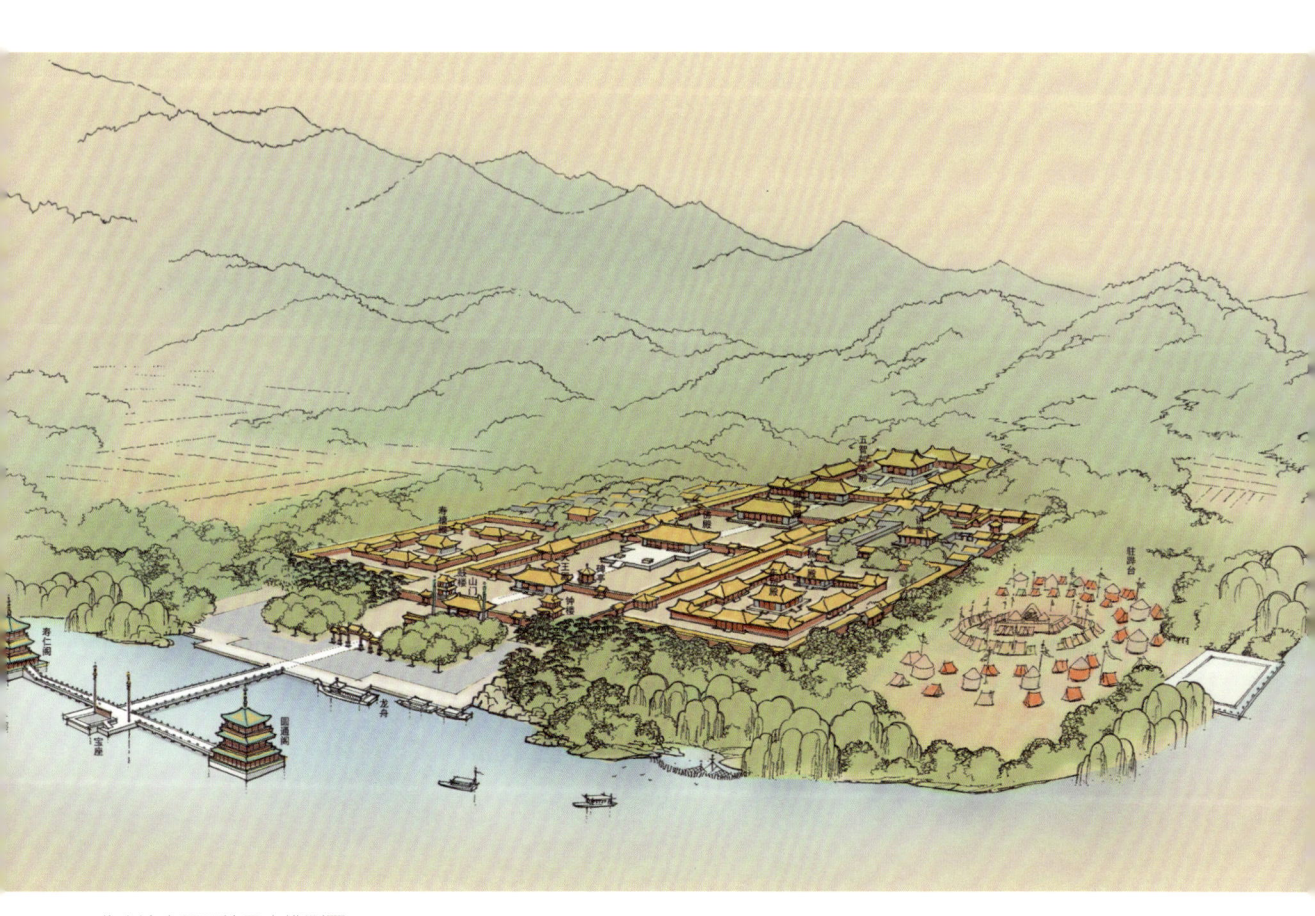

瓮山泊大承天护圣寺推测图

舆，固祇园之地也！"使太史视之，曰："吉。"秋八月晦，立隆祥总管府以领之，铸银为印，秩正三品。以臣月鲁不花领府事，将作臣阿麻瑛为达鲁花赤。国语达鲁花赤，官属之长也。臣金界奴为总管。

上曰："建寺而不先正其名，民将因其地而称之，其署题曰：大承天护圣寺。"又曰："寺所以严奉祀事，而廛氓杂居，则几乎渎矣。"买旁近地，得十顷有奇，皆厚直以予之。分赐从臣，俾为休沐之邸，侍祠而至则处焉。且命其总管府臣，相大田以买之，度其岁入以为僧食。

明年，上受尊号，改元至顺。十月，上命太师臣燕铁木儿率百官诣寺所，告诸后土之神，始命大匠治木。十一月，命中书右丞臣撒迪为隆祥总管府达鲁花赤，盖以省臣重其事也。

二年四月十六日，始作土功，治佛殿基，得古金铜之器于地中，多事佛之仪物，实有密契者云。寺之前殿，置释迦、然灯、弥勒、文殊、金刚，并二大士之像。后殿，置五智如来之像。西殿，瘗金书《大藏经》，皇后之所施也。东殿，瘗墨书《大藏经》，岁庚午，上所施也。又像护法神王于西室；护世天王于东室。二阁在水中坻，东曰圆通，有观音大士像；西曰寿仁，上所御也，曰：神御殿，奉太皇太后晬容于中。日有献，月有荐，时有享，器用金宝。曰寿禧殿，上斋宫也。诸宿卫之舍毕具。

九月，上谕臣金界奴曰："朕之建寺，非徼福以私朕躬也。昔者，国家有佛祠之建，金帛谷粟一出于国之经费，受役庀徒则民与兵，官府供亿，并缘为奸，非朕意也。今兹役也，工佣其直，物偿其价，勿使有司因得以重困吾民。"

臣金界奴顿首，受诏而退，鸠工以集事。材木甓瓦，丹漆设色，必精必良。其土宜交易，得所称事。出佣艺，各奏能，施无遗巧。人乐效力，若子趋父。属枢密、储政两院臣请："以所领军就役，而给钱如民，则军士亦被惠矣。"从之。凡役军四千三百人。留守臣言："寺有行宫，天子之所斋也，严重不敢亵。请以所领匠将作，而给钱如两院之兵。"亦从之。

十月十五日，上览而悦之。升隆祥总管府为隆祥使司，秩从二品。命太禧宗禋使臣晃火儿不花、臣撒迪、臣阿麻瑛，大司农臣金界奴为之使。他官与次俱升。

又作东别殿、楠木别殿，丈室、讲堂、众沙门之居、会食之所，碑亭、井亭、庖湢、库厩、门垣、桥梁，咸称观美。凡规制皆图以献，而上亲临定焉。皇后出大庆礼，赐白金，从户部易钞四万定，及割田赋之在荆襄者以资之。

三年，寺大成。于是，召五台山万圣寺释师惠印，特赐荣禄大夫、司徒，主教于寺。有敕，命臣祖常、臣集、臣法洪、臣惠印制文以刻诸碑。

臣等既同奉诏，乃相与言曰："惟昔有国家者，秘祝不私其身，而思锡诸民，史臣书之，后世诵之。今圣皇之心，一出仁孝，琐琐之秘祝，讵可拟伦哉？且其为役可谓大矣，财出内帑而不伤于外府，役以佣钱而不劳于兵农，官有专任而不烦于有司。

钦惟圣上，怡神穆清，对时育物，量准天地而一日万几，睿知明达而虑周天下。至若斯寺之落成也，营度经始之勤，治辨董正之任，考图攻位之审，其简在帝心，又有如此者，岂非亿万世宗社生灵之福哉？"

敢再拜稽首而献文曰：

於赫皇祖，圣神立极。历世继承，照临维绎。
维我圣皇，孝思如在。视民如伤，博施广爱。
具曰大雄，等慈能仁。导善闵恶，以救我人。
乃作大刹，于国西郊。檐屋翚翼，雾雨之交。
金玉宝物，算同河沙。曰予有祈，世不谓多。

虞集《青绿山水》

飞盖树幢，香鬘珠网。圣灵与俱，来即来享。
福我惠我，遂我煦养。子孙黎民，均视同仰。
思我太母，为世远思。顾复之勤，孙谋是贻。
肃肃徽音，邈邈令仪。眷予晤怀，庶其来兹。
相彼流泉，阁于水涘。人神翊扶，天子至止。
鼓钟鼎彝，嘉乐宴喜。多寿多福，又多男子。
群臣百工，侃侃献功。民无勚劳，府乃羡充。
乐石刻辞，颂言雍雍。亿万斯年，赞于皇风。

## 出处

［元］虞集《道园学古录》卷二十五（四部丛刊景明景泰翻元小字本）。参校《全元文》卷八六八（江苏古籍出版社 1999 年 9 月）。

## 注释

### 大承天护圣寺碑
#### 虞集

惟皇上帝，监观万方①，爰启圣神②，俾一遐迩③。时惟太祖皇帝④，神武维扬⑤，作兴帝业⑥，世有浚哲⑦，秉钺⑧誓征。

粤世祖皇帝⑨，建兹民极⑩，用辑大成⑪。既有九有⑫，戢兵包甲⑬。礼修乐宣⑭，神祇咸若⑮。敦一本以端统⑯，树群支以定分⑰。秩序有经⑱，万世永赖。

①【监观万方】即观览天下。监观，观察，观览。

"皇矣上帝，临下有赫。监观四方，求民之莫。"（《诗经·大雅·皇矣》）

万方，指天下四方。

②【爰启圣神】于是天降神圣。爰（yuán），于是，就。

"爰兹发迹，断蛇奋旅。"（汉·班固《汉书》卷一百下《叙传下》）

圣神，称颂帝王之词，借指皇帝。

"恭惟我太祖高皇帝，天纵圣神，驱天下之豪杰；扫荡六合，

挈斯民于衽席之上。"（明·李东阳《会试策问》）

③【俾一遐迩】使远近同一，一统天下。俾（bǐ），使。一，相同。遐迩，亦作"遐尔"，远近。

"故人主得其道，则遐迩潜行而归之，文王是也。"（汉·桓宽《盐铁论》）

④【太祖皇帝】即元太祖成吉思汗，即孛儿只斤·铁木真。忽必烈定国号为元后，追尊他为元太祖。

⑤【神武维扬】神明威武于是发扬。神武，神明而威武，多用以称颂帝王将相。维，相当于"乃""是""为"。扬，发扬，传播。

⑥【作兴帝业】振兴帝业。作兴，振兴、奋起。

"作兴文武，雪耻群狄。"（宋·岳飞《辞太尉札子》）

⑦【浚哲】意同"俊哲"，指才识不凡的人。

"使夫将来俊哲，知余鄙志耳。"（唐·李延寿《北史》卷八十二《儒林传下·刘炫传》）

"尚书左仆射亮，浚哲渊深，道风清邈。"（梁·沈约《王亮王莹加授诏》）

⑧【秉钺誓征】握兵征伐。秉钺（yuè），持斧，指掌握兵权。

"武王载旆，有虔秉钺。"（《诗经·商颂·长发》）

⑨【粤世祖皇帝】即元世祖忽必烈，元朝的开国皇帝。粤，同"越""曰"，助词，常用于句首。

⑩【建兹民极】建立民众的准则、法度。兹，这个，此。

"惟王建国，辨方正位，体国经野，设官分职，以为民极。"（《周礼·天官冢宰》）

⑪【用辑大成】因此有了大成就。用，因此。辑，同"集"，集聚。大成，大的成就。

"允矣君子，展也大成。"（《诗经·小雅·车攻》）

"大成，谓致太平也。"（汉·郑玄笺）

⑫【九有】九州，借指天下四方。

"方命厥后，奄有九有。"（《诗经·商颂·玄鸟》）

"九有，九州也。"（毛传）

⑬【戢兵包甲】息兵停战，包裹盔甲。戢（jí）兵，意为息兵，停止军事行动。

"天道宁殊俗，慈仁乃戢兵。"（唐·薛稷《奉和送金城公主适西蕃应制》）

⑭【礼修乐宣】推行礼乐教化。礼修，同"修礼"，施行礼教。

"故选将开边，劳来安集，加以纳款通和，布德修礼。"（南朝齐·王融《永明十一年策秀才文》）

⑮【神祇咸若】敬神灵施教化。咸若，帝王之教化。

"古者祀天地皆有乐，而神祇可得而礼。"（汉·司马迁《史记》卷十二《孝武本纪》）

⑯【敦一本以端统】推崇同一根本，端正皇统。敦，推崇，推行。一本，同一根本。

"且天之生物也，使之一本。"（《孟子·滕文公上》）

⑰【树群支以定分】建立群体和分支，确定等级名分。

"登州巡抚袁可立上言：'李珲袭爵外藩已十五年，于兹矣倧即系亲派，则该国之臣也。君臣既有定分，冠履岂容倒置。即珲果不道，亦宜听大妃具奏，待中国更置。'"（《明熹宗实录》卷三十三）

⑱【有经】有规范、有原则。

"凡事有经必有权，有法必有化。一知其经，即变其权；一知其法，即功于化。"（清·石涛《画语录》）

成宗显承①，法令较一②。我武考受命抚军③，归缵历服④。保育民物⑤，既庶既富⑥。丰亨豫大⑦，如日方中。迨至延祐、至治之间⑧，重熙累洽⑨，物大而盛⑩。弗虞憸壬⑪，间致彝宪⑫。

①【成宗显承】元成宗继承帝业。成宗孛儿只斤·铁穆耳，元朝第二位皇帝，元世祖忽必烈之孙、皇太子真金第三子。显，对去世先祖的尊称。

②【法令较一】法律、政令大略一致。

③【武考】指元武宗孛儿只斤·海山，元朝第三位皇帝，元文宗之父。考，对去世父亲的尊称。抚军，出征。元武宗登基前，在西北边疆镇守。

④【归缵历服】回来继承皇位。缵，继承。元成宗死后无子嗣，大德十一年（1307年）五月，海山抵达上都即位，是为元武宗。所以，此处说成归缵。历服谓久远之业，指王位。

⑤【保育民物】养育人民。保育，养育。民物，指人民万物。

⑥【既庶既富】百姓众多而且富足。语出《论语·子路》："子适卫，冉有仆。子曰：'庶矣哉！'冉有曰：'既庶矣，又何加焉？'曰：'富之。'曰：'既富矣，又何加焉？'曰：'教之。'"

元文宗之父元武宗海山像

⑦【丰亨豫大】富饶安乐的太平景象。

⑧【迨至延祐、至治之间】及至元仁宗、元英宗时期。迨（dài），等到。延祐，元仁宗年号。至治，元英宗年号。

⑨【重熙累洽】国家接连几代太平安乐。

"至乎永平之际，重熙而累洽。"（汉·班固《东都赋》）

⑩【物大而盛】物产丰厚繁盛。

⑪【弗虞憸壬】不用担心奸邪巧辩之人憸。憸（xiān），奸邪。壬，巧辩，巧言谄媚的人。

⑫【间斁彝宪】暗中败坏法律。斁（dù），败坏。

"法斁而不知理。"（明·刘基《卖柑者言》）

彝宪，常法。

于是，钦天统圣至德诚功大文孝皇帝①，德合天人之助②，躬修揖逊之节③。武以勘定④，文以宣昭⑤。忠孝率职⑥，奸慝摛伏⑦。雨旸以时⑧，年谷顺成⑨。宝兴于山，海波不扬⑩。嘉靖宁一⑪，利泽⑫长久。颂声交作，度越古今。

①【钦天统圣至德诚功大文孝皇帝】即元文宗孛儿只斤·图帖睦尔。

②【德合天人之助】品德配得上天与人助。

③【躬修揖逊之节】践行恭敬揖让之礼。躬，通"恭"。揖逊，犹揖让，禅让。致和元年（1328年）七月，燕铁木儿发动大都政变，最初谋立武宗

长子周王和世㻋为帝，后以路远暂以图帖睦尔代替。取得两都之战胜利后，图帖睦尔即派人将皇帝印玺送交来京途中的兄长。在决定建设大承天护圣寺的同时，他再次派人携金银礼物北上迎接，并宣布逊位，"谨俟大兄之至，以遂朕固让之心"。

④【武以勘定】勘，通"戡"，指以武力平定。

⑤【文以宣昭】指以文治宣扬圣明。昭，明亮。

⑥【率职】尽职。

"群臣震慑，奔走率职。"（唐·韩愈《平淮西碑》）

⑦【奸慝摘伏】阴险之人无处藏匿。慝（tè），意为阴奸，把心隐藏起来，存有邪念。通假字常写作"匿"。

"是以天地交泰，阴阳和平，民无奸慝。"（汉·王符《潜夫论》）

摘（tī）伏，指揭露隐秘的坏事。

"其发奸摘伏如神。"（汉·班固《汉书》卷七十六《赵广汉传》）

⑧【雨旸以时】晴雨适时，气候调和。雨旸，雨天和晴天。

⑨【年谷顺成】指年收成好，五谷丰登。年谷，一年中种植的谷物。

⑩【海波不扬】指平安无事，天下太平。

⑪【嘉靖宁一】教化普及，安定平服。

"不敢荒宁，嘉靖殷邦。至于小大，无时或怨。"（《尚书·无逸》）

"嘉，美；靖，安也。嘉靖者，礼乐教化，蔚然于安居乐业之中也。"（宋·蔡沈《书集传》）

宁一，亦作"宁壹"，安定统一。

⑫【利泽】遍施利益恩泽。

"德厚侔天地，利泽施四海。"（汉·班固《汉书》卷五《景帝纪》）

**列圣①之仁恩，神灵之景贶②，布濩旁达③，湛渍骈臻④。于斯时也，有敛福锡民⑤之志焉，固皇极之道⑥也。乃托诸制作⑦之宏，祠享⑧之盛，于以表奉先⑨之孝，于以广济物⑩之慈。同仁之化⑪，不亦与天地合德⑫矣乎？**

①【列圣】前述各帝的仁爱恩德。

②【景贶】宏大的馈赠。贶（kuàng），馈赠。

③【布濩旁达】广泛布散。濩（huò），遍布。旁达，旁通远达，引申为到处的意思。

"鲜枝黄砾，蒋芧青薠，布濩闳泽，延曼太原。"（汉·司马迁《史记》卷一百一十七上《司马相如列传上》）

④【湛渍骈臻】浸润连绵。湛渍，浸渍，渗透。骈臻，并至，一并到来。

⑤【敛福锡民】意为统治者应收聚五福，以惠泽天下百姓。语出《尚书·洪范》："敛时五福，用敷锡厥庶民。"五福，五种幸福。

"五福：一曰寿，二曰富，三曰康宁，四曰攸好德，五曰考终命。"（《尚书·洪范》）

⑥【皇极之道】指皇帝治理国家的正道。皇极，帝王统治天下的准则，即所谓大中至正之道。语出《尚书·洪范》："皇极，皇建其有极。"

"皇，大也；极，中也。施政教，治下民，当使大得其中，无有邪僻。"（唐·孔颖达疏）

⑦【制作】指礼乐等方面的典章制度。

"兢兢业业，贬成抑定，不敢论制作。"（汉·班固《典引》）

⑧【祠享】立祠以祭品敬神。

"后以子尚主，更赠吏部尚书，仍赐封二百户为祠享费。"（宋·欧阳修、宋祁《新唐书》卷九十一《姜皎传》）

⑨【奉先】祭祀祖先。

"奉先思孝，接下思恭。"（《尚书·太甲中》）

⑩【济物】犹济人，指安抚百姓。

⑪【同仁之化】一视同仁的教化。同仁，一视同仁。

"夫人同仁均养，亲族不知异焉。"（唐·韩愈《清边郡王杨燕奇碑文》）

⑫【合德】犹同德。

"天人同道，大人与天合德。"（汉·王充《论衡·谴告》）

天历二年①，岁在己巳，春正月，皇帝若曰②："予承宗庙之重，君临天下，夙夜兢惧③。思所以上继祖宗，下安民庶④者，不敢少置⑤也。矧⑥予昔在冲幼⑦，太皇太后躬保持⑧而导迪⑨之。欲报之德，亦不敢少忘也。稽⑩诸佛氏之书，孝莫重于报亲⑪，慈莫广于及物⑫，而吾佛之所以阴相⑬我国家者,岂可量哉!汝太禧宗禋使月鲁不花⑭、中书平章明理董阿⑮、大都留守张金界奴⑯,其为朕度地⑰,以作梵刹,称朕心焉。"

①【天历二年】公元 1329 年,己巳年。

②【若曰】这样说道。

③【夙夜兢惧】日夜戒慎。夙,朝,早晨。兢惧,恐惧,惶恐。

④【民庶】庶民,百姓。

"人君铸钱立币,民庶之通施也。"(《管子·国蓄》)

⑤【少置】稍稍耽搁。

⑥【矧】另外。

⑦【冲幼】年幼。

⑧【保持】保护扶持。

⑨【导迪】教导启发。

⑩【稽】考核,考察。

⑪【报亲】犹报亲恩。指报答太皇太后的恩情。

⑫【广于及物】施恩及万物。

"溢美之名,既不克让;及物之泽,又何爱焉。"(唐·元稹《册文武孝德皇帝赦文》)

⑬【阴相】指暗中相助、护佑。

⑭【太禧宗禋使月鲁不花】太禧宗禋使,元官名。掌神御殿朔望岁时讳忌日辰禋享礼典。天历元年(1328 年),废会福、殊祥二院,改置太禧院总管二院事务,次年改太禧宗禋院。有院使、副使等官。所属有隆禧、会福、崇祥、寿福诸总管府,分掌钱粮出纳及营缮等事。月鲁不花,字彦明,是接受汉文化较深、最早用汉文写诗的蒙古族诗人。

⑮【中书平章明理董阿】中书平章,即中书省平章政事,元官名,为宰相之一。明理董阿,燕铁木儿发难大都后,明理董阿受命南迎图帖睦尔。

⑯【大都留守张金界奴】大都留守,元官名。为大都留守司长官,掌守卫宫阙、都城,调度本路供应事务,营缮内府诸邸、都宫原庙、尚方车服、殿庑供帐、内苑花木,以及皇帝行幸、汤沐、宴游之处,门禁关钥启闭等事。张金界奴,时代与家世均无考。其以所收藏上进帝室,皆属精品,上多钤"张

氏收藏""北燕张氏家藏"二印。

⑰【度地】相地。


　　四月，上幸近郊，观于玉泉之阳。谓侍臣曰："层冈复巘①，隐隆②西北。大湖之浸③，汪洋渟涵④。峙而东高，瓮山⑤在焉。旁薄扶舆⑥，固祇园之地也⑦！"使太史⑧视之，曰："吉。"秋八月晦⑨，立隆祥总管府⑩以领之，铸银为印，秩正三品。以臣月鲁不花领府事，将作⑪臣阿麻瑛为达鲁花赤。国语达鲁花赤⑫，官属之长也。臣金界奴为总管。

①【层冈复巘】层峦叠嶂。冈，山脊。巘（yǎn），大山上的小山。

②【隐隆】或隐或隆，起伏。

③【浸】指蓄水可以灌溉的川泽。后泛指河泽湖泊。

④【汪洋渟涵】汪洋浩瀚。渟涵，水积聚。

　　"渟涵就深广，蟠际渺西东。"（元·柳贯《过大野泽》诗）

⑤【瓮山】万寿山之前名称。

⑥【旁薄扶舆】磅礴浩荡的气势。旁薄，亦作"旁礴"。扶舆，盘旋升腾貌。

　　"气之所穷，盛而不过，必蜿蟺扶舆，磅礴而郁积。"（唐·韩愈《送廖道士序》）

⑦【固祇园之地】实为佛土净地。祇园，"祇树给孤独园"的简称。后用为佛寺的代称。

⑧【太史】官职名，掌管天文历法等。元代改称为太史院，与司天监并立。

⑨【晦】阴历每月的最后一天。八月晦，即八月三十日。

⑩【隆祥总管府】天历二年建大承天护圣寺，立隆祥总管府统管建造事宜，品秩为正三品，设官八员。至顺二年，升为隆祥使司，秩从二品。置官：司使四员，同知、副使、司丞各二员，经历一员，都事二员，照磨兼架阁一员，令史十人，译史、通事、知印各二人，宣使十人，典吏六人。

⑪【将作】官名。元设将作院使，掌金、玉、织造、刺绣等手工艺品的制作。

⑫【国语达鲁花赤】国语，蒙古语。达鲁花赤，一作"达噜噶齐"，蒙古语，原意为"掌印者"，蒙古职官称谓，最早由成吉思汗设置。在元朝各级地方政府均设此职，掌握行政与军事实权，是地方最高长官。

上曰："建寺而不先正其名，民将因其地而称之，其署题曰：大承天护圣寺。"又曰："寺所以严奉祀事①，而廛氓②杂居，则几乎渎矣。"买旁近地，得十顷③有奇，皆厚直④以予之。分赐从臣，俾为休沐之邸⑤，侍祠⑥而至则处焉。且命其总管府臣，相大田以买之，度其岁入⑦以为僧食。

①【祀事】祭祀仪式。

②【廛氓】指百姓，平民。廛（chán），古代城市平民一户人家所居的房地。氓，古代称百姓。

　　"愿受一廛而为氓。"（《孟子·滕文公上》）

③【十顷】元代一顷等于一百亩。

④【厚直】高价。直，值。

⑤【休沐之邸】休假之所，别墅。休沐，休息洗沐，犹休假。邸，官员、贵族办事或居住的地方。

⑥【侍祠】陪从祭祀。

　　"诸侯王列侯使者侍祠天子，岁献祖宗之庙。"（汉·司马迁《史记》卷十《孝文本纪》）

⑦【岁入】一年内收入的总数。句意，以大田的一年收入作为寺僧的生活来源。

明年，上受尊号，改元至顺。十月，上命太师臣燕铁木儿①率百官诣寺所，告诸后土之神②，始命大匠③治木。十一月，命中书右丞臣撒迪为隆祥总管府达鲁花赤，盖以省臣④重其事也。

二年四月十六日，始作土功⑤，治佛殿基，得古金铜之器于地中，多事佛之仪物，实有密契⑥者云。寺之前殿，置释迦、然灯、弥勒、文殊、金刚，并二大士之像。后殿，置五智如来⑦之像。西殿，庋⑧金书《大藏经》，皇后之所施也。东殿，庋墨书《大藏经》，岁庚午，上所施也。又像护法神王于西室；护世天王于东室。二阁在水中坻⑨，东曰圆通，有观音大士像，西曰寿仁，上所御也。曰：神御殿⑩，奉太皇太后晬容⑪于中。日有献，月有荐，时有享⑫，器⑬用金宝。曰寿禧殿，上斋宫也。诸宿卫之舍毕具。

①【太师臣燕铁木儿】太师，官名。元以太师、太傅、太保为三公，多为加衔，无实际职权，但地位尊贵。燕铁木儿，亦称燕帖木儿，钦察人，拥立元文宗，打退上都各路讨伐军，成为功臣，任中书右丞相、知枢密院事，封太平王，加太师衔，权倾一时。

②【后土之神】古代是天地或天地神灵的总称，即民间俗称的土地神。

③【大匠】将作大匠的简称。秦置将作少府，汉景帝改称将作大匠，简称大匠。元代设将作院使，将作大匠、大匠为其别称。

④【省臣】中书省主要长官，这里指中书省右丞撒迪。当时，中书省右丞是副宰相。

⑤【土功】指治水、筑城、建造宫殿等工程。文中指动土筑基工程。

"不可以兴土功，不可以合诸侯，不可以起兵动众，无举大事。"
（《吕氏春秋·季夏》）

⑥【密契】密切契合。在此建寺似乎正合冥冥之中的神意。

"由是观之，凡为人君者，其一言动，固自与造化密契。"（宋·何薳《春渚纪闻·木果异事》）

⑦【五智如来】即藏传佛教的五智如来或五智佛。

⑧【庋（guǐ）】收藏，置放，庋藏。

⑨【坻】水中的小洲或高地。

⑩【神御殿】古代安放先朝帝王御容、牌位而岁时祭祀的处所。

"神御殿，古原庙也，以奉安先朝之御容。"（元·脱脱等《宋史》卷一百九《礼志十二》）

⑪【晬（zuì）容】为对人或其容仪的敬称。这里指供奉太皇太后的遗像。

⑫【日有献，月有荐，时有享】日日、月月、时时都有祭祀。每时每刻都感激恩德。献，献祭。荐，素祭。享，用物品进献。

"古者天子诸侯之事其先，岁有祫，时有享，月有荐。荐者，

自天子达于庶人，而祭以等降。"（清·王夫之《宋论》）

⑬【器】这里指祭祀用的器具。

    九月，上谕臣金界奴曰："朕之建寺，非徼福以私朕躬①也。昔者，国家有佛祠之建，金帛谷粟一出于国之经费，受役庀徒②则民与兵，官府供亿③，并缘为奸④，非朕意也。今兹役也，工佣其直，物偿其价⑤，勿使有司因得以重困⑥吾民。"

    臣金界奴顿首，受诏而退，鸠工以集事⑦。材木甓瓦⑧，丹漆设色，必精必良。其土宜交易⑨，得所称事⑩。出佣艺，各奏能⑪，施无遗巧⑫。人乐效力，若子趋父⑬。属枢密、储政⑭两院臣请："以所领军就役，而给钱如民，则军士亦被惠矣。"从之。凡役军四千三百人。留守臣言："寺有行宫，天子之所斋也，严重不敢亵⑮。请以所领匠将作，而给钱如两院之兵。"亦从之。

    十月十五日，上览而悦之。升隆祥总管府为隆祥使司，秩从二品。命太禧宗禋使臣晃火儿不花、臣撒迪、臣阿麻瑛，大司农臣金界奴为之使。他官与次俱升。

①【非徼福以私朕躬】并非为自己祈福、满足我自己的私愿。徼（yāo），意同"邀"，徼福，求福。朕躬，天子自称，我自己，我身。

②【受役庀徒】受雇的工匠、役夫。庀（pǐ）徒，工匠。

③【供亿】指所供给的东西。

④【并缘为奸】相互依附勾结为奸。

    "盖保正一乡之豪，官吏有须，可以仰给，故乐于并缘以为己利。"（清·毕沅《续资治通鉴》卷一百四十一）

⑤【工佣其直，物偿其价】工人凭其劳力拿工钱，材料物品按其市场价格购买。佣，工钱。直，值、价值。偿，补偿。

⑥【重困】加重困苦。

    "冶铸煮盐，财或累万金，而不佐国家之急，黎民重困。"（汉·司马迁《史记》卷三十《平准书》）

⑦【鸠工以集事】聚集工匠以动工。集事，成事、成功。

⑧【甓瓦】砖瓦。甓（pì），砖。

⑨【土宜交易】土产贡品交易。土宜，特指专作礼品用的土产，即土仪。

"近日有个钦差内相谭稹，到浙西公干，所过州县，必要献上土宜。"（明·凌濛初《二刻拍案惊奇》）

⑩【得所称事】与职责相当。得所，谓得到合适的位置。语出《诗经·魏风·硕鼠》："乐土乐土，爰得我所。"称事，与事功相当。

"日省月试，既廪称事，所以劝百工也。"（《礼记·中庸》）

⑪【出佣艺，各奏能】雇用有技能的工人，奉献其技能。能工巧匠各显本领。

⑫【施无遗巧】毫无保留地贡献技巧；精美的技艺无所保留。

"穆王乃为之改筑，土木之功，赭垩之色，无遗巧焉。"（《列子·周穆王》）

⑬【若子趋父】像儿子追随父亲一样。趋，追赶、追随。

⑭【枢密、储政】枢密，即枢密院，元代枢密院主管军事机密、边防及宫廷禁卫等事。储政，即储政院，元官署名，掌辅佐太子。建设大承天护圣寺之初，元文宗逊位，被立为太子。

⑮【严重不敢亵】敬重不敢怠慢。严重，敬重。亵（xiè），轻慢、亵渎。

"正统中，王振怙宠，凌公卿，独严重骥，呼'先生'。"（清·张廷玉等《明史》卷一百五十八《魏骥传》）

又作东别殿、楠木别殿、丈室①、讲堂、众沙门之居②、会食之所③，碑亭、井亭、庖湢④、库厩⑤、门垣、桥梁，咸称观美。凡规制⑥皆图以献，而上亲临定焉。皇后出大庆礼⑦，赐白金，从户部易钞四万定⑧，及割⑨田赋之在荆襄者以资之。

三年，寺大成⑩。于是，召五台山万圣寺释师惠印，特赐荣禄大夫、司徒⑪，主教⑫于寺。有敕，命臣祖常、臣集、臣法洪、臣惠印制文以刻诸⑬碑。

①【丈室】寺主的房间。初指寺院，后指僧尼长老、住持的居室。丈，即方丈。

②【众沙门之居】指众佛门弟子宿舍、僧房。

③【会食之所】相聚进食的厅所。即斋堂。

④【庖湢】厨房和浴室。庖，厨房。湢（bì），浴室。

⑤【库厩】贮存东西的房屋和马棚。

⑥【规制】规格制式。

"及萧嵩引述撰定，述始摹周六官领其属，事归于职，规制遂定。"（宋·欧阳修、宋祁《新唐书》卷一百三十二《韦述传》）

⑦【庆礼】吉庆之礼。

⑧【定】通"锭"。

⑨【割】分割；划分。

"东割膏腴之地。"（汉·贾谊《过秦论》）

⑩【大成】大部分完成；大抵完成。

⑪【荣禄大夫、司徒】荣禄大夫，元代文散官名，从一品。司徒，官名，在元代仅为荣誉头衔。

⑫【主教】监管。

⑬【诸】"之于"的合音，即为刻之于碑。

臣等既同奉诏，乃相与言曰："惟昔有国家者，秘祝①不私其身，而思锡诸民②，史臣书之，后世诵之。今圣皇之心，一出仁孝，琐琐之秘祝，讵可拟伦哉③？且其为役可谓大矣，财出内帑④而不伤于外府，役以佣钱而不劳于兵农，官有专任而不烦于有司。

钦惟圣上，怡神穆清⑤，对时育物⑥，量准天地而一日万几⑦，睿知明达而虑周⑧天下。至若斯寺之落成也，营度经始⑨之勤，治辨董正⑩之任，考图攻位之审⑪，其简在帝心⑫，又有如此者，岂非亿万世宗社生灵⑬之福哉？"

①【秘祝】隐秘的祷告。指祈祝之事。

"圣主新除秘祝，侍臣来乞丰年。"（宋·苏轼《奉敕祭西太一和韩川韵》）

②【思锡诸民】想着赐福于民。锡，通"赐"，给予、赐给。

③【讵可拟伦哉】岂能相比呢。拟伦，比拟，伦比。
④【内帑】泛指内库，皇室自己的钱款。
⑤【怡神穆清】怡养心神以致天下太平祥和。
⑥【对时育物】确定时令，制定历法，指导百姓按时节培育万物。

"天下雷行，物与，无妄。君子以茂对时、育万物。"（《易经·无妄卦》）

⑦【万几】亦作"万机"，指帝王日常繁忙地处理政务。

"无教逸欲有邦，兢兢业业，一日二日万几。"（《尚书·皋陶谟》）

⑧【睿知明达而虑周】见识卓越通达，思虑周密全面。
⑨【营度经始】谋划经营。经始，开始经营。

"经始灵台，经之营之。"（《诗经·大雅·灵台》）

⑩【治辨董正】治理，监督纠正。
⑪【考图攻位之审】推敲图纸之详细，确立方位之周密。
⑫【简在帝心】为皇帝所知晓。

"帝臣不蔽，简在帝心。"（《论语·尧曰》）

⑬【宗社生灵】国家的人民百姓。

敢再拜稽首①而献文曰：
於赫皇祖②，圣神立极③。历世继承，照临维绎④。
维我圣皇，孝思如在⑤。视民如伤⑥，博施广爱。
具曰大雄⑦，等慈能仁⑧。导善闵恶⑨，以救我人。
乃作大刹，于国西郊。檐屋翚翼⑩，雾雨之交。
金玉宝物，算同河沙。曰予有祈，世不谓多。
飞盖树幢⑪，香鬘珠网⑫。圣灵与俱，来即来享。
福我惠我，遂我煦养。子孙黎民，均视同仰⑬。

①【稽首】古代跪拜礼，为九拜中最隆重的一种。常为臣子拜见君父时所用。跪下并拱手至地，头也至地。
②【於赫皇祖】於赫，叹美之词。

"於赫汤孙，穆穆厥声。"（《诗经·商颂·那》）

皇祖，元太祖孛儿只斤·铁木真。

③【立极】登帝位；秉国政。

"轩辕此立极，玉帛朝诸侯。"（宋·文天祥《逐鹿》）

④【照临维绎】光照连续不断。照临，照射到。

"照临四方曰明。"（《左传·昭公二十八年》）

绎（yì），继续，连续不断。

⑤【孝思如在】好像受祭者就在面前。孝思，孝亲之思。

"永言孝思，孝思维则。"（《诗经·大雅·下武》）

如在，指祭祀诚敬。

"祭如在，祭神如神在。"（《论语·八佾》）

⑥【视民如伤】看待人民就像看待自己身上的伤痛一样。或者解释为把百姓当作有伤病的人一样照顾，只可抚慰，不可惊动。形容帝王、官吏顾恤民众疾苦。

"臣闻国之兴也，视民如伤，是其福也。"（《左传·哀公元年》）

⑦【大雄】梵文 Mahāvīra（摩诃毗罗）的意译，释迦牟尼的尊号。

"善哉善哉！大雄世尊。"（《法华经·从地踊出品》）

⑧【等慈能仁】等慈，佛教语。平等普遍的慈悲。能仁，梵语的意译。即释迦牟尼。意为有能力与仁义的智者。

"自非妙觉之等慈，孰拯疲民于重困。"（宋·苏轼《后苑瑶津亭开启祈雨道场斋文》）

⑨【导善闵恶】导善儆恶。导，引导。闵，忧患，怜恤。

⑩【檐屋翚翼】屋檐像翅膀一样飞翔。翚（huī），飞翔。

"如鸟斯革，如翚斯飞。"（《诗经·小雅·斯干》）

⑪【飞盖树幢】佛家仪仗伞盖云集，经幡经幢林立。佛寺装饰堂皇。

⑫【香鬘珠网】佛像周边装饰着花鬘、缀珠的网状帷幔。

⑬【同仰】共同敬慕、敬仰。


思我太母，为世远思。顾复①之勤，孙谋是贻②。
肃肃徽音③，邈邈令仪④。眷予晤怀⑤，庶其来兹⑥。
相彼流泉，阁于水涘⑦。人神翊扶⑧，天子至止。

鼓钟鼎彝，嘉乐宴喜。多寿多福，又多男子。
群臣百工，侃侃⑨献功。民无勩劳⑩，府乃羨充⑪。
乐石刻辞⑫，颂言雍雍⑬。亿万斯年，赞于皇风⑭。

①【顾复】指父母之养育。语出《诗经·小雅·蓼莪》："父兮生我，母兮鞠我。拊我畜我，长我育我，顾我复我，出入腹我。"

②【孙谋是贻】是为子孙筹划。贻，赠送，遗留。语出《诗经·大雅·文王有声》："贻厥孙谋，以燕翼子。"

③【肃肃徽音】端庄的声望。肃肃，恭敬貌。

"雍雍在宫，肃肃在庙。"（《诗经·大雅·思齐》）

徽音，德音。

④【邈邈令仪】远去的美好的仪容、风范。

"抑志而弭节兮，神高驰之邈邈。"（《楚辞·离骚》）

"夫人琁瑆浚发，金缕延长，令仪淑德，玉秀兰芳。"（唐·司空图《障车文》）

⑤【眷予晤怀】顾念明白我的心怀。

⑥【庶其来兹】或许今后。庶其，或许，表示希望或推测。

"为乐当及时，何能待来兹。"（《古诗十九首·生年不满百》）

⑦【涘（sì）】水边。

⑧【翊扶】通"翼辅"，辅佐。翊，通"翼"，辅佐。扶，通"辅"，辅助，帮助。

"君前为御史大夫，翼辅先帝。"（汉·班固《汉书·孔光传》）

⑨【侃侃】理直气壮，从容不迫。

"朝，与下大夫言，侃侃如也。"（《论语·乡党》）

⑩【勩劳】勩（yì），劳苦。

"虽业艺无纪，劳勩不闻，小心恭勤，实免怨过。"（唐·陈子昂《为张著作谢父官表》）

⑪【羨充】富厚有余。

⑫【乐石刻辞】乐石，原指可制乐器的石料，因《峄山石刻文》用此石镌刻，后以之泛指碑石或碑碣。

"刊乐石，纂遗德，延休烈，垂宪则。"（唐·柳宗元《故殿中侍

御史柳公墓表》）

刻辞，镂刻于金石之上的文辞。

⑬【雍雍】和乐貌；和洽貌。

"有来雍雍，至止肃肃。"（《诗经·周颂·雍》）

⑭【皇风】皇帝的教化。

"觐明堂，临辟雍；扬缉熙，宣皇风。"（汉·班固《东都赋》）

## 金字藏经序
### 虞集

盖闻乾刚御世，必资化于坤仪；月镜涵空，亦承辉于日象。我今上皇帝创建大承天护圣寺。于是皇后念绍隆于祖武，祈辑福于圣躬。嘉惠生民，俾均法施。乃造金书三乘经教一大宝藏，广启胜缘，增崇上志。伏愿光音融彻，显密圆通。五雨十风，咏赞皇明之运；普天率土皈依等觉之慈。常住正因，永扶景祚。

**出处**

［元］虞集《道园学古录》卷二十二（四部丛刊景明景泰翻元小字本）。参校《全元文》卷八二七（江苏古籍出版社1999年9月）。

## 承天仁惠局药方序
### 虞集

钦天统圣至德诚功大文孝皇帝，以聪明睿知之资，临御宇内，推一心之至仁，参两仪而中立，昭宣三光，调顺四时。播五行之精，御六气之辨，协七钧之音，通八风之化。九功既叙，盛德大业至矣哉！是以亿兆万姓，休养生息于寿域之中，而不识不知者也。

而皇上至德无外，视民如伤。仁厚忠恕之心，恒若不及。乃命隆祥使司，作承天仁惠药局，俾太医院使臣耿某，取和剂局方，御药院方，张长沙《伤寒论》《宣明论》，端效方，朱氏《活人书》，严氏《济生方》，杨氏方，钱氏小儿方，择其药之适用者，分廿六门，凡二百七十五方。

又敕中书右丞臣撒迪，太禧院使臣晃忽儿不花，大司农臣张金界奴，与奎章阁大学士臣阿荣相与详定，进上，命刻其书，而出大承天护圣寺库金，制药开局，以施万民之有疾苦者。

十月廿二日，臣金界奴至学士院，奉宣圣旨，命臣集识而序之。

臣闻，古者帝王之于民也，其为之衣食，以生养之。又为之谨袷禳治砭蓺，以救扎瘥之不测，此所谓"先王有不忍人之心，斯有不忍人之政者也"。今皇上一日万几，而思虑之周至于仁惠局之设，可谓至且尽矣。《传》曰："天地之大德曰生。"生也者，所以为我皇元亿万斯年无疆之福也哉！

**出处**

［元］虞集《道园学古录》卷二十二（四部丛刊景明景泰翻元小字本）。参校《全元文》卷八一七（江苏古籍出版社1999年9月）。

## 大龙翔集庆寺碑
### 虞集

钦天统圣至德诚功大文孝皇帝，自金陵入正大统，建元天历。以金陵为集庆路，使传旨行御史台大夫阿思兰海牙，命以潜龙之旧，作龙翔集庆寺云。明年，召中天竺住持禅师大欣于杭州，授太中大夫主寺事。设官隶之。画宫为图，授吏部尚书王僧家奴往董其役。斥广其地，为民居者，悉出金购之。土木瓦石，丹恶金碧之需，财自内出，不涉经费。工以佣给，役弗违农。有司率职，庀工景从响应。御史中丞赵世安承禀于内，行御史中丞亦释董阿、忽都海牙，相继率其属以莅之。吏敏于事，民若不知。材既具，其以明年正月甲子之吉，乃建立焉。其大殿曰大觉之殿，后殿曰无量寿佛之殿，居僧以致道者曰禅宗海会，居其师以尊道者曰传法正宗之堂，师弟子之警发辩证者曰雷音之堂，法宝之储曰龙藏，

虞集书法

治食之处曰香积。鼓钟之宣，金谷之委各有其所。缭以垣庑，辟以三门，而佛菩萨天人之象设，缨幢盖座严饰之具，华灯香乐之奉，与凡所宜有者精备，以称上意焉。赐姑苏腴田，以饭其众。上在奎章阁，亲诏臣集制文，立石以志之。臣闻金陵之墟，自秦时，望气者曾言，有天子气，至藏金土中以填之。其后，若吴、晋、宋、齐、梁、陈、南唐之君长，据以为都会。然皆瓜裂之余，仅克自保，不足以当王气之盛夫。孰知江山盘踞之固，天地藏闷之久，积千余年，而有待于我圣天子之兴也。不然，何渊潜之来处，遂飞跃之自兹。见诸祯祥行事，昭著之若此者乎！夫太阳之升丽于天，光耀熙赫，高深广袤之区，生成动植之类，孰不受其煦燠，而其次舍之所经，知天者必仰推而志之。天子以四海为家，莫非圣明之所临鉴，惟帝运之所由起，天人应合之机，实在于此，其可忽诸。今天子建极于中，抚制万国，顾怀昔居，势隆望重，非我佛世尊无量之福，孰足以处乎此也？

兹寺之成，上以承祖宗之洪庥，下以广民庶之嘉惠。圣天子之至仁大兹垂示乎亿万斯年者，于此可见矣！呜呼，盛哉！敢拜首稽首而述赞曰：

明明上天，祚我皇国。圣祖神宗，立我民极。于昭武皇，懋建不绩。
宪章修明，民用齐饬。天下惟公，仁庙受策。治极而圮，或敩彝则。
乃眷明哲，是保是翼。俾久而安，弗遐以逖。祝融效灵，海若率职。
更相吉土，此维与宅。吉土维何，建业旧邑。龙依崇丘，虎立盘石。
昔有居者，不称厥德。惟我圣皇，天命攸迪。川宁于波，田宜于稿。
民用孝敬，神介景福。帝命不迟，师武臣力。遂开明堂，受天之历。
庙而祖飨，效而神格。治功告成，庶物蕃息。江流浪浪，经我南服。
中城有宫，皇所肇迹。惟时父老，载慕畴昔。云来日临，庶我心怿。
皇帝曰嘻，予岂汝释。维大觉尊，宝相金色。常以惠兹，拯汝迷溺。
我即我宫，作祠奕奕。照汝净月，沐汝甘泽。汝见大雄，如我来即。
马实象实，贝金珠璧。凡为汝故，我施毋惜。无菑无害，居佛之域。
民庶稽首，我不知诚。我愿天子，圣寿万亿。与佛同体，往世有赫。
一诚报恩，有永无斁。

**出处**

［元］虞集《道园学古录》卷二十五（四部丛刊景明景泰翻元小字本）。参校《全元文》卷八六八（江苏古籍出版社 1999 年 9 月）。

悬挂于大承天护圣寺的巨幅缂丝护法神唐卡（局部），绘有元文宗皇后卜答失里（右）

# 元文宗诗四首

**背景提要**

　　元文宗诗未见专集，散落各处的四首诗展现了他的汉文化造诣。清陈焯《宋元诗会》记载：元文宗"神智天畀，怡情词翰，雅喜登临。居金陵潜邸时，常屏从官，独造钟山冶亭，吟赏竟日。曾命近臣房大年，画京都万岁山图，大年辞以未至其地，上索纸运笔，先作一稿授之。大年惊服，谓格法周匝停匀，虽积学专工，莫能及也"。

## 青梅诗

自笑当年志气豪，手攀银杏寻金桃。
滇南地僻无佳果，问著青梅价亦高。

**出处**

［明］唐胄《（正德）琼台志》卷四十二（明正德刻本）。

### 道中望九华

昔年曾见九华图，为问江南有也无。

今日五溪桥上望，画师犹自欠功夫。

**出处**

［明］王一槐《九华山志》卷七（明崇祯二年刻本）。

### 登金山

巍然块石数株松，尽日游观有客从。

自是擎天真柱石，不同平地小山峰。

东连舟楫西津渡，南望楼台北固钟。

我欲倚栏吹铁笛，恐惊潭底久潜龙。

**出处**

［明］张莱《京口三山志》卷四（明正德七年刻本）。

### 自集庆路入正大统途中偶吟

穿了毼衫便著鞭，一钩残月柳梢边。

二三点露滴如雨，六七个星犹在天。

犬吠竹篱人过语，鸡鸣茅店客惊眠。

须臾捧出扶桑日，七十二峰都在前。

**出处**

［明］蒋一葵《尧山堂外纪》卷七十三（明刻本）。

## 附录：大承天护圣寺财政来源一览表

| 公元 | 干支 | 内容 | 出处 |
|---|---|---|---|
| 1329年 | 元文宗天历二年 | 五月，以储庆司所贮金三十锭、银百锭，建大承天护圣寺。<br>九月，市故宋太后全氏田为大承天护圣寺永业。宋全太后瀛国公母子有地三百六十顷。<br>十一月，皇后以银五万两，助建大承天护圣寺。 | 《元史》 |
| 1330年 | 元文宗至顺元年 | 四月，以所籍张珪诸子家田四百顷，赐大承天护圣寺为永业。<br>收益都般阳宁海田十六万二千九十顷，赐大承天护圣寺为永业。<br>闰七月，籍索珠阿哩雅等库藏田宅奴仆牧畜，给大承天护圣寺为永业。<br>八月，劳遣人士还营，有言蔚州广灵县地产银者，诏中书太禧院遣人莅其事，岁所得银归大承天护圣寺。 | 《元史》 |
| 1331年 | 元文宗至顺二年 | 二月，中书省臣等献所易抄本十万锭、银六百锭助建寺之需。<br>命田赋总管府税矿银输大承天护圣寺。<br>三月，以籍入苏苏勒巴勒等人资产，赐大承天护圣寺为永业。 | 《元史》 |
| 1332年 | 元文宗至顺三年 | 四月，大承天护圣寺建成。<br>籍月鲁帖木儿等人家产，以人畜、土田及七宝奁具、金珠、宝玉、钞币，并没入大承天护圣寺。 | 《元史》 |
| 1347年 | 元顺帝至正七年 | 又拨山东地十六万二千余顷给大承天护圣寺为永业。 | 《元史》 |
| 1353年 | 元顺帝至正十三年 | 三月，诏修护圣寺，赐钞二万锭。 | 《元史》 |
| 1354年 | 元顺帝至正十四年 | 四月，命士卒修白浮瓮山等处堤堰。 | 《元史》 |

明宣宗御笔《三阳开泰》，绘于宣德四年（1429年）时值大功德寺动工兴建

明宣宗宣德皇帝湖山诗文

## 作者简介

明宣宗宣德皇帝朱瞻基（1399—1435年），号长春真人，明朝第五位皇帝。明成祖朱棣之孙，明仁宗朱高炽长子，母诚孝昭皇太后张氏。年号宣德，在位时间10年。

朱瞻基生于建文元年（1399年），北平燕王府，幼年聪颖，深得祖父朱棣喜爱。永乐九年（1411年），被册立为皇太孙，多次跟随明成祖征讨蒙古。洪熙元年（1425年）即位。宣德元年（1426年），平定汉王朱高煦叛乱。在政治上，整顿吏治和财政，提升内阁地位，任用杨士奇、杨荣、杨溥（合称"三杨"）、蹇义、夏原吉等；教导宦官读书参政。经济上，休养生息，缓和社会矛盾。在对外关系上，停止郑和下西洋与交趾用兵。这一系列措施使得社会经济空前发展，与其父明仁宗统治时期合称"仁宣之治"。

宣德十年（1435年），明宣宗去世，终年37岁。庙号宣宗，谥号章皇帝，葬景陵。传位长子朱祁镇，即明英宗。

## 诗文与园林背景

明宣宗善诗文,存世有《明宣宗御制诗文集》四十四卷残本,佚失《明宣宗御制乐府》一卷、《诗集》六卷、《御制二教文》一卷、《御制祖德诗》一卷。明宣宗在书画方面也极有造诣,书法圆熟遒劲,绘画山水、人物、走兽、花鸟、草虫均佳。

明宣宗喜出巡游猎,在三次巡边中,以首次最为著名。宣德三年(1428年)九月,明宣宗在石门驿、喜峰口一带,遭遇蒙古兀良哈部来犯。明宣宗带三千精兵迎敌,亲射前锋三人,全军斗志高昂,大获全胜。在班师回程喜峰口时他还亲射老虎。

明宣宗对北京西北郊风景尤为熟悉热爱,留下许多诗文。在首次巡边的次年(宣德四年),他在元代大承天护圣寺遗址上,建设西湖大功德寺,这是一座以湖景为特色的皇家寺庙园林,邻建两座下院(松林庵、西林禅寺),成为瓮山泊西湖的景观中心,也是明代精英的歌咏之区。自此,西湖与周边田园山林继续成为京城重要的休憩游览区,也为后世园林大发展奠定了基础。

明宣宗出于对北京山水的热爱及其价值的深刻认识,停止了明仁宗生前决定,即迁首都回金陵(南京)。同时他还兴建大功德寺、大慈恩寺,扩西内皇城,建离宫等,以行动表示定都北京的决心。明英宗正统六年(1441年),北京正式成为明朝首都。

明人绘《明宣宗射猎图》

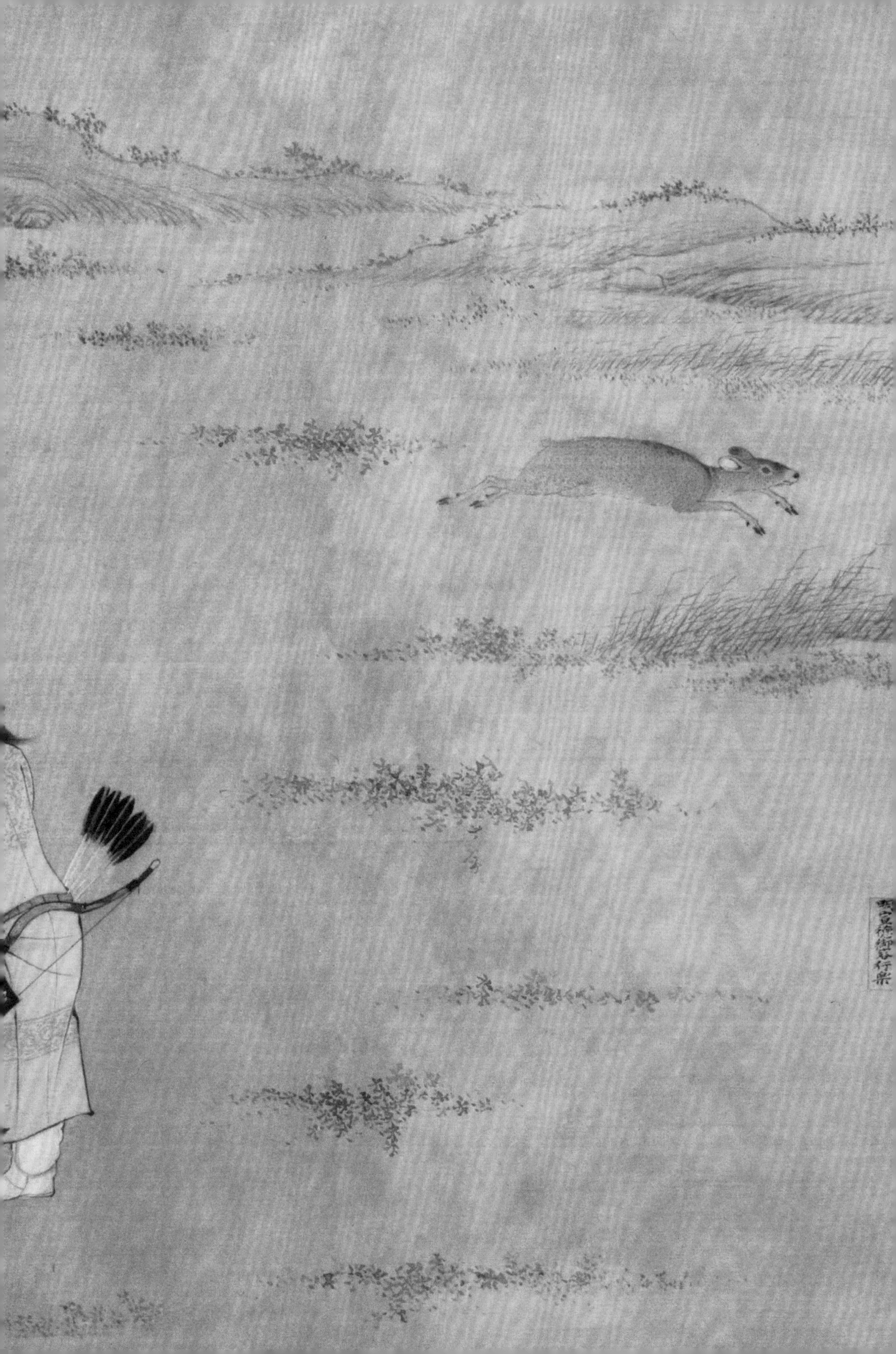

# 明宣宗风景建设文记与评论

**背景提要**

明宣宗撰写的《西山赋》《玉泉记》分别对瓮山泊西湖地区的山、水进行了描述与分析，文笔优美，评价精到。正是基于对山水环境的深刻理解，才使他所建设的大功德寺久盛不衰。

《大功德寺记》记述了建寺目的、形制，以及景色之美，体现出一种帝王胸怀，也展现了那一代人的创造力，包括建筑与田园两方面的人工之美，与天然山水相得益彰。《大功德寺记》中的崇佛观念，与皇祖永乐皇帝的金陵《大报恩寺碑记》一脉相承，也启发了后世乾隆万寿山大报恩延寿寺的建设，今附录碑文于后以资参照。

在大功德寺建设前一年（宣德三年），北京东部发生水灾。大功德寺兴建当年，北京城内什刹海大慈恩寺也同时动工，二者与大兴隆寺并称明初三大寺。大功德寺建成年（宣德六年），北京城中还整修了什刹海万宁桥澄清闸。

《勤政》一文则阐述了勤政传统及其意义、勤政与巡游之间的关系，提出了"人久不动作必病"的观点，注重平衡天理与人性，这也是明宣宗建寺造园以及不断出巡的思想根源。

北京西山属于太行山余脉，历史上"西山"概念中还笼统指称瓮山、玉泉山与香山。

## 大功德寺记

□□□□□□□，其道包□天地，其功用济利显幽，无□□□□□□而不入。□□千万亿劫之先，不见其始；□□□□□劫之后，不见其终。故自其法入中国以来，□□□□，上自国君，下至臣民，皆信用之。

我□□□□天下，诏建宫府，以长其徒，又为条制，以清理教□，亦以其法有济利之功，而欲广及物之泽也。故自京□以及四方，皆有崇祀三宝之所。

朕祇承大统，惟□宗之训是敬是承，而于释氏亦靡怠忽。凡故招提兰若之敝者，亦尝命修葺，无非以凝祥殄诊而为国家生民迓福者也。

皇后孙氏，笃志于善。心之所存，惟孝为切。旦夕宗社生民之念，未尝暂忘。尝谓于朕，欲辍己之服用，创建梵宇一区，奉佛菩萨。上以资□庙圣灵在天之福，以益□□皇太后齐天之寿，又以隆祐祚于朕躬，保康和于家□；下以被及子孙臣民，咸承庆泽。

朕嘉其善志，既俞允之。命有司相土所宜。于北京西北隅，距城一舍许，玉泉山之麓，得胜地焉。高爽静幽，夷坦轩豁。玉泉之源，发于□□，□□可鉴。自源稍西复东，汇为巨浸，旧名西湖。湖□□□□□城之内，宫城之西、万岁山之南，又汇为太□□，□□□南合惠河、□河而达海。

由西湖而望，其南□□□□□左，大房在右，西山五华、金城及居庸诸峰，横碧耸翠、骈叠连亘乎西北。湖之南、东、北三面，原田广衍无际，皆膏腴壤，资湖之润，农岁丰给。盖湖之境擅畿□最胜处，古今有名焉。

遂命创佛寺于湖之北，中建二□，后为法堂。万法三乘，各居其所。像貌严肃，咸称瞻仰。缭以周庑，而绘释典所纪善因于庑壁，以启敬信。外作钟鼓楼，又外建三门。盖闳壮丽密，称释氏所谓大道场者也。

寺成，命礼部简僧之诚实有戒行者，主寺之熏修。而别建僧居于寺之右。经始于宣德四年某月某日，竣事于六年某月某日。赐名曰大功德寺。一切之费悉出于中宫。盖其一念之诚，以谓由乎己不烦乎人，庶几神明鉴格，福祥来臻，而□社国家、子孙臣民均蒙利益，庶几以遂己之志。

夫中宫□□之诚宜书，寺之始创亦宜书，因书以为大功德寺。

**出处**

《大明宣宗皇帝御制集》卷第三（明内府抄本）。

明宣宗御笔《万年松》（局部），绘于宣德六年（1431年），时值大功德寺竣工建成

**注释**

大功德寺①记

□□□□□□，其道包裹天地②，其功用济利③显幽④，无□□□□□而不入。度百千万亿劫⑤之先，不见其始；度百千万亿劫之后，不见其终。故自其法入中国以来，□□□□，上自国君，下至臣民，皆信用之⑥。

我□□□□天下，诏建宫府⑦，以长其徒⑧，又为条制⑨，以清理教□，亦以其法有济利之功，而欲广及物之泽⑩也。故自京师以及四方，皆有崇祀三宝⑪之所。

①【大功德寺】位于今颐和园青龙桥以西、玉泉山路路北。明宣德初年建于元代大承天护圣寺遗址上。明嘉靖年间拆毁，后又修复。至清代乾隆初年无存，乾隆中期再次重建。本文曾刻碑立于寺中。

②【包裹天地】涵盖、包含天地。包裹，包容，包围。

"老子曰：'道至高无上……包裹天地而无表里，洞同覆盖而无所硋。'"（《文子·符言》）

③【济利】即济人利物，指救助别人。佛法具有益于世事的功用。

④【显幽】可以洞察事物幽深细微之处。

⑤【百千万亿劫】佛教用语，佛教中天地的一成一败谓"一劫"。泛指很久的时间。

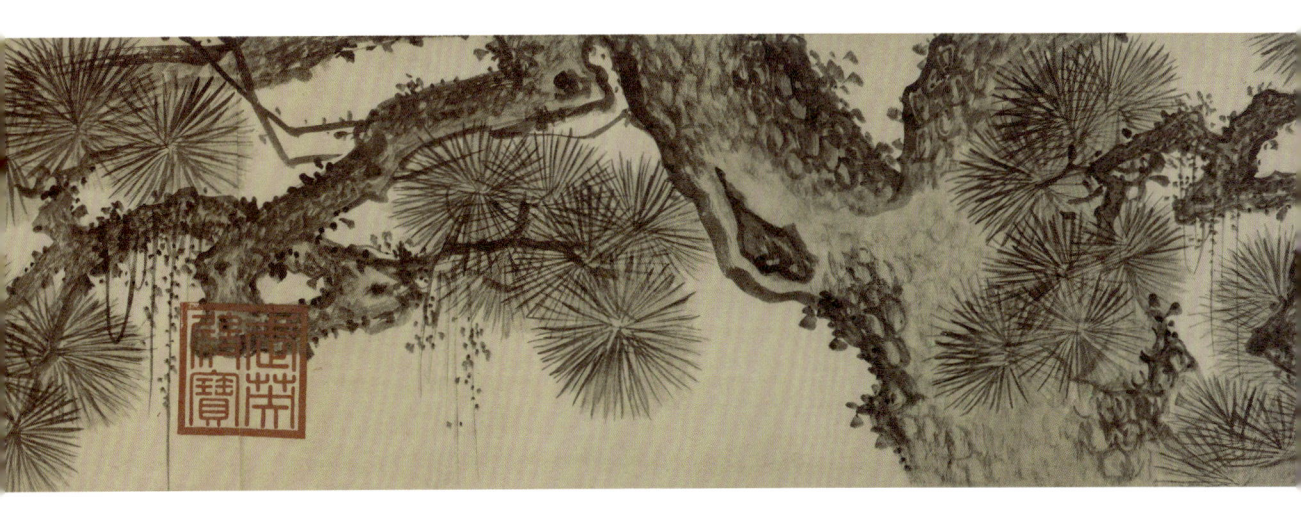

⑥【信用之】相信和采用它。
⑦【诏建宫府】诏建,下诏建造。宫府,宫殿与府衙,这里指庙宇。
⑧【以长其徒】掌管信徒。长(zhǎng),统治,统率。

"晋闻古之长民者,不堕山,不崇薮,不防川,不窦泽。"(《国语·周语下》)

⑨【条制】条例制度。

"今宜通籴,以充俭乏。主者平议,具为条制。"(唐·房玄龄等《晋书》卷二十六《食货志》)

⑩【广及物之泽】广及,扩大至。物之泽,万物的恩惠。
⑪【三宝】佛教中,称"佛、法、僧"为三宝,佛宝指释迦牟尼佛;法宝指佛的一切教法;僧宝指出家沙门僧众。三宝之所,指寺院。

朕祗承大统①,惟祖宗之训是敬是承②,而于释氏③亦靡怠忽④。凡故招提兰若⑤之敝⑥者,亦尝命修葺,无非⑦以凝祥殄沴⑧而为国家生民⑨迓福⑩者也。

皇后孙氏⑪,笃志于善⑫。心之所存,惟孝为切。旦夕宗社⑬生民之念,未尝暂忘。尝谓于朕,欲辍己之服用⑭,创建梵宇一区,奉佛菩萨。上以资宗庙圣灵⑮在天之福,以益圣母皇太后⑯齐天之寿,又以隆祐祚于朕躬⑰,保康和⑱于家国;下以被及⑲子孙臣民,咸承庆泽[20]。

①【祗承大统】继承皇位，祗奉。祗（zhī），敬。

"文命敷于四海，祗承于帝。"（《尚书·大禹谟》）

②【是敬是承】恭敬地继承。是，加重语气。祖宗之训，朱瞻基祖父明永乐皇帝《御制大报恩寺左碑》记："所以祗迎灵贶，上资福于皇考、皇妣，且祈普佑海宇生灵及九幽滞爽，咸沾济利，用仰承我皇考、妣之圣志，而表朕之孝诚。"

③【释氏】佛姓释迦的略称。指佛或佛教。

④【亦靡怠忽】也没有忽略。靡，无，没有。怠忽，怠惰玩忽。

"蓄疑败谋，怠忽荒政。"（《尚书·周官》）

⑤【招提兰若】泛指佛教寺院。

⑥【敝】凋敝，衰败。

⑦【无非】不外乎；无一不是。

⑧【凝祥殄沴】凝聚祥和，避免灾祸。殄（tiǎn），灭绝，消灭。沴（lì），天地四时之气不和而生的灾害。

"暴风不兴，疾雨不作，札沴殄息，靡有害菑。"（清·张廷玉等《明史》卷三百二十六《外国传七·柯枝》）

⑨【生民】人民、百姓。

⑩【迓福】迎福接运。旧时商户照例都在每月的初二、十六，准备四果、牲体祭拜土地公，称为"迓福"。迓（yà），迎接。

⑪【皇后孙氏】明宣宗孝恭孙皇后。少年时即接进宫中，由太子妃张氏养育，与朱瞻基结下竹马之交。明宣宗继位第三年废胡皇后，立孙氏为皇后。

⑫【笃志于善】一心向善。笃志，一心一志，立志不变。笃（dǔ），专一。

⑬【宗社】宗庙和社稷的合称，借指国家。

⑭【欲辍己之服用】辍（chuò），让出，拿出。服用，服装与器用之资费。

⑮【以资宗庙圣灵】资，资助，积蓄。宗庙，天子祭祀祖先的房屋。圣灵，指祖先在天之灵。

⑯【皇太后】指朱瞻基生母张氏，诚孝皇太后。洪武年间被封为燕王世子妃，永乐二年晋封为太子妃，也成为孙皇后的养母。明仁宗继位封为

皇后。朱瞻基继位，尊为皇太后。明英宗即位，尊为太皇太后，由于英宗年幼，张氏摄政，信用阁臣"三杨"杨士奇、杨荣、杨溥及胡濙、张辅等五大臣辅政，被称为"女中人杰"。

⑰【隆祐祚于朕躬】愿天赐洪福于朕身。隆祐祚（zuò），上天赐予的福佑。"隆祐"亦作"福佑"。躬，身体。

⑱【保康和】保持、延续安宁和顺。

⑲【被及】延及，广及。

⑳【咸承庆泽】普遍受到恩惠。咸，普遍。庆泽，指佛法的福泽。

朕嘉其善志，既俞允①之。命有司相土②所宜。于北京西北隅，距城一舍③许，玉泉山之麓，得胜地焉。高爽静幽④，夷坦轩豁⑤。玉泉之源，发于东麓，澄潋可鉴。自源稍西复东，汇为巨浸⑥，旧名西湖。湖□□□□城之内，宫城之西、万岁山之南，又汇为太液池，□□东南合惠河、潞河而达海。

由西湖而望，其南□□□□左，大房⑦在右，西山五华⑧、金城及居庸⑨诸峰，横碧耸翠、骈叠连亘⑩乎西北。湖之南、东、北三面，原田广衍⑪无际，皆膏腴壤⑫，资湖之润，农岁丰给⑬。盖湖之境擅⑭畿甸⑮最胜处，古今有名焉。

①【俞允】允诺。用于君主之应诺。

"帝曰：'俞'。"（《尚书·尧典》）

②【相土】相地选址。

③【一舍】古代以三十里为一舍。

"晋侯围原，命三日之粮。原不降，命去之。退一舍而原降。"（《左传·僖公二十五年》）

④【高爽静幽】位置高阔，空气流爽，寂静清幽。大功德寺周边是大面积古松林。

⑤【夷坦轩豁】平坦敞亮。大功德寺的南部及东南部是辽阔的瓮山泊西湖。

⑥【巨浸】辽阔水面。指瓮山泊，明代称西湖。

⑦【大房】山名。在北京房山县（属今北京市房山区）。

⑧【五华】即寿安山。

⑨【金城及居庸】二山名。金城山，在白瀑口以西，镇边城东三十里。居庸山又名军都山，为太行八陉之一，层峦叠嶂，形势雄伟，为燕京八景之一"居庸叠翠"。

⑩【骈叠连亘】重叠连绵。

⑪【原田广衍】原野上田地无边。广衍，广阔。

⑫【膏腴（gāo yú）壤】谓肥沃的土壤。

⑬【农岁丰给】农岁，收成，年收。丰给，丰裕富足。

⑭【擅】独享。

⑮【畿甸】京城地区，亦泛指京城郊外的地方。

"昔方千而畿甸，今七里而磐萦。"（唐·令狐德棻《周书》卷四十八《萧詧传》）

遂命创佛寺于湖之北，中建二殿，后为法堂。万法三乘①，各居其所。像貌严肃，咸称瞻仰。缭以周庑②，而绘释典所纪善因③于庑壁，以启敬信④。外作钟鼓楼，又外建三门。盖闳壮丽密⑤，称释氏所谓大道场⑥者也。

寺成，命礼部简⑦僧之诚实有戒行⑧者，主寺之熏修⑨。而别建僧居于寺之右。经始于宣德四年某月某日，竣事于六年某月某日。赐名曰大功德寺。一切之费悉出于中宫⑩。盖其一念之诚，以谓⑪由乎己不烦乎人⑫，庶几⑬神明鉴格，福祥来臻⑭，而宗社国家、子孙臣民均蒙利益，庶几以遂己之志。

夫中宫好善之诚宜书，寺之始创亦宜书，因书以为大功德寺。

①【万法三乘】泛指佛法。三乘，佛教语。一般指小乘（声闻乘）、中乘（缘觉乘）和大乘（菩萨乘）。三者均为浅深不同的解脱之道。

②【周庑（wǔ）】寺院内周边走廊、连廊。

③【善因】指佛教圣迹典故。

④【敬信】尊敬信任。句意，启发世人对佛法的崇拜信仰。

⑤【闳壮丽密】闳（hóng）壮，宏伟壮丽。丽密，华美而细密、精致。大功德寺仿宫廷之制，院落七进、九级台阶，寺后殿殿柱及藏经筒均为锥金技艺，尤为精美。

"丞相陈秀公治第于润州，极为闳壮，池馆绵亘数百步。"（宋·沈括《梦溪笔谈·杂志二》）

⑥【道场】本指释迦牟尼成道之处，后借指供佛或修行处所。

⑦【简】通"柬"，选择。

⑧【戒行】佛教语，指恪守戒律的操行。

"宋云、惠生见彼比丘戒行精苦，观其风范，特加恭敬。"（北魏·杨衒之《洛阳伽蓝记·闻义里》）

⑨【熏修】佛教语。谓焚香礼佛，修养身心。

"戒香薰修。"（《观无量寿佛经》）

⑩【中宫】皇后居住之处。因以借指皇后。

⑪【以谓】以为，认为。

⑫【由乎己不烦乎人】由乎己，全凭自己。烦乎人，麻烦别人。

⑬【庶几】希望；但愿。

"虽无旨酒，式饮庶几；虽无嘉殽，式食庶几。"（《诗经·小雅·车舝》）

⑭【神明鉴格，福祥来臻】神明，神灵，神祇。鉴格，审察合格。臻，到，到达。

## 译文

### 大功德寺记

□□□□□□，佛的道理涵盖天地，其功效能济人利物、洞察事物之细微，没有□□□□□□不能涉及的。在百千万亿劫之前，见不到它的起始；在百千万亿劫之后，也见不到它的终止。所以自从佛法传入中国以来，□□□□，上自国家君王，下至群臣百姓，都信奉采用它。

我□□□□天下，下诏修建寺院，用来掌管信徒。又制定条例制度，用以全面监查教规。也正是因为佛法有济人利物的功效，故而愿将其推广，以成滋润万物的福泽。所以从京师到各地都有供奉佛教三宝的寺院梵界。

朕登基以来，对祖宗圣训尊敬继承，同样对佛法也未有怠慢疏忽。凡是古寺衰败者，都命人整修翻新，无非是求得凝聚祥和、消除灾祸，为国家以及百姓迎福接运。

皇后孙氏一心向善，尽孝为先。记挂国家百姓，未有一刻忘怀。她曾语朕，愿献出自己服饰、器用的资金，创建一座佛寺，供奉佛祖与菩萨。上可为祖先在天之灵积福，可益助圣母皇太后齐天之寿，又可兴旺福佑于朕身，使家国保续安康和顺；在下可延及子孙与众臣百姓，各得佛法惠泽。

朕赞赏孙皇后的善孝之志，许其请求。命相关官员，相地选址。于北京西北郊、离京城约三十里的玉泉山山麓，选得一处形胜极佳位置。地势高爽，寂静清幽，平阔敞亮。玉泉发源于东麓，清澈映人。泉流稍稍向西又转东流，汇成辽阔水域，旧名西湖。湖□□□□□城内，在宫城之西、万岁山南，又汇聚成太液池。□□东南与通惠河、潞河合流后一直流入渤海。

从西湖望去，南面□□□瓮山居左，大房山在右，西山的五华山、金城山以及居庸山诸峰，横碧耸翠，连绵不绝亘立于西北天际。西湖的南、东、北三面，田野广阔无边，皆为沃土肥地，更依湖水滋润，年岁丰裕富足。湖境大美实为京城最胜之区，古今有名。

于是，朕命于西湖北岸创建佛寺。中部建造两座大殿，后面建法堂。佛经中的一切范本，在此各得其所。佛像威严肃穆，引人顶礼膜拜。四周环以庑廊，壁上绘制佛经善因典故，用来启发世人恭敬信入。主院外建钟楼、鼓楼，再外建门三座。殿宇宏伟壮丽、华美精致，可谓是礼佛修行的庄严净土。

寺成后，命礼部挑选诚实、恪守戒律高僧，主持寺中焚香修炼之事。又在寺外西侧建造僧舍（松林庵）。寺庙始建于宣德四年某月某日，竣工于宣德六年某月某日。赐寺名曰大功德寺。全部费用皆由中宫所出，孙皇后诚心行善，认为资助应由己而为，不可烦扰他人。愿神灵明鉴其行止，赐福降祥。宗庙社稷、国家以及子孙臣民皆蒙利益，各遂所愿。

中宫孙皇后施善之诚自应记述，大功德寺创建也应记述，因此，写下这篇《大功德寺记》。

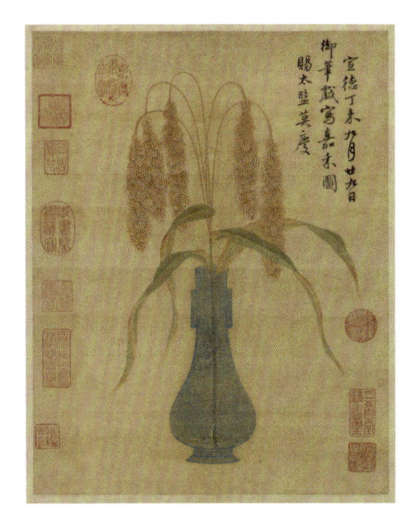

明宣宗御笔《嘉禾图》

## 附录1

### 御制大报恩寺左碑 永乐二十二年二月日
**明成祖朱棣**

朕惟佛氏之道，清净坚固以为体，慈悲利济以为用。包含无外，微妙难名。匪色相之可求，无端倪之可测。圆明普遍，显化无方，有不可思议者焉。

朕皇考太祖圣神文武钦明启运俊德成功统天大孝高皇帝、皇妣孝慈昭宪至仁文德承天顺圣高皇后，开创国家，协心致理。德合天地，功在生民。至圣极大，无以复加也。朕以菲德，统承大宝。负荷不易，夙夜惟勤。惕惕兢兢，祗循成宪。重惟大恩罔极，末由报称，且圣志惓惓，惟欲斯世斯民，暨一切有情，咸得其所。继述之重，其在朕躬。仰惟如来万法之祖，弘济普度，慈誓甚深；一念克诚，宜无不应。增隆福德，斯有赖焉。

南京聚宝门之外有寺，旧名长干，吴赤乌之岁所建。历世既远，兴替相因。宋真宗时，改寺额为天禧。国家洪武中，撤而新之。岁月屡更，将复颓圮。永乐乙酉，尝命修葺。未已，厄于回禄。今特命重建，弘拓故址，加于旧规。像貌尊严，三宝完具。殿堂廊庑，辉焕一新。重造浮屠，高壮坚丽，度越前代。更名曰大报恩寺。

所以祗迎灵贶，上资福于皇考、皇妣，且祈普佑海宇生灵及九幽滞爽，咸沾济利，用仰承我皇考、妣之圣志，而表朕之孝诚。今将竣事，特志其本末于碑，用昭示如来之道化，我皇考、皇妣之功德，配天地之广大，同日月之光明，而相为悠久于万万年。

**出处**

《大明太宗文皇帝实录》卷二百六十九。参校〔明〕葛寅亮《金陵梵刹志》卷三十一（明万历刻天启印本）。

## 附录2

### 御制大报恩寺右碑 宣德三年三月十五日

夫大觉之道，肇自西域，入中国，行于天下。其要归于导民为善，一切撤其迷妄之蔽，而内诸清净安稳之域，以辅翼国家之治。而功化之妙下至幽冥沦滞，靡不资其开济。是以功超天地，泽及无穷。历代人主，咸崇奖信。

我国家自太祖高皇帝受命为君，功德广大，同乎覆载。太宗皇帝奉天中兴，大德丰功，海宇悦服。仁宗皇帝嗣临大宝，功隆继述，远迩归仁。三圣之心，与天为一，与佛不二。是以道高帝王，恩周普率，四方万国，熙皞同春。朕承天序，寅奉鸿图。惟祖宗之心，操存不越；惟祖宗之道，率履弗违。至于事神爱民，一惟先志。

南京聚宝门之外，故有天禧寺，我太祖皇帝加修葺之致，清理之功。岁久而毁，太宗皇帝更新作之，名大报恩寺。上以伸圣孝，下以溥仁恩。经营之精深，规模之广大，极盛而元以加焉。垂成之日，龙舆上宾。仁宗皇帝临御，用竟厥功。制作之备，岿焉焕焉。

踔立宇宙，光映日月。于以奉万德之尊，会三乘之众。永宣灵化，弘建福德；显幽万类，覆被无穷。盖自古所未有也！

其兴造之由，已见永乐甲辰御制之碑，龙章丽天，本末完具。兹谨述三圣所以嘉厚象教之盛心，刻文贞石，昭示悠久。於戏！钟山巍巍，大江洋洋。圣德长存，慧化不息。亿万万年，与天同寿。

**出处**

［明］葛寅亮《金陵梵刹志》卷三十一（明万历刻天启印本）。

## 玉泉记

北京城之西北一舍许，有山曰玉泉。磅礴特起，势高而气厚。而诸山秀拔，若芙蓉万叠峙乎其后。玉泉山之东□，则泉之所出也。

泉窦环山趾，不可数计，或下，或涌，或□，皆甘冽。合流西行数百武，复东渟为巨浸，广数百亩，渟□靓深。其汗漫可以泛舟楫，其澄澈可以鉴毫毛。蒲□□茨之芬芳，凫鹥鱼鳖之游泳，靡不具焉。旧名西湖，□□□□，□宜耕稼。□□引泉灌溉，无旱暵患。湖溢而□□□□□□桥，入皇城为太液池。池视西湖盖倍深，□□□□□也。山之南小□□东，其物产之富，四时景象之□□□丽，盖都城□□地也。池溢又出惠河入潞河，合流至直沽入海。□□至海，其旁皆膏腴田，资于泉也。

夫泉，水之清也。玉泉，其至清者也。水之资于民，以湘以饮，以鉴以濯，非一其用，皆重其清也。而润泽生民，水之功用为尤大。河润九里，海润百里，有其功矣，而不能恒清。有至清之德，生物之功，莫玉泉若也，且在今畿甸之内，而载籍未之前闻，故为之记。

**出处**

《大明宣宗皇帝御制集》卷第二（明内府抄本）。

**注释**

### 玉泉记

北京城之西北一舍许，有山曰玉泉。磅礴特起①，势高而气厚②。而诸山秀拔，若芙蓉万叠峙乎其后。玉泉山之东麓，则泉之所出也。

泉窦③环山趾④，不可数计，或下、或涌、或止，皆甘冽。合流西行数百武⑤，复东渟⑥为巨浸，广数百亩，渟涵靓深⑦。其汗漫⑧可以泛舟楫，其澄激⑨可以鉴毫毛。蒲荷菱芡之芬芳，凫鹭鱼鳖之游泳，靡⑩不具焉。旧名西湖，土地沃衍，天宜耕稼。□□引泉灌溉，无旱暵患⑪。湖溢而□□□□□桥，入皇城为太液池。池视⑫西湖盖倍深，□□□□□也。山之南小□□东，其物产之富，四时景象之□□□丽，盖都城繁华地也。池溢又出惠河⑬入潞河⑭，合流至直沽⑮入海。通州至海，其旁皆膏腴田，资于泉也。

① 【特起】耸立、突起。玉泉山为平地孤山，突起于西湖之畔。

"山上有石，特起十丈，上峰若剑秒。"（北魏·郦道元《水经注·渐江水》）

② 【势高而气厚】气势高昂、风度深厚不凡。

"建国由来戒沃土，势高气厚人文武。"（清·张之洞《登牛首山望终南曲江樊川辋川作歌》）

③ 【泉窦】即泉眼。

④ 【山趾】亦作"山址"，山脚。

"原出陵足，行于山趾。"（汉·焦赣《易林·小畜之咸》）

⑤ 【武】计量单位。古以六尺为步，半步为武。

"夫目之察度也，不过步武尺寸之间。"（《国语·周语下》）

⑥ 【渟（tíng）】水积聚而不流动。

⑦ 【靓深】幽静深邃。靓，音、意通"静"。

"帷弸彋其拂汩兮，稍暗暗而靓深。"（汉·扬雄《甘泉赋》）

明宣宗御笔《花卉》

⑧【汗漫】广大，浩瀚无边。

"后湖汗漫无际，贼舟楫未具，不得渡。"（清·叶廷琯《鸥陂渔话·汉口后湖诗》）

⑨【澄激】澄澈。

⑩【靡】无不。

⑪【旱暵患】旱暵，干旱。暵（hàn），干旱。

"旱暵则舞雩。"（《周礼·春官·女巫》）

患，祸患，祸害。

⑫【视】比照，比。

⑬【惠河】即通惠河。

⑭【潞河】即北运河。

⑮【直沽】古地名。金、元时称潞（今北运河）、卫（今南运河）二河汇合处为直沽。

夫泉，水之清也。玉泉，其至清者也。水之资于民，以湘以饮，以鉴以濯①，非一其用②，皆重其清也。而润泽生民③，水之功用为尤大。河润九里，海润百里，有其功矣，而不能恒清。有至清之德，生物④之功，莫玉泉若⑤也，且在今畿甸之内，而载籍⑥未之前闻⑦，故为之记。

①【以湘以饮，以鉴以濯】可以烹煮，可以饮用；可以鉴古今，可以濯缨足。二句，前指水的实际功用，后为喻指，可借水鉴说古今兴替，褒

贬时事清浊。

湘，烹煮。

"于以湘之，维锜及釜。"（《诗经·召南·采蘋》）

濯，洗。

"沧浪之水清兮，可以濯吾缨；沧浪之水浊兮，可以濯吾足。"（《楚辞·渔父》）

②【非一其用】即其用非一，意为水的功用不止一处。

③【润泽生民】施惠于百姓众生。润泽，恩泽，施恩。

④【生物】养育万物。

⑤【莫……若】即莫若，没有……能比得上。

⑥【载籍】书籍；典籍。

⑦【未之前闻】即前所未闻。

**译文**

### 玉泉记

北京城西北约三十里，有山名叫玉泉。兀立磅礴，气势雄傲。其后群山秀拔，有如芙蓉层层叠叠，簇拥峙立。玉泉山东麓即玉泉涌出之处。

泉眼环布于山脚，不可胜计，或悬洒，或喷涌，或平溢，皆甘美清冽。泉脉合流向西数百武，又转向东汇成大湖，面积数百亩之多，水深流静，浩瀚无涯，可以泛舟行船，晶莹澄澈毫发毕现。蒲荷菱芡之芬芳，凫鹭鱼鳖之畅游，齐聚于此。旧名西湖，环湖土沃，最宜耕种。田畴引泉浇灌，没有干旱之虑。湖水溢出而□□，□□□桥，入皇城后汇为太液池。池水比西湖深一倍，□□□□□也。山的南边小□□东，物产之富足，四时景象之□□□丽，实为都城繁华之地。之后池水溢出通惠河、注入潞河，在直沽达于渤海。从通州至海，河两岸都为肥田，皆赖于玉泉的滋润。

泉者，为水"清"之代表，而玉泉则是"清"中之清。水资助于人，或烹煮或饮用，抑或借水以鉴说远古，或临渊以褒贬时事，其功用不一而足，但都基于"清"的特质。而哺育滋润众生百姓，其功用尤其为大。黄河润地可至九里，苍海润地可至百里，却都不能一"清"始终。能够具备至清至澄，又能养育万物者，非玉泉莫属。然而在京畿之域，尚未有玉泉的专篇论述，因此我撰文记之。

## 西山赋

夫何西山磅礴而高大兮，与五岳而争雄；其下盘踞乎厚地兮，上摩切乎层穹；挂星辰于万仞之绝壁兮，泄云雾于九叠之危峰。

其东则走势蜿蜒若赴沧海，瞰碣石以傲兀，抱榆关而流彩。其南则原野逶迤、冈峦映带，控沃壤于千里，引河流之九派。其西则太行巀嶪、雁门嵯峨，跨泽潞以纡回，顾蔚朔而坡陀。其北则居庸倚天、雄关险阻，虽万夫而莫开，制穷荒之残虏。此其表奇特于四方，壮金汤于千古者也。

若乃春和景明，草木敷荣；千岩耸翠，万岭攒青。黛色浓其欲滴，岚光瀹其相萦。迨夫东皇回驾，炎威届候；雨暗林峦，云归岩岫。鼓泙湃之松风，泻潺湲之石溜。至若金飙微动，灏气乍澄；凉生雾壑，秀耸云屏。绚霜叶之璀璨，挺烟岫之峥嵘。乃若冰冱阴崖、雪冒遥岑；林居尽掩、樵径莫寻。恍昆冈之积玉，比于阗之献琛。此其四时之景物不同，而皆足以舒望眼而豁中襟也。

嗟夫！天造地设，爰自开辟，历古今而壮观，奠幽燕而甸卫，非造化之有待用、巩固于京国者，与吾将探奇胜、揽秀色，希乐山之仁、安静者之适，又何必问道于崆峒，而后遂登于寿域哉！

**出处**

《大明宣宗皇帝御制集》卷第六（明内府抄本）。

**注释**

西山赋

夫何西山磅礴而高大兮，与五岳而争雄；其下盘踞乎厚地兮，上摩切乎层穹；挂星辰于万仞之绝壁兮，泄云雾于九叠之危峰。

其东则走势蜿蜒若赴沧海，瞰碣石①以傲兀，抱榆关②而流彩。其南则原野逶迤、冈峦映带，控沃壤于千里，引河流之九派③。其西则太行巀嶪④、雁门⑤嵯峨，跨泽潞⑥以纡回，顾蔚朔⑦而坡陀⑧。其北则居庸倚天、雄关险阻，虽万夫而莫开，制穷荒之残虏。此其表奇特于四方，壮金汤⑨于千古者也。

①【碣石】山名。位于今河北省昌黎县北，渤海岸边。碣石山余脉的柱状石亦称碣石，该石自汉末起已逐渐沉没海中。

②【榆关】即山海关。古称渝关、临榆关，其地古有渝水，县与关因此得名。明代改为今名。今属河北省秦皇岛市。

③【引河流之九派】疏导黄河形成九条支脉。引，引领，疏导。

④【巀嶪（jié yè）】高耸。

⑤【雁门】雁门山的省称，位于今山西省代县。山势险要，建有雁门关。山势蜿蜒，东连平型关、紫荆关、倒马关，直抵幽燕。西接轩岗口、宁武关、偏头关，直至黄河边。

明宣宗御笔《花卉》

⑥【泽潞】即泽州（今山西省晋城市）、潞州（今山西省长治市）。辖境均为太行山的一部分。

⑦【蔚朔】蔚，即蔚州（今河北省蔚县），地处太行山、恒山和燕山交会处。朔，即朔州（今山西省朔州市），位于今山西省北部太行山，桑干河上游，南扼雁门关隘，山势最高。

⑧【坡陀】即"陂陁""陂陀""陂陀"（音、意同）。倾斜不平貌。

"登陂陁之长阪兮，坌入曾宫之嵯峨。"（汉·司马迁《史记》卷一百一十七《司马相如列传》）

"靡迤秦山，陂陀汉陵。"（唐·李华《含元殿赋》）

"依旧是两岸高崖，只不过没有先前的那样峭拔，稍微呈现了陂陁的形态。"（茅盾《虹》）

⑨【金汤】这里指北京城。


若乃春和景明，草木敷荣；千岩耸翠，万岭攒青。黛色浓其欲滴，岚光滃其相萦①。迨夫东皇回驾②，炎威届候；雨暗林峦，云归岩岫。鼓泙湃③之松风，泻潺湲之石溜。至若金飙微动④，灏气乍澄⑤；凉生雾壑，秀耸云屏。绚霜叶之璀璨，挺烟岫之峥嵘。乃若冰冱阴崖⑥、雪冒遥岑；林居尽掩、樵径莫寻。恍昆冈之积玉⑦，比于阗⑧之献琛。此其四时之景物不同，而皆足以舒望眼而豁中襟⑨也。

嗟夫！天造地设，爰自开辟⑩，历古今而壮观，奠幽燕而厥为⑪，非造化之有待用、巩固于京国⑫者，与吾将探奇胜、揽秀色，希乐山之仁、安静者之适，又何必问道于崆峒⑬，而后遂登于寿域哉！

①【岚光滃其相萦】滃（wēng），滃然，云气腾涌、烟雾弥漫的样子。岚光，山间雾气经日光照射而发出的光彩。

②【东皇回驾】春天归去。东皇，指司春之神，泛指春天。

"东皇去后韶华在，老圃寒香别有秋。"（唐·戴叔伦《暮春感怀》）

③【泙湃】这里同"澎湃"。冲击声。

"万舟如覆叶，浮尸如泛蚁，随流漂荡，听风澎湃。"（清·康

有为《大同书》)

④【金飙微动】秋风初起。飙（biāo），暴风。

⑤【灏气乍澄】意近"金风送爽"。灏（hào）气，弥漫在天地间之气。

⑥【冰冱阴崖】冰封山阴，冰挂山阴之崖壁。冱（hù），冻结，凝聚。

"大泽焚而不能热，河汉冱而不能寒。"（《庄子·齐物论》）

⑦【恍昆冈之积玉】雪后西山恍如昆仑。昆冈，亦作"昆岗"，即昆仑山，常年积雪。恍（huǎng），迷离恍惚，模糊不清。

"忽魂悸以魄动，恍惊起而长嗟。"（唐·李白《梦游天姥吟留别》）

⑧【于阗】西域古国名，在今新疆和田一带。以盛产美玉而著名。

⑨【豁中襟】胸怀豁然开阔。中襟，心中，胸怀。

"倚梧或敲枕，风月盈中襟。"（宋·周敦颐《濂溪书堂》）

⑩【爰自开辟】源自开天辟地。开辟，指宇宙的开始。古代神话，谓盘古氏开天辟地。

⑪【奠幽燕而崱屴】奠定了幽燕雄伟气势，引申为帝王之气。崱屴，高大峻险貌。

⑫【京国】京城；国都。

⑬【崆峒（kōng tóng）】山名。在今甘肃平凉市西。相传是黄帝问道于广成子之所。也称空同、空桐。

"黄帝立为天子，十九年，令行天下，闻广成子在于空同之上，故往见之。"（《庄子·在宥》）

## 勤政

帝王代天理物，必躬勤政事。在己弗勤，则百工旷，而庶事惰矣。故虞舜兢业万几，大禹克勤于邦，成汤昧爽丕显，文王不遑暇食，此皆古圣人之勤也。后之为君，其可以弗勤乎？

勤则心专，志意无斁。无敖以虑事，则不至于率略以处事，则不至于壅滞而庶政，理矣。一或弗勤，将气昏志惰，玩时愒日，苟且因循，政弊而罔知，民困而罔闻，而庶事惰矣。国家兴亡之几可不戒哉！

夫天常行故健，日月常行故明。水久停畜必腐，人久不动作必病。民堕于生业，则有冻馁之忧。况天下之主，宰亿兆所仰望，岂可不自励乎？是以古之帝王深以懈惰荒宁为惧，勤励不息自强，而周公无逸之训，万世帝王所当钦服。

**出处**

《大明宣宗皇帝御制集》卷第一（明内府抄本）。

# 明宣宗风景诗文

**背景提要**

明宣宗现存一千余首御制诗，题材广泛，文体多样，其中风景园林诗作占很大部分，写作风格典正平和，用词精工，富有皇家气象。这也是他游览、观稼、巡狩活动的记录，字里行间展现出对北京山水的热爱、悯农情感以及帝王胸怀。

## 西郊观稼

秋气始云肃，民事恒所忧。兴言出西郊，行行历田畴。
未役既成列，禾穗亦已抽。举目远望之，蓊然若云浮。
从容止前驱，息驾①临崇丘。野老②欣我来，拜稽拥道周。
为言风雨时，且免蝗与蟊。皆由朝廷赐，饱食庶可求。
感此诸老言，兹乃天垂休③。予惟法祖宗，希阐万世猷④。
养民有至道，六府⑤诚当修。

**出处**

《大明宣宗皇帝御制集》卷第十二（明内府抄本）。

**注释**

①【息驾】停车休息。

"行徒用息驾，休者以忘餐。"（三国·魏·曹植《美女篇》）

②【野老】村野老人。

"野老念牧童，倚杖候荆扉。"（唐·王维《渭川田家》）

③【垂休】显示祥瑞；降福。

"公私两困，盗贼已繁，犹赖上帝垂休，岁不大饥。"（宋·司马光《乞开言路札子》）

④【希阐万世猷】希望开辟万世治国之道。阐，开辟，扩大。猷（yóu），法则。

⑤【六府】古以水、火、金、木、土、谷为"六府"。

"地平天成，六府三事允治，万世永赖。"（《尚书·大禹谟》）

## 省敛

晨驾行西郊，群物①各已秋。黍稷满平陆，秔稻亦盈畴。
田家始收获，来往弥道周。念彼终岁勤，未获一日休。
既重租税务，亦忧饥冻忧。安得如坻京②，庶几③寡外求。
君民本同体，一视乃无尤。殷勤命有司，省敛④遵昔猷⑤。
咨询⑥助不给，民瘼⑦庶其瘳⑧。

**出处**

《大明宣宗皇帝御制集》卷第十六（明内府抄本）。

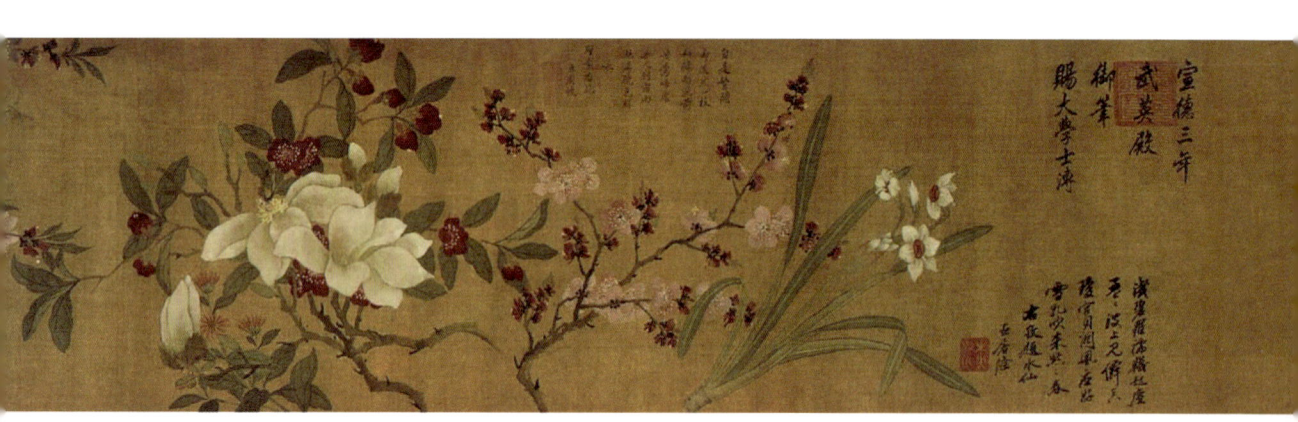

明宣宗御笔《花卉》

**注释**

① 【群物】万物。

② 【坻京】丰年谷物堆积如山。

"曾孙之庾，如坻如京。"（《诗经·小雅·甫田》）

③ 【庶几】或许可以。

"王庶几改之，予日望之。"（《孟子·公孙丑下》）

④ 【省敛】古代帝王巡视秋收。

⑤ 【昔猷】以前的法则。

"秩秩大猷，圣人莫之。"（《诗经·小雅·巧言》）

⑥ 【咨询】咨商、询问。

⑦ 【民瘼】民众的疾苦。

⑧ 【庶其瘳】有幸得到其治愈。瘳（chōu），疾病消失了。

## 秋日郊行

乘辇适西郊，西郊正秋暮。风高唳征鸿，天阔饮晴雾。
稍稍历原野，遵途戒驰骛①。四望见平畴，坦旷无险阻。
蔼蔼多桑麻，芃芃②尽禾黍。农人欣收获，老稚盈道路。
嗟哉四民中，惟农最劳苦。力耕冀丰年，灾旱或失所。
念此心恻然③，吾当德施普。命驾旋城关，余晖映高树。
宵衣坐不寐，恭默思贤辅。

**出处**

《大明宣宗皇帝御制集》卷第十六（明内府抄本）。

**注释**

① 【驰骛】疾驰，奔驰。骛（wù），驰骋，疾速行进。

"申旦骛轻骑，胜游轻繁暑。"（明·许承钦《夏仲自正觉寺游佛峪遂登龙洞山绝顶》）

② 【芃芃（péng péng）】繁茂的样子。

"我行其野，芃芃其麦。"（《诗经·鄘风·载驰》）

③【恻然】悲伤的样子。

## 冬日游西湖

西湖渺浩荡,湛湛玉泉流。朝日丽广甸,轻飙扬兰舟。

霜气振高木,脱叶鸣萧飕。凫鹥时泛泛,潜鱼亦油油。

适当机务余,偶此一日游。载咏灵沼诗,我怀良悠悠。

**出处**

《大明宣宗皇帝御制集》卷第十七(明内府抄本)。

## 雨后望西山见其顶

时雨朝来过,登高眺西山。天光创开霁,余云犹未还。

累累见山巅,罗列千髻鬟。葳蕤①九霄上,亦若菡萏蕃②。

云出已泽物,既罢寂如闲。吾心正乐此,相对一怡颜。

**出处**

《大明宣宗皇帝御制集》卷第十七(明内府抄本)。

明宣宗御笔《秋塘白鹭》

**注释**

①【葳蕤（wēi ruí）】形容枝叶繁密，草木茂盛的样子。

②【菡萏蕃（hàn dàn fán）】盛开的荷花。古人常以荷花、莲花形容优美的峰峦。菡萏，即荷花。

## 望太行云气有作

岩峣①太行山，连延亘西陆。其高几万丈，峰峦互逶迤。
上有千叠云，缅若车盖②飞。凌风自飘扬，映日还蔽亏③。
舒卷固无定，悠悠竟何归。谅不成甘霖，焉用摩天涯？

**出处**

《大明宣宗皇帝御制集》卷第十七（明内府抄本）。

**注释**

①【岩峣（tiáo yáo）】山势高峻的样子。

"践蹊径之危阻，登岩峣之高岑。"（三国·魏·曹植《九愁赋》）

②【车盖】古代车上遮雨蔽日的篷子。

"日初出大如车盖。"（《列子·汤问》）

③【蔽亏】因遮蔽而半隐半现。

## 惠河春浪

惠河之水日悠悠，源自西湖一派流。
隐映云霞如濯锦，下通郊郭可乘舟。
沙边杜若①参差长，波底鲂鱼自在游。
若欲青春观祓禊②，风光全胜曲江③头。

**出处**

《大明宣宗皇帝御制集》卷第三十二（明内府抄本）。

**注释**

①【杜若】香草名。多年生草本,高一二尺。夏日开白花。果实蓝黑色。

②【祓禊(xì)】古代中国民俗,每年春季上巳日在水边举行祭礼,洗濯去垢,消除不祥。

③【曲江】钱塘江。

### 雨洗秋山

雨余一带西山色,洗净浮岚紫翠开。
气援金茎①通沆瀣②,光联玉笋③露崔嵬。
分明归鹤孤飞雪,想象奔泉万壑雷。
闲看秋清九千仞,绝胜东海望蓬莱。

**出处**

《大明宣宗皇帝御制集》卷第三十四(明内府抄本)。

**注释**

①【金茎】指仙人承露盘中的露水。群山青翠欲滴仿佛沾染了仙气神露。

"霞觞味并金茎赐,彩袖香从玉殿分。"(清·姚弘绪《送阎荆州终养归中州》)

②【沆瀣(hàng xiè)】水汽、露水。

"餐六气而饮沆瀣兮,漱正阳而含朝霞。"(《楚辞·远游》)

③【玉笋】喻秀丽耸立的山峰。

"桂之千峰皆旁无延缘,悉自平地崛然特立,玉笋瑶簪,森列无际,其怪且多如此,诚当为天下第一。"(宋·范成大《桂海虞衡志·志岩洞》)

### 望西山

万仞西山紫翠重,九霄削出玉芙蓉。
清如匡阜①峨眉秀,势比终南太华雄。

佳气画腾皆作凤，密云春起亦随龙。
都畿右拱真形胜，沧海回环近在东②。

**出处**

《大明宣宗皇帝御制集》卷第三十四（明内府抄本）。

**注释**

①【匡阜】江西庐山的别称。

②【都畿右拱真形胜】二句源自北宋范镇《幽州赋》："虎踞龙盘，形势雄伟。以今考之，是邦之地，左环沧海，右拥太行，北枕居庸，南襟河济。形胜甲于天下，诚天府之国也！"

### 西山白云

半空苍翠霁西山，云气英英万壑间。
挟雨不从龙变化，随风时共鹤飞还。
应知樵客行迷远，定有林僧坐对闲。
更想高人在深处，拟令使者访松关。

**出处**

《大明宣宗皇帝御制集》卷第三十四（明内府抄本）。

### 雨后观西山

雨过西山一片晴，芙蓉千叠画难成。
散开云气青于染，映带霞光翠愈明。
中岳①嵩高宜并秀，南州庐阜②亦同清。
根盘厚土深无极，长作京都万岁屏。

**出处**

《大明宣宗皇帝御制集》卷第三十四（明内府抄本）。

明宣宗御笔《秋塘白鹭》

**注释**

① 【中岳】河南嵩山。
② 【庐阜】江西庐山。

### 西湖夏景

沧波万顷湛平湖,湖上青山似画图。
风度藕花香旖旎①,烟笼岸柳景模糊。
锦鳞戏跃洲边藻,野鹜②翻窥水上蒲。
静倚南熏凝望处,天然清致满皇都。

**出处**

《大明宣宗皇帝御制集》卷第三十五(明内府抄本)。

**注释**

①【旖旎（yǐ nǐ）】轻盈柔顺的样子。

"纷容萧参，旖旎从风。"（汉·司马迁《史记》卷一百一十七《司马相如传》）

②【野鹘（hú）】鸟类的一科。翅膀窄而尖，嘴短而宽，上嘴弯曲并有齿状突起。飞得很快，善于袭击其他鸟类。也叫隼（sǔn）。

## 晚凉泛舟

向晚龙舟泛御河①，碧天如镜浸澄波。
兰桡②拨浪轻翻雪，凤盖惊鱼乱掷梭。
斜日隔林凝暑在，微风拂水送凉多。
清虚浑似瀛洲境，箫鼓声余发棹歌。

**出处**

《大明宣宗皇帝御制集》卷第三十五（明内府抄本）。

**注释**

①【御河】指自西湖通向紫禁城的河道，也称玉河。城外区段也称高梁河、长河。

②【兰桡】以木兰树制成的船桨，此处代表船。

"争多逐胜纷相向，时转兰桡破轻浪。"（唐·刘禹锡《采菱行》）

## 秋日郊行

颢气澄澄玉露溥，偶因行乐逐清欢。
郊坰迢递吟怀壮，禾黍丰登饮兴宽。
红叶舞丹霜后落，青山如画马前看。
西风胡虏烟尘净，况是黔黎①四海安。

**出处**

《大明宣宗皇帝御制集》卷第三十五（明内府抄本）。

**注释**

①【黔黎】黎民百姓。

## 西郊秋兴

数叶阶蓂①晓露晞,锦韀玉勒②出郊时。
笔端风月诗十首,物外乾坤酒一卮③。
民庶④至情俟我察⑤,溪山清趣少人知。
重阳佳节应相近,谩⑥插黄花一两枝。

**出处**

《大明宣宗皇帝御制集》卷第三十五(明内府抄本)。

**注释**

①【阶蓂】即蓂荚。瑞草名,夹阶而生,故名。

"(帝尧)在位七十年……又有草荚阶而生,月朔始生一荚,月半而生十五荚,十六日以后日落一荚,及晦而尽,月小则一荚焦而不落,名曰蓂荚。"(《今本竹书纪年》)

②【锦韀玉勒】锦制的衬托马鞍坐垫,玉饰的马衔。指装饰豪华的骏马。韀(jiān),马鞍垫。

③【卮(zhī)】酒器。

④【民庶】庶民,百姓。

⑤【至情俟我察】真实情况等我明察。

⑥【谩】莫,不要。

"谩叹息,谩恓惶。"(金·董解元《西厢记诸宫调》)

## 画山水

谁道天机①所到难,胸中丘壑出毫端。
山连云气千林润,水接天光六月寒。
柳外人家维晚棹,莎边鸥鸟泛晴澜。
辋川老叟②今何在,千古清风画里看。

**出处**

《大明宣宗皇帝御制集》卷第三十六（明内府抄本）。

**注释**

①【天机】造物的奥秘，上天的机密。不可透露的机密。

②【辋川老叟】指唐代诗人王维。

### 平堤新柳

东风何处最先知，但见垂杨金满枝。

太液池边晴弄影，西湖堤上淡垂丝。

方当锦鲤跳波日，正是黄莺出谷时。

多感化工佳意思，催将景物助新诗。

明宣宗御笔《鹰》

**出处**

《大明宣宗皇帝御制集》卷第三十六（明内府抄本）。

## 西郊秋色

迢递西郊望渺然，无穷秋曙映长天。
晚田禾黍村村熟，野水芙蓉处处鲜。
一带青山如玉立，万家红树与云连。
遥闻社鼓风中急，应是农夫报有年。

**出处**

《大明宣宗皇帝御制集》卷第三十七（明内府抄本）。

## 西山夕照

一望西山万叠幽，晚来残照未全收。
光生卉木丹青出，气拥岩峦紫翠浮。
远寺钟声鸣近夕，长天雁影度清秋。
余霞更泛前溪曲，共爱朝宗锦水流。

**出处**

《大明宣宗皇帝御制集》卷第三十八（明内府抄本）。

## 秋日西湖观玉泉三首

### （一）

森森拖晴练，涓涓泻玉虹。
相看清兴足，万壑洒天风。

### （二）

秋日涵空碧，春风漾玉波。
东流入沧海，倒影照银河。

## （三）

千里同河润，从来利泽多。
饮余清透骨，可用解烦疴①。

**出处**

《大明宣宗皇帝御制集》卷第三十九（明内府抄本）。

**注释**

①【烦疴】扰人的疾病。疴（kē），疾病。

世宗書

昨查出戍化間鍊石之處無舍樓止朕欲尔居之無屋舍如何用的況尔篤信上道以道院為許都不可離也勿遷

明世宗御笔《屋舍帖》

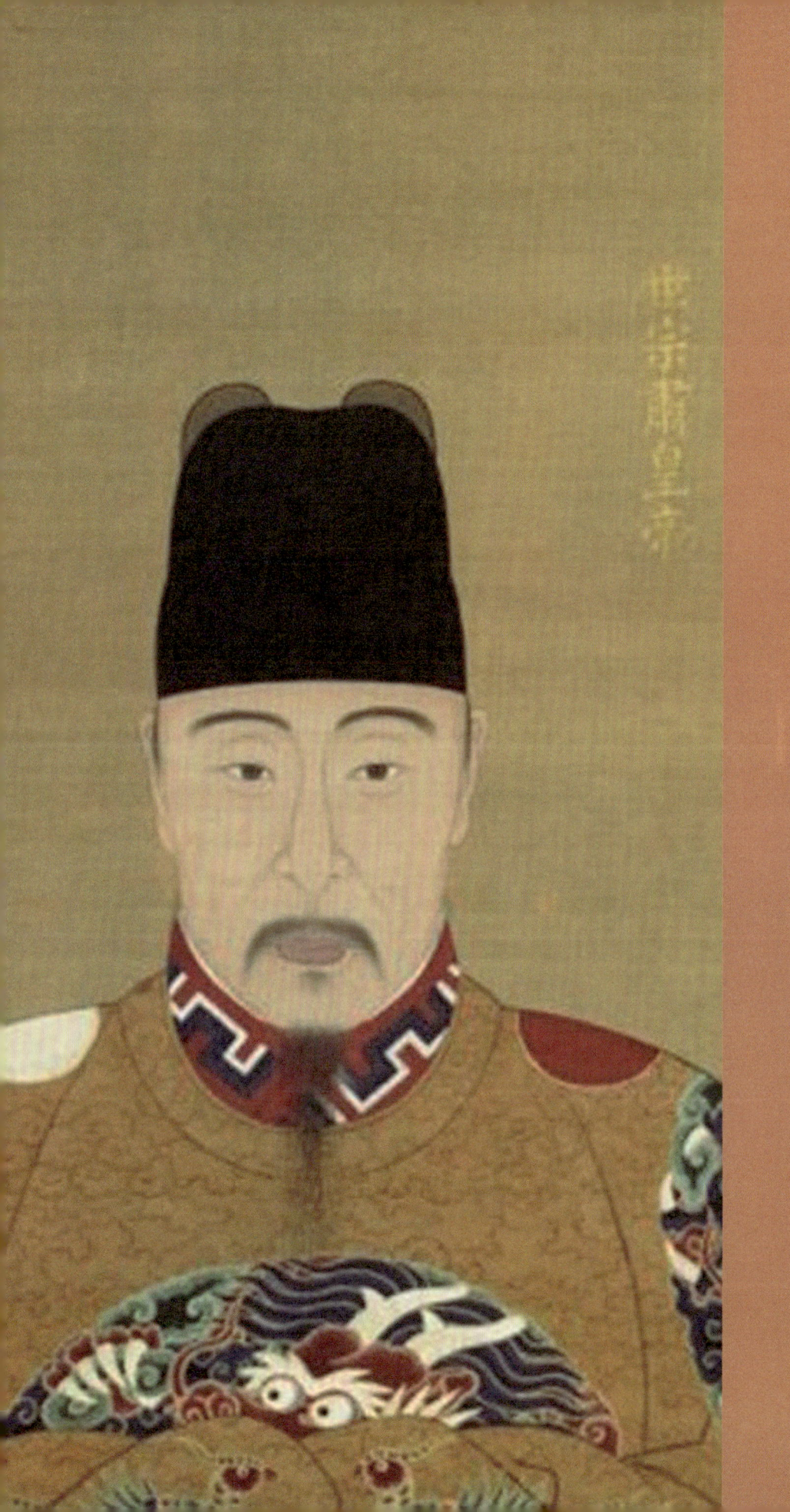

明世宗嘉靖皇帝湖山诗文

## 作者简介

明世宗嘉靖皇帝朱厚熜（1507—1566年），明朝第十一位皇帝。明宪宗朱见深之孙，明孝宗朱祐樘之侄，兴献王朱祐杬之子，明武宗朱厚照的从弟。母兴献皇太后蒋氏。年号嘉靖，在位45年。

正德十六年（1521年）四月，以武宗从弟入继皇位。旁支入统，围绕继统继嗣，发生"大礼议"事件，历经三年，世宗终于获胜。世宗早期颇为勤政，整顿朝纲，打击宦官，减轻赋役，对外抗击倭寇。他崇道抑佛，烧佛骨、拆寺庙，并以大孝闻名。中后期，发生壬寅宫变后，避居西苑，沉湎于道教修炼，20余年不上朝，明朝由此走向衰落。

嘉靖四十五年（1566年）驾崩，享年60岁。庙号世宗，谥号肃皇帝，葬于北京明十三陵的永陵。传位于朱载垕，即明穆宗。

## 诗文与园林背景

明世宗在书法和文学方面都有造诣。喜为诗，常常与阁臣相唱和，贵戚群臣多受赐赠。著有《御制诗赋集》《宸翰录》《祭祀记》《忌祭或问》《火警或问》《春游咏和集》《翊学诗》《咏春同德录》《白鹊赞和集》，皆佚失无存。现存《御著大狩龙飞录》二卷，《辅臣赞和诗集》一卷。

嘉靖初期，世宗整治了瓮山至香山一带的生态环境，清除太监官宦寺坟，保护西湖水源地，禁止开矿伐木。他精通礼仪制度，对京城坛庙祭祀体系进行调整建设。此外还建设了南部城墙，奠定北京城"凸"形格局。

明世宗以祭金山陵寝之名，三次奉母游西湖、玉泉山，写下不少诗篇，命从臣奉和。诗题有《泛舟西湖》《西湖词》《鱼入舟》《前次灵鱼入舟追作》《谒陵礼成奉圣母舟还京记事述怀赋》《初夏西游奉圣母舟行赋》等，皆无存。不过从众臣和诗中，可推知世宗的游览情形、品味趣向，以及明中期西湖的风景地理信息。此处辑录众臣唱和之作，以为补缺。

# 明世宗一游西湖恭和诗文

**背景提要**

　　嘉靖十五年（1536年）三月，明世宗第一次祭陵，从天寿山至金山景泰陵祭拜，随后游览玉泉山，驻跸大功德寺，又自青龙桥登船，荡舟西湖，吟诗奏乐，为母祝寿。之后组成船队，沿长河至阜成门进宫。世宗途中赋诗命臣属奉和。诗中高凉桥即高梁桥，龙王庙即后世昆明湖南湖岛上广润祠。

　　本年三月，于沙河建巩华城。四月，大兴隆寺火，改建京师武学。五月，命烧毁元大善殿所藏佛像、佛骨、佛牙等物，金银佛像169座，其他佛品13000余斤。夏季，大水，城房屋多有倾塌。七月，皇史宬竣工。十一月，修建文华殿，改黄瓦。十二月，九庙工程完。造献皇帝庙于太庙。

明世宗生父兴献王朱祐杬像，后被尊奉为兴献皇帝

## 御制《泛舟西湖》恭和二首
### 廖道南

（一）

乘舆岂漫游，慈极乐优游。瑶渚围玄圃，金川漾锦流。
烟帆齐引旆，云幄霭成楼。皇轸兼农事，春田望有秋。

（二）

日驭乘春暇，霓旌逐水张。夹川花萼暖，拂岸柳丝长。
霞结千林绮，风回百和香。豫休陈夏谚，丰芑保周疆。

**出处**

　　［明］廖道南《楚纪》卷五十六（明嘉靖二十五年何城李桂刻本）。

## 恭驾奉圣母《泛舟西湖》
### 骆文盛

（一）

森森芳湖霁景开，翠华遥自翠微来。

波翻紫荇迎仙舸，风送红霞上寿杯。

（二）

缥缈花香浮岛屿，葱茏佳气护蓬莱。

当筵拟献嵩华祝，染翰惭非沈宋才。

**出处**

［明］骆文盛《骆两溪集》卷七（明万历刻武康四先生集本）。

## 拟圣驾祀陵毕奉圣母《泛舟西湖》应制
### 王立道

（一）

凤辇逶迤环紫极，春明雨露动宸思。

遍修祖祀桥山冢，更侍慈颜太液池。

（二）

原陵回望衣冠道，汾水空惭箫鼓辞。

神圣于今兼顺孝，相如欲赋苦才迟。

**出处**

［明］王立道《具茨集·诗集》卷四（清文渊阁四库全书补配清文津阁四库全书本）。

## 侍上祀陵回奉圣母《泛舟西湖》恭述二首
### 夏言

（一）

七陵朝谒几经丘，端为慈欢一放舟。
莫作西湖歌吹曲，君王原不是春游。

（二）

湖上牙樯锦缆开，太平真主祀陵回。
楼船不羡横汾赋，舟楫唯惭济巨才。

**出处**

［明］夏言《桂洲诗集》卷二十一（明嘉靖二十五年刻本）。

## 恭和御制《奉圣母观玉泉》二首
### 夏言

（一）

山腰亭子瞰清泉，玉溜深从石罅穿。
御辇慈舆同驻跸，他年端合号龙渊。

（二）

何事兹山号玉泉，清泉喷玉地中穿。
慈宫福寿何堪拟，千仞冈陵万仞渊。

**出处**

［明］夏言《桂洲诗集》卷二十一（明嘉靖二十五年刻本）。

## 恭和御制《谒陵礼成奉圣母舟还京记事述怀赋》
### 夏言

维膺命以肇造鸿业兮，天实纯佑我太祖；维定都以永保丕基兮，天实笃生我文皇。

据钟陵金台之南北峙兮，俨郁郁乎龙凤之冈；传一世以至

《女训》书影,此书为明世宗生母兴献皇后蒋氏所撰　　明世宗为《女训》所作序

千万世兮,信大命之有常。

兴礼乐必待百年兮,非至圣其曷当?肆我皇之抚运而绍统兮,动必取法乎三代之明王。

乃一心对越乎上帝兮,可以质鬼神之在旁;念七圣功德之巍巍兮,自文祖以迄于武皇。

抵陵谒以北诣天寿兮,修旷典以振四方之纲;既斋心以积敬兮,复考礼以致其详。

戒万乘而翊慈舆以俱发兮,爰诹日得季春之良;六师总总以扈跸兮,欢声震乎万方。

岂俎豆之具歆兮,感至治之馨香;伊皇天皇祖之眷德兮,龙舟送喜兆文孙之祥。

张广乐于西湖之上兮,览玉泉于金山之阳;川后奉楫以先驱兮,玄武振斾而启行。

拱慈颜之俨若兮,俯临泛容与而悦康;三辰正而百谷熟兮,五兵弗试而敛芒。

睹太平之有象兮，颂我后之明明；惟百辟承式之不暇兮，顾臣力何有于赞匡。

仰稽首而扬言兮，愿一人建极以聿开万世有道之长。诨曰：

於穆圣主，裕后光前。圣文神武，休德克全。

上帝鉴兹，百神享焉。三代哲王，道统是传。

惟敬惟一，惟日颛颛。永言保之，亿万斯年。

**出处**

［明］夏言《桂洲诗集》卷一（明嘉靖二十五年刻本）。

## 甲申驾还由青龙桥《奉圣母御舟经龙王庙至高凉桥登辇》恭和二首
### 廖道南

（一）

宸游三月御楼船，山色湖光带远天。

柳护牙樯含曙旭，花迎锦幄照春烟。

波通少海仙源迥，光动明河睿藻鲜。

自是川祇知利涉，秘图先献御筵前。

（二）

三春扈跸属车随，十里乘舟荷主私。

才向东亭承面谕，夙从舟楫沃心知。

隔溪凫雁回歌扇，近海鱼龙识羽旗。

天为吾皇崇孝养，汀兰岸芷侑霞卮。

**出处**

［明］廖道南《楚纪卷五十六·穆风外纪后篇》（明嘉靖二十五年何城李桂刻本）。

# 明世宗二游西湖恭和诗文

**背景提要**

嘉靖十六年（1537年）三月，明世宗再次举行春祭，活动内容、游线等一如首巡。令人意想不到的是，当船队驶过麦庄桥的区段时，一条大鱼跳上龙舟。世宗正在撰写《西湖词》，见大鱼来访，欣喜过望，称为"灵鱼"，随后写完《西湖词》及《鱼入舟》诗，遍示随行大臣，令予唱和。本年六月，养心殿建设竣工。八月，免顺天四府税粮。

## 灵鱼诗六首 有序
### 夏言

嘉靖十六年三月乙酉，皇上展祀山陵，礼成奉圣母游览金山，泛舟西湖以还。是日，辰刻发棹功德寺前，经青龙桥，少至湖中，盛张内乐，奉觞为圣母寿。过麦庄桥上，制西湖词一阕，词中有"锦鲤跃忙"之句。少顷，巨鲤跃入御舟，上喜甚。

及阜成门登岸，召臣言至御幄前，授以词草且纪其事于末，简曰：此灵鱼也。臣顿首顿首扬言曰：客岁谒陵，舟还，上作赋湖中，有喜蛛缘御袍绕笔之祥，果应文孙之祝。今巨鱼入舟，实陛下至德，感乎得众之象、海贡琛之征也，敢为陛下贺。臣言再顿首顿首，鞠躬以退，作灵鱼诗六章章四句：

湖水渊渊兮，尔泳尔游；谁汝使兮，跃入帝舟。
帝德广大兮，浩浩其天；数罟不入兮，尔潜在渊。
舟楫翩翩兮，湖水滔滔；尔弗灵兮，曷识黄袍。
扬翠鬐兮锦鬣，张奋一跃兮觐天光。凌素漪兮腾逝，含御气兮洋洋。
诗歌于牣兮，易著豚鱼；圣德极至兮，大化与俱。
箫韶在廷兮，干羽两阶；海波静兮，睹重译之有来。

**出处**

［明］夏言《桂洲诗集》卷二十一（明嘉靖二十五年刻本）。

## 恭和圣制《鱼入舟》诗二首
### 顾鼎臣

#### （一）
圣皇游衍与天通，川谷清华浸翳空。
次第百灵扶绣舫，巨鱼翘首觐神龙。

#### （二）
玉泉银汉本流通，风静波澄湛碧空。
周武白鱼初献瑞，禹舟仍挟两黄龙。

**出处**

［明］顾鼎臣《顾文康公诗草》卷三（明崇祯十三年至清顺治二年刻本）。

## 恭和御制《西湖词》
### 顾鼎臣

嘉靖十六年三月九日，大学士夏言传示圣谕云"《西湖词》，卿和二副来，及示鼎臣，着也和二副来"。因进此二词，有疏，刻全集中。

### 其一

〖中吕〗〖玉蛾儿〗即〖粉蝶儿〗
孝德崇光，届清明，七陵凝望。感宗祧，庆泽悠长。
建中和，行王道，平平荡荡。至治声香，凤凰仪，鸣声溜哓。

〖佳乐歌〗即〖好事近〗
陵祀孝思长，岂特为春游赏？云屯万马煞强，如较猎腊长杨。
千山遇雨静风尘，行潦波摇漾。正重瞳盼睐林皋，忽宫闱喜送嘉祥。

〖赤颗花〗即〖石榴花〗

我则见，翠霭丹霞接混茫。端的是，圣日丽重光。

则看那，风咏螽斯，雅颂鸳鸯。拜舞慌忙，词赋传扬。

可奈这，千端庆绪难织纺。时清道泰，光前迈往。

犹兀自，念陵阙近膻乡，敕封守，防慎边疆。

〖佳乐歌〗

龙旗西指碧山长，群峰赫奕荣光。鸣丝激管，相间着金鼓镗喤。

行宫问寝豫慈颜，上寿称觞。金山口紫凤回舆，玉湖上神鱼戴舫。

〖捉鸟音〗即〖斗鹌鹑〗

喷灵湫、万派流泉衍，瑶池廿里清江。棹兰桨，黄帽篙师；闪朱旗，画裤仙郎。

则愿浪静风恬圣体康，多士际明良。奉宸游，竹帛傅芳。祝皇图，福祚蕃昌。

〖夕游蝶〗即〖扑灯蛾〗

天阙是帝家，寰宇是帝乡。郁葱葱，佳气绕蓬莱；十二楼，环拱着未央。

缭瀛海、金城泰远；驭羲和，黄道偏长。更兼那，率士年年作贡。

算来有，十三处花锦大田庄。

〖步微楼〗即〖上小楼〗

崇伯子，治水忙。周文王，视民伤。还须是，忧悯群黎，如保婴儿，欲置身傍。

天地包容，雨露沾濡，日月垂光。则除是师古训，向杏坛亟丈。

【夕游蝶】

御戎羌，民乂安，课农桑，物阜康。饬纲纪，励群工，登贤俊，辅元良。

四时和，托始春王，文武勋，劳纪太尝。赞吾皇，逸驾轩唐。理阴阳，礼乐明昌。

千百载，乐雍熙，玉烛交光。

【收音】即【尾声】

静里乾坤无闹嚷，湛灵台峻发天光。鉴千古，兴衰计虑长。

## 其二

【玉蛾儿】

泰宇晴光，遍郊原，晓天吟望。仰尧天，化日初长。

雨丝微，云絮敛，和风骀荡。御幄凝香。奏钧天，乐声嘹亮。

【佳乐歌】

乐事与天长，喜奉慈帏欣赏。蜺旌凤辇，徘徊紫陌垂杨。

兰桡桂桨泛龙舟，碧水春溶漾。来青鸟，金母传书，跃神鱼，海若呈祥。

【赤颗花】

猛可地，平湖十里景微茫。原来是，瑞霭罩波光。

飞彩鹢，橹声惊起，属玉鸳鸯。更和那，粉蝶飞忙，紫燕轻扬。

我只见，渔翁远浦收纶纺。白叟黄童，相携来往。

他每都，感皇恩翘首五云乡，祝圣寿万岁永无疆。

〖佳乐歌〗

莼丝荇带荻芽长,妆成水国风光。鸣蛙闹炒依稀,鼓吹喤喤。

莺歌蝶舞介仙音,重进万年觞。挂星辰,碧汉灵槎,明日月,沧洲画舫。

〖捉鸟音〗

簇齐齐,玉节穿林响,珊珊珠佩临江。队元戎,借着留侯;从词臣,顾曲周郎。

这的是,张弛随时乐岁康,文武倚忠良。赏青春,花事芬芳。赞皇猷,海宇殷昌。

〖夕游蝶〗

云开见帝城,回首望湖乡。光潋滟,水天同一色,睹神龙,宛在水中央。

拥祥云,芳郊气暖,驭轻风,曲渚流长。移仙仗,经行百里,有多少禅关野店共村庄。

〖步微楼〗

叹民农,晓夜忙,贫和病,总堪伤。他那里酣歌僧舍,剽窃长途,卖笑门傍。

真个是,担石无储,周身无缕,爨火无光。快活煞富家郎,食前方丈。

〖夕游蝶〗

帝心恻,感天心,雨旸时,屡降康。锄强右,扶疲癃,去贪暴,奖循良。

登治效、迈三王，圣子神孙率典尝。民击壤、歌诵陶唐，申福禄，日炽日昌。

真个是，大明君万代辉光。

〖收音〗

迎圣驾，都民欢嚷嚷，奉纶音，仰戴天光。载路讴歌音韵长。

**出处**

［明］顾鼎臣《顾文康公续稿》卷之四（明崇祯十三年至清顺治二年顾氏家刻本）。

# 明世宗三游西湖恭和诗文

**背景提要**

嘉靖十六年（1537年）四月初，明世宗奉母三游西湖。与前两次祭陵不同，这次是为建设金山行宫相地选址。游线是从西直门沿长河乘舟逆流而上，驶入西湖，驻跸大功德寺。此次游湖官方史书未予记录，而此行君臣唱和诗作成为重要的史料。游程中世宗作《前次灵鱼入舟追作》《初夏西游奉圣母舟行赋》，命众臣唱和。

### 恭和圣制《前次灵鱼入舟追作》
#### 顾鼎臣

君王圣德与天通，鱼藻清波映碧空。

跃沼入舟文武盛，岂如今日见神龙。

**出处**

［明］顾鼎臣《顾文康公续稿》卷之六（明崇祯十三年至清顺治二年顾氏家刻本）。

### 恭和圣制《前次灵鱼入舟追作》
#### 姚谨

百神有主意潜通，川后波臣职不空。
一跃巨鱼来献瑞，万鳞鼓鬣拱真龙。
万壑涓流四海通，重湖渺渺接晴空。
千官鹤立垂杨下，遥望波心五色龙。
玉泉金冰脉相通，紫雾丹霞晓渐空。
鹳鹈滩平迎彩凤，木兰桡动拥黄龙。
仙源有路往来通，水鉴无尘远近空。
周武只今逢圣主，金鳌也利见飞龙。

**出处**

［明］姚谨《明山先生存集》卷四（明嘉靖三十六年姚稽刻本）。

### 恭和圣制《前次灵鱼入舟追作》
#### 蔡昂

湖水临城御气通，纤尘无自挂虚空。
嘉鱼本是天池物，解傍楼船拜衮龙。

**出处**

［明］蔡昂《鹤江先生颐贞堂稿》卷六（明嘉靖刻本）。

### 恭和御制《前次灵鱼入舟追作》
#### 郭维藩

入舟鱼自有灵通，信史相传事不空。
今日圣明迈周武，波心跃出觐飞龙。

**出处**

［明］郭维藩《杏东先生文集》卷之二（明嘉靖四十一年蔡汝楠刻本）。

## 恭和圣制《前次灵鱼入舟追作》诗六首
### 张璧

（一）

玉河遥与玉泉通，凤舸鸾舟下碧空。
神鲤也知朝御座，只应天上有真龙。

（二）

四海车书总会通，大明日月照当空。
君王仁孝将文母，锦缆牙樯驾六龙。

（三）

敬天尊祖气潜通，天府清明万虑空。
恭仰吾皇即尧舜，共看勋辅是夔龙。

（四）

万方和气喜流通，甲观祥烟绕汉空。
共贺圣明繁胤祚，乾坤清泰仰飞龙。

（五）

银河一派与天通，云汉光涵冰鉴空。
瞻望西湖游赏处，翠华黄舫画金龙。

（六）

梯航万国远相通，净扫蛮烟处处空。
只愿皇仁天广大，四方歌舞望乾龙。

**出处**

［明］张璧《阳峰家藏集》卷之十八（明嘉靖二十四年世恩堂刻本）。

## 恭和御制《前次灵鱼入舟追作》四首
### 夏言

（一）

圣人大化与天通，不是谈玄与说空。
鱼跃于渊真道体，利从九五见飞龙。

(二)

至德飞潜自感通，白鱼有兆信非空。
君王神圣过周武，御舸波心见赤龙。

(三)

麦庄桥畔绿波通，谁使神鱼奋跃空。
始信波臣知扈跸，太平天子是真龙。

(四)

金海西湖御气通，中流箫鼓振虚空。
太音自感游鱼听，未必深渊有卧龙。

**出处**

［明］夏言《桂洲诗集》卷二十一（明嘉靖二十五年刻本）。

## 恭和圣制《初夏西游奉圣母舟行赋》
### 顾鼎臣

维皇明之开运兮，宝祚灵长；粤嘉靖十有六载兮，属节序当乾之六阳。

望湖山之秀丽兮，品汇向茂纷鱼鸟之洋洋；圣孝奉慈舆以游观兮，晨雷引钟鼓之喤喤。

戒雨师先洒道兮，纤尘净乎不扬；灵飙倏迅发兮，云开羲和。

御六龙以上升兮，普离照于万方；城西桥岸侍銮御而登龙舸兮，旌旗甲胄映水色之与天光。

率锦缆以溯流兮，箫鼓间作；万夫欣欣歌夏谚兮，颂主圣而臣良。

相行宫之改建兮，将复视园陵营作之

顾鼎臣书法

孔臧；盖尊祖孝亲省农育物固帝王之修轨兮，亲贤乐利虽千百世其犹未忘。

何圣心之戒谦兮，动遵祖训；且云仰上帝之眷以匪。谇曰：

礼乐功成，皇情豫兮。上下同乐，以补助兮。

圣谟孔彰，先敬虑兮，寿千万年，保福祚兮。

**出处**

［明］顾鼎臣《顾文康公续稿》卷之四（明崇祯十三年至清顺治二年顾氏家刻本）。

## 恭和圣制《初夏西游奉圣母舟行赋》
### 严嵩

嘉靖丁酉孟夏初吉，皇上有事山陵。既乃驻跸金山，奉圣母章圣皇太后御龙舟，泛于西湖，享至养以尊安，届昌辰而娱侍。于是上亲洒宸翰，制古赋一首。从官词臣，咸踊跃忭蹈而恭和焉。嵩谨赋曰：

逾国门而西骛兮，历冈阜之衺长；届迎夏之九辰兮，协帝德之盛阳。

金山蠹而佳丽兮，巨浸汇以汪洋；御龙舟而临泛兮，震铙吹之喤喤。

牙樯耀日以联集兮，羽葆承风而飘扬；惟皇大孝隆至养以奉慈欢兮，岂汾游之可方。

凌浩渺而溯空明兮，俯云影于天光；庆四海之宁谧兮，民熙物阜。

嘉股肱之得人兮，主圣臣良；冠百王以首出兮，咸一德而允臧。

乃圣心犹惓惓兮，粤稽古而图治；洒宸翰之谦冲兮，同尧舜儆戒之弗忘。

仰圣神之广运兮，配天罔间；期懋敬于无斁兮，皇国是匡。

谇曰：

四月维夏，景物嘉兮。爰奉慈颜，悦且康兮。

法祖用贤，懋治功兮。乃赓载歌，以永传于来世。

**出处**

［明］严嵩《钤山堂集》卷第一（明嘉靖二十四年刻增修本）。

## 恭和圣制《初夏西游奉圣母舟行赋》并疏
### 姚谨

翰林院侍读学士，臣奏为恭和圣制以光圣孝事。臣闻君天下者，不以天下自养，而恒求所以养其亲。不以天下为乐，而恒求所以乐其亲。此帝王之盛节，圣哲之所同也。

仰惟皇上致治保民，以法祖为先，对时育物，以奉母为急笃。因心之孝，隆爱日之诚甘。旨备水陆之奇，游览兼湖山之胜。近者首夏清和，澄湖滉瀁，鸢飞鱼跃，川媚山辉。皇上孝格苍穹，重阴倏霁，欢腾黎庶。

炎景初长，皇上乃奉圣母皇太后，登舟循水，鼓棹发歌。子孝母慈，君明臣良。观风水之至文，惇彝伦之乐事。皇上亲御翰墨发为词赋，圣人之孝因言以宣圣人之文，与道为准。

臣又诵金鲤入舟之诗，德动鬼神，瑞昭翔泳。一赋一诗，超今迈古。此岂区区绘藻之，臣所能仿佛也哉。臣庀职词林，备员扈从。睹兹大雅之作，忻忭无任。谨仰遵圣韵，撰赋一章诗四首，上尘圣览，盖微臣之志在于蹈德咏位，而词之工拙有所不暇计也。臣不胜陨越悚惧之至。为此具本亲斋，谨具奏闻。

斗指已而平运兮，日在毕以舒长；烟风廓而霞升兮，丽湖阴与山阳。

奉慈极以容与兮，协气溢而汪洋；吴丝蜀桐叶以度曲兮，舞姗姗而声喤喤。

水潺湲而荇浮兮，柳袅婀而旆扬；鹭振振以回翔兮，鱼喁喁以竞跃。

万物于离而相见兮，神化转而无方；龙舸凤舫中流而四顾兮，纹绮相应乎波光。

慈颜载欢兮，皇情亦豫；乾清坤夷兮，日吉辰良。简勋辅以自助兮，喜志协而谋臧。

陋横汾于下风兮，古训是监；轶凫鹥之逸驾兮，颂声不忘。

卜天心之克享兮，时旸时雨；期臣道之有终兮，以美以匡。

词曰：

保兹昌历，泰阶平兮。垂拱仰成，一人贞兮。

欢承圣慈，寿千龄兮。庆流寰宇，自宫庭兮。

**出处**

［明］姚谨《明山先生存集》卷四（明嘉靖三十六年姚稽刻本）。

## 恭和圣制《初夏西游奉圣母舟行赋》
### 蔡昂

维我明之统函夏兮，培国祚于灵长；传八叶以至今兹兮，天眷圣主履九五而当阳。

执要道以临万国兮，惟事亲而为大；乘时令以奉慈游兮，龙舟泛千顷之汪洋。

始焉顺流以东下兮，今乃溯洄而直上；山之腹脊面背皆得目睹兮，水风播九奏之喤喤。

先时天降灵雨以清辇路兮，凌晨飘洒而飞扬；少焉敛阴霏而呈霁景兮，阳乌忽跃于东方。

湖波益助其清远兮，层峰倒影冷浸乎天光；彼至诚之动天兮，无远弗届。

矧兹游之奇伟兮，养隆爱日而因以礼遇乎忠良；既释舟而遵大麓兮，爰得吉壤于指顾。

期配天以兴事兮，宫焉城焉其允藏；维圣德不自满假兮，尚怀股肱之寄。

天语亹亹其警发兮，惟曰若无我忘；由是以绍烈祖之耿光兮，宛其如在。

亦尧禹之损挹兮，不逮是匡。诔曰：

湖水生色，若鉴开兮。万乘至止，声殷雷兮。

舟移星渚，上之回兮。慈颜有怿，万福来兮。

**出处**

［明］蔡昂《鹤江先生颐贞堂稿》卷一（明嘉靖刻本）。

## 恭和御制《初夏西游奉圣母舟行赋》
### 郭维藩

维后皇之抚运兮，荷天命之灵长；缵列圣之丕构兮，御天道以乘乎六阳。

沛湛恩而陶斯世兮，朔南暨声教之汪洋；制作监于千圣兮，礼明备而乐喤喤。

四灵为之毕出兮，海波为之不扬；方首夏之淑和兮，湖涵万动。

即阆风与蓬岛兮，亦不可方；天子乐太平之有象兮，奉圣母历览乎风光。

龙舟溯波兮，兰棹翻藻；湖山增胜兮，地景惟良。

帝进霞觞以上寿兮，矧百具之允臧；瞻慈颜之悦豫兮，王心载宁。

仰寿龄之无极兮，亶皇情爱日之未忘；百寮欣欣有喜色兮，合万民之志。

知人心之永戴兮，而九围已就乎一匡。诔曰：

孝为化原，皇极敷兮。虞舜武周，与同趋兮。

张弛无端，握道枢兮。戒无盘游，为燕翼之谟兮。

**出处**

［明］郭维藩《杏东先生文集》卷之一（明嘉靖四十一年蔡汝楠刻本）。

## 恭和圣制《初夏西游奉圣母舟行赋》
### 张璧

惟大明之临照兮，日舒以长；仰吾皇之御极兮，履乾运而当阳。

粤帝德之广运兮，天泽沨其汪洋；乘法驾以临幸兮，震金鼓之喤喤。

雷敛声以听跸兮，风警道而飘扬；奉圣母之鸾舸兮，波凌万顷。

复宣宗之骏典兮，色动群方；肃钩陈之拱卫兮，荡金波乎云影天光。

肆中流之鼓枻兮，欢增慈圣；惟元首之得股肱兮，歌重明良。

卜灵辰与良旦兮，睿算孔臧；庆宸游同周之燕镐兮，有鱼在藻。

若康衢击壤之歌尧兮，耕凿相忘；眷嘉祥而浚发兮，百神俨其孚佑繄猷训光。

天之下兮，四海尚赖于一匡。诼曰：

我明明后，仁如天兮。南熏解愠，鼓舜弦兮。

奉我文母，乐陶然兮。惟皇同寿，传宝祚于千万年兮。

**出处**

［明］张璧《阳峰家藏集》卷之六（明嘉靖二十四年世恩堂刻本）。

## 恭和御制《初夏西游奉圣母舟行赋》有序
### 夏言

臣言谨题：日昨伏蒙赐示御制《初夏西游奉圣母舟行赋》，臣恭诵之余，仰见皇上法祖之念，怡亲之怀，示慈惠于臣工，寓儆戒于歌咏，无一字不与典谟训诰同符，真足以垂诸万世矣。臣仰依宸韵，恭和成赋一章，谨并进呈，深愧肤率。惟是自庆遭逢之盛，诚不可无纪耳。上尘睿览，臣不胜冒昧感激之至。赋曰：

岁丁酉时既夏兮，日初长；扈舟行以西幸兮，指金山之阳。

奉慈宫之康悦兮，天颜喜而洋洋；睹龙桡锦缆以齐发兮，箫鼓答而喤喤。

雨师先驱以清道兮，风伯屏息而纤尘弗扬；始殷殷其雷兮，云垂垂而欲下。

俄微雨其倏霁兮，朝阳起而濯耀东方；览湖山之佳丽兮，天开罨画。

侍龙衮之咫尺兮，密迩清光；恭承圣主兮，明哉在上；忝备股肱兮，窃愧惟良。

动法天运兮，同不息；率祖攸行兮，罔弗臧。

惟寿母圣子心愉愉兮，叙天伦之真乐；风云鱼水方君臣以同游兮，乃儆戒之未忘。

诵凫鹥歌既醉兮，祝天保之孔固；冀永终慕兮，臣兢兢夙夜其曷敢不匡。睟曰：

绍祖隆亲，圣德至兮。君臣同心，万化一兮。

奉天致治，思保民兮。保民惟何？惟衣食之是急兮。

**出处**

［明］夏言《桂洲诗集》卷一（明嘉靖二十五年刻本）。

人心惟危道心
惟微惟精惟一
允執厥中
萬曆三十年
四月

明神宗御笔《警句》

明神宗万历皇帝湖山诗文

## 作者简介

明神宗万历皇帝朱翊钧(1563—1620年),明朝第十三位皇帝。明穆宗朱载垕第三子,母慈圣皇太后。年号万历,在位48年,为明朝在位时间最长的帝王。

万历初年,得内阁首辅张居正的鼎力辅佐,统治危机稍有缓解,国势渐强。在内政上,推行考成法,裁撤政府冗员,整顿邮传和铨政。经济上,清丈全国土地,抑制豪强,推行一条鞭法,减轻农民负担。军事上,加强武备整饬,平定西南骚乱,重用抗倭名将戚继光总理三镇练兵。万历二十年(1592年)前后,派兵抗日援朝。

万历中后期,神宗帝亲政后,遣宦官为矿监税使,盘剥工商,引发反抗;土地兼并日趋严重,废除考成法,形成贪污盛行、党争激烈的状况。他28年不上朝,郊庙祭祀亦委人代行。国库空虚,边关报警,万历四十四年(1616年),努尔哈赤建立后金政权,向关内频繁进攻。明亡之势已经形成,因此后世评论:"明之亡,实亡于神宗。"

万历四十八年(1620年)崩,年58岁。庙号神宗,谥号显皇帝,葬定陵。传位于朱常洛,即明光宗。

## 诗文与园林背景

明神宗撰有《御制诗文》一卷、《劝学诗》一卷，皆佚失无存。善书法，留心翰墨。曾数次游瓮山泊西湖，驻跸大功德寺。鸿篇巨制《出警入跸图》被专家鉴定为万历十一年（1583年）的祭陵活动。《出警入跸图》上卷描绘了自德胜门至天寿山的祭陵队伍场景，下卷则描绘了自金山、玉泉山沿西湖、长河至西直门的回程情景，祭祀队伍场面宏大，色彩艳丽，人物众多。《出警入跸图》堪称中华文化艺术瑰宝，也是反映昆明湖地区历史的首幅长卷。

未见明神宗西湖诗作存世，却有相近景点的碑记：《画眉山龙王庙碑诗》《寿安寺碑》，此外他还为香山题写了"来青轩""清雅""郁秀""望都亭""水天一色苍松古柏"等书法题词。

明神宗五次出巡，以祭陵为主。分别为万历八年、十一年、十三年、十五年、十六年。其中万历十一年，五月京师冰雹、喜峰口地震；十二月慈宁宫火灾。万历十三年，春旱秋涝；五月皇帝赴黑龙潭祷雨；是月宛平五河大雨雹；六月修慈宁宫成；八月京师地震。万历十五年，四月地震；六月暴雨成灾，房屋倒塌，城墙受损，溺压死者无数，为明代特大水灾。万历十六年，六月京师地震有声；九月祭陵回程，疯马冲入仪仗队伍，引发群马乱窜。

# 明神宗风景诗文

## 画眉山龙王庙碑诗 有序 万历十四年

画眉山①龙王庙在都城西一舍，其地故有泉潭，相传以为龙之所居，即其旁为庙，祀龙王焉。成化壬辰②，宪宗纯皇帝祷雨有应，新其庙而勒辞于丰碑。万历十有三年，春夏不雨，麦稼焦枯，以五月往祷于庙。浃旬③之间，嘉澍屡霈④，郊野沾足⑤，三农抃舞⑥。爰⑦出内帑⑧金钱，重增葺之⑨，为之记而系以铭曰：

於赫⑩龙王，不显其光。上下帝旁，嘘翕无方⑪。

为雷为霆，为云为雨。有开必先，靡求不与。

我求伊何，黍稷稻粱。尔与伊何，千仓万箱⑫。

眉山之下，龙王之宇。乞用康年⑬，谷我士女⑭。

### 出处

《四朝诗·明诗》卷一（清文渊阁四库全书本）。

### 注释

①【画眉山】位于今北京市海淀区温泉镇杨家庄村南，海拔83米，距青龙桥20余里。以黑龙潭及昭灵龙王祠著名。

②【成化壬辰】明成化八年，公元1472年。

③【浃旬】一旬，十天。浃，整个的。旬，十日为一旬。

④【嘉澍屡霈】及时雨接连不停，很充沛旺盛。

"长吏各絜斋祷请，冀蒙嘉澍。"（南朝宋·范晔《后汉书》卷二《显宗孝明帝纪》）

⑤【沾足】谓雨水充足。

"同州民谓沾足为烂雨。"（宋·江休复《江邻几杂志》卷一）

⑥【抃舞】鼓掌欢跃，表示非常快乐。

"一里老幼，喜跃抃舞，弗能自禁。"（《列子·汤问》）

明神宗皇冠

⑦【爰】于是。

　　"作其即位,爰知小人之依,能保惠于庶民。"(《尚书·无逸》)

⑧【内帑】宫内府库的财货。

　　"出内帑钱赐宗室贫者。"(《宋史》卷二十八《高宗本纪五》)

⑨【重增葺之】很重视增扩庙的装饰和修盖。

⑩【於赫】叹美之词。

　　"於赫愍侯,运当攀龙。"(晋·陶潜《命子》诗)

⑪【嘘翕无方】元气聚合无极限。

⑫【千仓万箱】形容丰收之年储蓄粮食很多。

　　"乃求千斯仓,乃求万斯箱。"(《诗经·小雅·甫田》)

⑬【康年】丰年。

　　"明昭上帝,迄用康年。"(《诗经·周颂·臣工》)

⑭【谷我士女】使我家儿男儿女吃饱。

　　"以介我稷黍,以谷我士女。"(《诗经·小雅·甫田》)

## 拟御制寿安寺碑 万历十四年
### 顾绍芳

都城西可二十里而遥，有山如率然，绵亘无际，其间为禅寺者至，而独寿安寺最著。盖自我皇祖成祖文皇帝定鼎幽燕，而西山起太行，蜿蜒北走，屹为肩背，其地益[胜]。而自我英宗睿皇帝逖考前代之遗迹重构兹寺，宪宗纯皇帝增建浮图、恢基表刹，更两朝后先褒贲，而兹寺遂以瑰玮壮丽甲于西山，而其地益胜。

今去之百二十余年矣，琳宫宝相风雨摧剥，欹倾漫漶丧其旧观。至于禅诵萧条，山林惨沮。而朕属以恭谒祖陵，还跸兹寺，览襟带之形胜，睹象教之崇严，追其始缔造勤，而今不免漂摇销歇之感，为之喟然兴叹。爰捐内帑，鸠材佣工，命某官鼎新之。工始于年月日，讫于年月日，主者以闻，愿勒石纪其事。

朕惟西方如来之教，儒者至诋为异端，顾其清虚觉慧之指，与夫善恶果报之说，有足牖世而警俗者。前代人主过崇其道，刓形屏事，醇用以治身治天下，意本徼福而乃以阶祸，此非法意也。

若夫稍饬象教以昭示氓俗，使悍者化而革心，愚者跂而慕迹，亦于治有助焉。先朝缔造之意，倘出于此欤，而朕嗣大历服于兹十有四年，海宇谧如，号为太平。或有崇护者，尸其功乎未可知也，则夫寻祖德广妙，因以辅成上理，将于是乎在，遂作铭诗以诏无极。其词曰：

磅礴太行，千里逶迤。散为支峰，作屏京师。
释教渐焉，下有仁祠。在唐始构，迭盛而衰。
何利何钝，乃繄其时。猗嗟我祖，朗照弘慈。
遭世承平，以莫不治。乃眷斯寺，即而新之。
暨余冲人，六世于兹。大业弥昌，人物阜熙。
惟佛之力，惟我祖贻。岁之迈矣，厥迹云摧。
法故无灭，象有陵夷。孰表天造，畴觉群迷。
是用怒然，有概余思。余所节缩，帑有余资。

余所营度，昔有成规。珠宫贝林，嵯峨陆离。
佛日普照，人天嬉怡。将作不烦，维余之私。
虽曰余私，余无私祈。寿国佑民，以大庇我丕基。
如彼净土，坦无忧危。又如恒沙，千劫不移。
爰著信词，勒之丰碑。以永后观，以播前徽。

**出处**

［明］顾绍芳《宝庵集》卷之十八（明蓝格抄本）。

雨過高天雪晚晴

山迥遥月明中春風

靄靄依依楊柳摇曳寒

光度遠空

柳條邊望月

清圣祖御笔《柳条边望月诗轴》

清圣祖康熙皇帝湖山诗文

## 作者简介

清圣祖康熙皇帝爱新觉罗·玄烨（1654—1722年），清朝第四位皇帝，定都北京后的第二位皇帝，顺治帝第三子，生母孝康章皇后佟佳氏。年号康熙，在位61年，是中国历史上在位时间最长的皇帝。

康熙帝8岁登基，14岁亲政，恢复内阁制度。他平定三藩之乱，统一台湾，挫败沙俄侵略军并签订《尼布楚条约》，三次亲征噶尔丹，创立"多伦会盟"联络蒙古各部，奠定了统一多民族国家以及清朝兴盛的根基。在政治上加强中央集权、实行仁政、笼络汉族士人。同时休养生息，发展经济，营造出康乾盛世的良好开局，被誉为"千古一帝"。

康熙帝明确以儒家理学为治国之本，亲临曲阜拜谒孔庙。组织编写《康熙字典》《古今图书集成》《佩文韵府》《骈字类编》等图书。

康熙帝晚年陷入众子争位苦恼，对政治产生不良影响。此外，吏治也出现败坏现象。康熙六十一年（1722年）崩于畅春园，终年69岁。庙号圣祖，谥号仁皇帝，葬于清东陵之景陵。传位于第四子胤禛，即清世宗雍正皇帝。康熙六十一年，全国人丁户口2530万余，永不加赋滋生人丁45万余。

## 诗文与园林背景

康熙帝存世有《清圣祖御制诗集》共三集二十八卷、《清圣祖御制文集》共四集一百七十六卷。康熙帝热衷巡幸出游，六巡江南，一幸西安，五上五台山，三巡东北祖地。

康熙帝于康熙十四年（1675年）首幸玉泉山，康熙十六年（1677年）于白洋淀建赵北口等四行宫，一生共进行二十九次"霸州水猎"，康熙四十二年（1703年）建热河避暑山庄，形成北秋狝、南水围的习武之制。康熙十六年建香山行宫。康熙二十三年（1684年）建畅春园，确立了园居理政方式，同时赐建众多皇子府园，形成众星拱月之势。康熙三十一年（1692年）将玉泉山澄心园改称静明园。康熙帝还于西苑建立丰泽园，开启清代宫苑设置农田景观先例。这些为后世三山五园的形成，在思想与实践两个方面提供了积累。

康熙时期，清漪园地区为西海稻作水乡风光，以及瓮山养马地。风景游赏集中于湖堤、湖面与玉泉山一带。康熙帝留有大量诗文歌咏、匾联镌刻，以及书法墨宝。

# 畅春园记与园居理政之规

**背景提要**

康熙二十三年（1684年）建设畅春园，自此开启有清一代园居理政形式。康熙皇帝《畅春园记》详述了造园缘起、布局以及思想，确立了园居与理政的互补关系，二者并行不悖，为后世各帝提供了造园依据。不同于明太祖禁巡幸禁治园的圣训，康熙更注重勤政的实际效果，强调为君者与自然、田地农务的密切联系，以及一张一弛、符合人性的为政之道。

《畅春园记》阐述的造园思想，在雍正帝的《圆明园记》中得到延续、补充，在乾隆时期更是在理论与实践中得到贯彻、完善与发扬。在嘉庆帝、道光帝的诗文中仍然可以看到其影响。

康熙皇帝读书像

## 畅春园记

都城西直门外十二里曰海淀，淀有南有北。自万泉庄平地涌泉，奔流瀺瀺，汇于丹陵沜。沜之大以百顷，沃野平畴，澄波远岫，绮合绣错，盖神皋之胜区也。

朕临御以来，日夕万几，罔自暇逸。久积辛劬，渐以滋疾。偶缘暇时，于兹游憩。酌泉水而甘，顾而赏焉。清风徐引，烦疴乍除。爰稽前朝戚畹武清侯李伟，因兹形胜构为别墅，当时韦曲之壮丽，历历可考。圮废之余，遗址周环十里，虽岁远零落，故迹堪寻。瞰飞楼之郁律，循水槛之逶迤，古树苍藤，往往而在。爰诏内司少加规度，依高为阜，即卑成池，相体势之自然，取石甓夫固有。计庸畀直，不役一夫，宫馆苑籞，足为宁神怡性之所。永惟俭德，捐泰去雕。视昔亭台丘壑，林木泉石之胜，挈其广袤，十仅存夫六七，惟弥望涟漪，水势加胜耳。

当夫重峦极浦，朝烟夕霏，芳萼发于四序，珍禽喧于百族，禾稼丰稔，满野铺芬，寓景无方，会心斯远。其或稌稑未实，旸雨非时，临陌以闵胼胝，开轩而察沟浍。占离毕则殷然望，咏云汉则悄然忧，宛若禹甸、周原在我户牖也。

每以春秋佳日，天宇澄鲜之时，或盛夏郁蒸、炎景烁金之候，机务少暇，则只奉颐养游息于兹，足以迓清和而涤烦暑，寄远瞩而康慈颜，扶舆后先，承欢爱日，有天伦之乐焉。其轩墀爽垲以听政事，曲房邃宇以贮简编，茅屋涂茨略无藻饰。于焉架以桥梁，济以舟楫，间以篱落，周以缭垣，如是焉而已矣。

既成，而以畅春为名，非必其特宜于春日也。夫三统之迭建，以子为天之春，丑为地之春，寅为人之春，而易文言称乾元统天，则四德皆元，四时皆春也。先王体之以对时育物，使圆顶方趾之众，各得其所，跂行喙息之属，咸若其生。光天之下，熙熙焉，皥皥焉，八风罔或弗宣，六气罔或弗达，此其所以为畅春者也。

康熙印玺：康熙御笔之宝（康熙御筆之寶）

若乃秦有阿房，汉有上林，唐有绣岭，宋有艮岳，金釭璧带之饰，包山跨谷之广，朕固不能为，亦意所弗取。朕匪敢希踪古人，媲美曩轨安土阶之陋，惜露台之费，亦惟是顺时宣滞，承颜致养，期万类之乂和，思大化之周浃。一民一物，念兹在兹，朕之心岂有已哉？于是为之记而系以诗。诗曰：

昔在夏姒，克俭卑宫。亦越姬文，勿亟庶攻。
若稽古训，是钦是崇。箴铭户牖，夙夜朕躬。
栋宇之兴，因基前代。岩宿丹霞，檐栖翠霭。
营之度之，以治芜废。有沸泉源，汪汸斯在。
驾言西郊，聊驻彩游。甘彼挹酌，工筑斯谋。
莹澈明镜，萦带芳流。川上徘徊，以泳以游。
因山成峻，就谷斯卑。咨彼将作，毋曰改为。
松轩茅殿，实惟予宜。亦有朴斫，予尚念兹。
撰辰经始，不日落成。岂曰游豫，燕喜是营。
展事慈闱，那居高明。遐瞩俯瞰，聊用娱情。
粤有图史，藏之延阁。惟此大庑，会彼朱襮。
郁郁沟塍，依然耕凿。无假人工，渺弥云壑。
有鹢其舟，有虹其梁。可帆可涉，于焉徜徉。
文武之道，一弛一张。退省庶政，其冈弗臧。
尝闻君德，莫大于仁。体元出治，于时为春。
愿言物阜，还使俗醇。畅春之义，以告臣邻。

康熙印玺：万几余暇
（萬幾餘暇）

**出处**

《清圣祖御制文集·二集》卷三十三（清乾隆文澜阁四库全书本）。

# 玉泉山静明园

**背景提要**

　　清代玉泉山在顺治年间即得到保护,皇帝亦曾巡幸。康熙十四年(1675年),康熙帝首幸玉泉山观稻;康熙十九年(1680年),开始驻跸理政;康熙三十一年(1692年),将澄心园改称静明园。这时期玉泉山与西海连成一个湖泊湿地风景区,呈现出水乡田园的景象。

## 玉泉赋

　　若夫天产瑰奇,地标灵迥,融则川流,峙惟山静。抚风壤之清淳,对玉泉之幽靓,信芳甸之名区,而神皋之胜境也。

　　尔其洞壑厜㕒,岩阿丛复。源出高冈,溜生寒麓。瑶窦溅珠,琼沙喷玉。控以翔螭,引之鸣瀑。初喷薄以飘丝,旋潆洄而曳縠。既潆潫于涧溪,遂渺弥于陵陆。侔色则素缣无痕,俪质则纤尘不属,挹味则如醴如膏,揣声则为琴为筑。

　　于是长输远逝,澶漫演迤,曲之为沼,渟之为池。拭一泓之明镜,泻千顷之琉璃。排玲珑之雁齿,跨蜿蜒之虹蜃。拓澄湖而西汇,环仙篆而东驰。

清圣祖御笔

当其春日载阳，惠风潜扇；草绿初芽，柳黄欲线。卷百尺之湘漪，拖十重之楚练；荫远树之芊绵，泛落英之葱蒨。及夫长嬴届节，新涨平堤。林霏夕敛，岚彩晨飞。抽碧筒以徐引，缀丹的以纷披。展含风之翠葆，搴裛露之红衣。

若乃炎歊既回，鲜飙疏豁；泠泠桂间，裊裊蘋末。见凫雁之沉浮，望烟云之出没；掬皓魄于晴澜，散清晖于深樾。

至于凄辰中律，水树萧骚，木叶尽脱，微霜始飘。耿冰雪以流映，拥贞荄而后凋。揽六宇之旷邈，寄余怀于沉寥，是其为状也。何时不妍，何妍不极。境近心远，目营神逸。有林垌之美而无待于攀跻。有亭榭之安，而无劳于雕饰。岂所语于入华林者拟濠濮之游；步太液者象蓬瀛之域也耶。

**出处**

《清圣祖御制文集·三集》卷七（清乾隆文澜阁四库全书本）。

### 清明登玉泉山

寒食登高芳草青，泉声映柳覆春亭。
心中怀得天然处，对对沙鸥乐野汀。

**出处**

《清圣祖御制诗集·初集》卷四（清乾隆文澜阁四库全书本）。

### 时巡近郊悯农事有作

芳郊景物丽，淑气扇暮春。灵雨应良节，光风薄嘉辰。
省耕已届候，凤驾方来巡。前驱列式道，羽卫罗钩陈。
时有田间子，荷来披车尘。讥诃勿频数，疾苦当咨询。
千耦幸终亩，二釜犹悬困。穮蔉尔勤动，恫瘝子隐亲。
赒赐出泉府，拊循属官臣。行潦有挹器，冽井无枯津。

康熙印玺：戒之在得

所惠良未遍，嗛嗛愧斯人。

**出处**

《清圣祖御制诗集·初集》卷四（清乾隆文澜阁四库全书本）。

### 玉泉山晚景用唐太宗秋日韵

晴霞收远岫，宿鸟赴高林。石激泉鸣玉，波回月涌金。
熏炉笼竹翠，行漏出松阴。坐爱秋光好，翛然静此心。

**出处**

《清圣祖御制诗集·初集》卷七（清乾隆文澜阁四库全书本）。

### 初夏玉泉山二首

（一）

别馆依丹麓，疏帘映碧莎。泉声当槛出，花气入垣多。
路转溪桥接，舟沿石窦过。熏风能阜物，藻景已清和。

（二）

山翠引鸣镳，湖光漾画桡。野云低隔寺，沙柳暗藏桥。
百啭黄鹂近，双飞白鹭遥。今年农事早，时雨足新苗。

**出处**

《清圣祖御制诗集·初集》卷七（清乾隆文澜阁四库全书本）。

### 静明园喜雨

西山初夏玉泉清，暮雨随风满凤城。
四野皆沾比屋庆，八荒尽望乐丰盈。

**出处**

《清圣祖御制诗集·二集》卷九（清乾隆文澜阁四库全书本）。

康熙印玺：惜寸阴
（惜寸陰）

展雲風生波面涼
灑簾泛茨荷气格陰凉
雲停棹為可查賦懂戟
碧塘

庚日泛舟舟蕉作

清世宗雍正皇帝湖山诗文

## 作者简介

清世宗雍正皇帝爱新觉罗·胤禛（1678—1735年），清朝第五位皇帝，定都北京后第三位皇帝，康熙帝第四子，母孝恭仁皇后乌雅氏。年号雍正，在位13年。

雍正帝44岁继位后，在政治生活各方面进行了一系列改革，调整机构，设置军机处，加强皇权。改革吏治，肃贪养廉，清理财政，实行耗羡归公。加强对西南少数民族的统治，实行改土归流；出兵青海，平定罗卜藏丹津叛乱等。在位期间，勤政图治，卓有成效，对巩固康熙以来的各方面成就、将综合国力推向乾隆盛世起到关键性作用。

雍正帝精于书法，文采风流。追求正统传承，典雅细致，对清宫帝王风格品味的形成影响至深。

雍正十三年（1735年）去世，终年58岁。庙号世宗，谥号宪皇帝，葬清西陵之泰陵。传位于第四子弘历，即清高宗。雍正十二年（1734年），全国人丁户口2641万余，永不加赋滋生人丁93万余。

## 诗文与园林背景

雍正帝存世有《清世宗御制文集》三十卷。雍正帝早年封雍亲王,获赐圆明园,在其中建设十二景。在热河获赐狮子园。这时期他还修复了旸台山大觉寺。继位后他勤于政事,少有出巡与园林建设,仅有卧佛寺、圣化寺小规模修建。

在雍正帝的风景园林诗文中,《圆明园记》不仅对康熙造园思想阐释最为详尽,而且进一步发挥,其写作风格也一脉相承。《圆明园记》还对乾隆皇帝的一系列园林论述与实践影响至深。

雍正时期,瓮山西海整体景观与康熙时期区别不大,不多的造园活动是将瓮山东麓土地赐予果亲王为园址,继而建成京城最大的私园——自得园。

雍正皇帝像

# 圆明园御制诗文

## 圆明园记

圆明园在畅春园之北，朕藩邸所居赐园也。在昔皇考圣祖仁皇帝听政余暇，游憩于丹陵沜之涘，饮泉水而甘。爰就明戚废墅，节缩其址，筑畅春园，熙春盛暑，时临幸焉。

朕以眇躬，拜赐一区。林皋清淑，陂淀渟泓，因高就深，傍山依水，相度地宜，构结亭榭，取天然之趣，省工役之烦。槛花堤树，不灌溉而滋荣；巢鸟池鱼，乐飞潜而自集。盖以其地形爽垲，土壤丰嘉，百汇易以蕃昌，宅居于兹安吉也。

园既成，仰荷慈恩，锡以园额曰：圆明。朕尝恭迓銮舆，欣承色笑。庆天伦之乐，申夏日之诚。花木林泉，咸增荣宠。及朕缵承大统，夙夜孜孜。斋居治事，虽炎景郁蒸不为避暑迎凉之计。时逾三载，佥谓大礼告成，百务具举，宜宁神受福，少屏烦喧。而风土清佳，惟园居为胜。始命所司酌量修葺，亭台丘壑，悉仍旧观。惟建设轩墀，分列朝署，俾侍直诸臣有视事之所。构殿于园之南，御以听政。晨曦初丽，夏晷方长，召对咨询，频移昼漏，与诸臣相接见之时为多。

园之中或辟田庐，或营蔬圃。平原膴膴，嘉颖穰穰。偶一眺览，则遐思区夏，普祝有秋。至若凭栏观稼，临陌占云，望好雨之知时，冀良苗之应候。则农夫勤瘁，稼事艰难，其景象又恍然在苑囿间也。

若乃林光晴霁，池影澄清，净练不波，遥峰入镜，朝晖夕月，映碧涵虚，道妙自生，天怀顿朗。乘机务之少暇，研经史以陶情，拈韵挥毫，用资典学。凡兹起居之有节，悉由圣范之昭垂。随地恪遵，罔敢越轶。其采椽瓜柱，素甓版扉，不斫不枅，不施丹雘，则法皇考之节俭也。昼接臣僚，宵披章奏，校文于墀，观射于圃，燕闲斋肃，动作有恒，则法皇考之勤劳也。春秋佳日，景物芳鲜，

雍正印玺：圆明主人

雍正印玺：膺天庆
（膺天慶）

禽奏和声，花凝湛露，偶召诸王大臣从容游赏，济以舟楫，饷以果蔬，一体宣情，抒写畅洽，仰观俯察，游泳适宜，万象毕呈，心神怡旷，此则法皇考之亲贤礼下、对时育物也。

至若嘉名之锡以"圆明"，意旨深远，殊未易窥。尝稽古籍之言，体认圆明之德。夫圆而入神，君子之时中也。明而普照，达人之睿智也。若举斯义以铭户牖，以勖身心；虔体天意，永怀圣诲；含煦品汇，长养元和。不求自安而期万古之宁谧，不图自逸而冀百族之恬熙。庶几世跻春台，人游乐国。廓鸿基于孔固，绥福履于方来，以上答皇考垂佑之深恩。而朕之心至是或可以少慰也夫。爰宣示予怀而为之记。

**出处**

《清世宗御制文集》卷五（清乾隆文澜阁四库全书本）。

### 雍正圆明园园景十二咏
#### 深柳读书堂

郁郁千株柳，阴阴覆草堂。飘丝拂砚石，飞絮点琴床。
莺啭春枝暖，蝉鸣秋叶凉。夜来窗月影，掩映简编香。

#### 竹子院

深院溪流转，回廊竹径通。珊珊鸣碎玉，袅袅弄清风。
香气侵书帙，凉阴护绮栊。便娟苍秀色，偏茂岁寒中。

#### 梧桐院

棹泛湾湾水，桥通院院门。吟风过翠屋，待月坐桐轩。
秋叶催诗落，春花应节繁。祗应金井畔，好借凤凰骞。

雍正印玺：兢兢业业（兢兢業業）

《耕织图》中的清世宗形象

雍正印玺：娱耕织
（娛耕織）

雍正印玺：观鱼榭
（觀魚榭）

### 葡萄院

纡回深树里，一水暗通舟。乳汁香兼润，冰丸滑欲流。
阴铺青叶护，架络翠藤稠。西域传奇种，园丁献早秋。

### 桃花坞

水南通曲港，水北入回溪。绛雪侵衣艳，赪霞绕屋低。
影迷栖栋燕，声杳隔林鸡。槛外风微起，飘零锦堕泥。

### 耕织轩
轩亭开面面，原隰对畇畇。禾稼迎窗绿，桑麻窣地新。
檐星窥织火，渠水界田畛。辛苦农蚕事，歌诗可系豳。

### 菜圃
凿地新开圃，因川曲引泉。碧畦一雨过，青壤百蔬妍。
洁爱沾晨露，鲜宜润晚烟。倚亭闲伫览，生意用忻然。

### 牡丹台
叠云层石秀，曲水绕台斜。天下无双品，人间第一花。
艳宜金谷赏，名重洛阳夸。国色谁堪并，仙裳锦作霞。

### 金鱼池
甃地成卍字，注水蓄文鱼。藻映十分翠，栏围四面虚。
泳游溪涨后，泼剌月明初。物性悠然适，临观意亦舒。

### 壶中天
峰峻疑无路，云深却有扉。鹤闲时独唳，花静不轻飞。
洞里春长驻，壶中月更辉。一潭空似镜，碧色动帘衣。

### 涧阁
平桥依麓转，一带接垂杨。阁峻横云影，栏虚漾水光。
度香花外厦，挹翠树西廊。倚槛看飞鸟，披襟引兴长。

### 莲花池
云锦溥新露，纷披映柳塘。浅深分照水，馥郁共飘香。
姿美天然洁，波清分外凉。折花休采叶，留使荫鸳鸯。

清世宗御笔《竹石图》

**出处**

《清世宗御制文集》卷二十六（清乾隆文澜阁四库全书本）。

# 玉泉山御制诗

## 咏玉泉山竹

御园修竹传名久，嫩筱抽梢早出墙。
雨涤微尘新浥翠，风穿密叶澹闻香。
低侵幽涧波添绿，静幂虚窗影送凉。
更羡坚贞能耐雪，长竿节节挺琳琅。

**出处**

《清世宗御制文集》卷二十一（清乾隆文澜阁四库全书本）。

## 初夏至玉泉山

绿野熏风至，夜来春已过。扑衣飘落絮，贴水出新荷。
浪暖鱼吹沫，泥香燕作窠。临泉聊命酒，披拂爱烟萝。

**出处**

《清世宗御制文集》卷二十一（清乾隆文澜阁四库全书本）。

雍正印玺：雍正辰翰

省浮
午了
西照
此擬
寫為圖

清高宗御笔《双塔山》

清高宗乾隆皇帝湖山诗文

## 作者简介

清高宗乾隆皇帝爱新觉罗·弘历（1711—1799年），清朝第六位皇帝，定都北京后的第四位皇帝。雍正十一年（1733年），弘历被封为和硕宝亲王。25岁继位，年号乾隆，在位60年，禅位后又任3年4个月太上皇，是中国历史上实际执掌国家权力时间最长的皇帝，也是中国历史上最长寿的皇帝。

乾隆时期，清朝综合国力达到顶峰。他在康熙、雍正两朝基础上，进一步巩固了多民族国家的统一，武功赫赫，在平定边疆地区叛乱方面取得巨大成就，拓展了领土，奠定今日中国版图基础。

乾隆帝重视社会稳定，经济有了大幅度发展。五次普免天下钱粮，三免八省漕粮，减轻了农民负担，同时重视水利建设，促进了农业生产，使得清朝国库日渐充实。乾隆六年（1741年），全国人口143411559人。嘉庆三年（1798年），全国人口290982980人。

乾隆时期文化艺术得到极大发展，取得不少成就，各种官修书籍达100余种，最为著名者为《四库全书》的编纂，为后代学者研究中国文化提供了完善的文献资料。

乾隆后期社会生活趋于奢靡，吏治有所败坏，多地爆发农民起义。闭关锁国政策拉大了和西方的差距，使清朝统治出现了危机。

乾隆帝卒于嘉庆四年（1799年），享年89岁。庙号高宗，谥号纯皇帝，葬于清东陵之裕陵。

## 诗文与园林背景

乾隆帝存世有《清高宗御制诗集》共六集四百五十四卷、《清高宗御制文集》共四集九十二卷，以及皇子宝亲王时期诗文结集《乐善堂全集》四十卷。

乾隆一生六下江南，六上五台山，五巡齐鲁，四次东巡盛京祖地，一次中州嵩洛之行。出巡频率超过康熙皇帝，乃至于历代帝王。

风景园林建设成为乾隆时期最大特点之一，他将自康熙以来的北京西北郊风景建设整合一体，创造出三山五园整体大格局，而其中的灵魂就是昆明湖的整治与清漪园的建设，形成了这一风景大格局的中心。此外，他还充实了避暑山庄园林布局，建成盘山静寄山庄，整修了白洋淀水猎行宫，以及全国六条出巡跸路沿途百余座行宫园林。

乾隆帝一生写诗四万余首，堪称中国历史之最。其中风景园林诗占据很大部分。鉴于其风景园林诗文众多，本书仅摘录与清漪园造园思想相关的诗文，以及现有出版物中未收录者。

乾隆皇帝汉装像图

# 清漪园建园回顾与自省

**背景提要**

　　清漪园建设之始，乾隆帝写作了《万寿山昆明湖记》，在建成后，乾隆帝又在许多诗文中，回顾了治水建园的心路历程。其中既有情势所趋实情，也有自我辩解的成分。字里行间将内心纠结表露无遗，而不是自欺欺人的回避。这些自省代表作有《万寿山清漪园记》《志过》《新春游万寿山报恩延寿寺诸景即事杂咏》诸篇，其中《志过》诗还刻写在万寿山中心大雄宝殿前的巨碑上，以供天下人审视，展现了面对历史考察的宏大胸怀。《新春游万寿山报恩延寿寺诸景即事杂咏》组诗则记述了拆延寿塔改建佛香阁的缘由，以及园成后昆明湖的蓄水情景。《圆明园后记》是乾隆帝心怀愧疚与自省的表现，文笔流畅娴熟，论述纵横自如，显示了对先辈思想领悟至深，实际是对康熙、雍正造园精神的延续、发展，祖孙三篇记文脉络一贯始终，也是《万寿山清漪园记》的写作缘起。

## 万寿山清漪园记　乾隆二十九年

　　《万寿山昆明湖记》作于辛未，记治水之由与山之更名及湖之始成也。万寿山清漪园成于辛巳，而今始作记者，以建置、题额间或缓待，而亦有所难于措辞也。夫既建园矣，既题额矣，何所难而措辞？以与我初言有所背，则不能不愧于心。有所言乃若诵吾过，而终不能不言者，所谓君子之过。予虽不言，能免天下之言之乎？

　　盖湖之成以治水，山之名以临湖，既具湖山之胜概，能无亭台之点缀？事有相因，文缘质起。而出内帑，给雇直，敦朴素，祛藻饰，一如圆明园旧制，无敢或逾焉。虽然，《圆明园后记》有云，不肯舍此重费民力建园囿矣。今之清漪园非重建乎？非食言乎？以临湖而易山名，以近山而创园囿，虽云治水，谁其信之？

　　然而"畅春"以奉东朝，"圆明"以恒莅政，"清漪""静明"一水可通，以为敕几清暇散志澄怀之所，萧何所谓"无令后世有以加者",意在斯乎!意在斯乎!及忆司马光之言,则又爽然自失。

园虽成,过辰而往,逮午而返,未尝度宵,犹初志也。或亦有以谅予矣。

(款识)**乾隆甲申春御笔**　(钤宝)**乾隆**。

(引首)**御笔、尧辞明志**　(钤宝)**乾隆御笔**。

**出处**

《清高宗御制文集·二集》卷十(清乾隆文澜阁四库全书本)。本文另有乾隆帝御笔书法,有落款日期、引首题词以及印玺,载于《钦定石渠宝笈续编·宁寿宫藏》卷四十六(乾隆末年内府朱格抄嘉庆增补本)。本文还刻录于"万寿山清漪园"青玉印玺四壁,原物现藏于大英博物馆。

**注释**

### 万寿山清漪园①记

《万寿山昆明湖记》②作于辛未③,记治水之由与山之更名及湖之始成也。万寿山清漪园成于辛巳④,而今始作记者,以建置⑤、题额⑥间或⑦缓待⑧,而亦有所难于措辞⑨也。夫既建园矣,既题额矣,何所难而措辞?以与我初言⑩有所背,则不能不愧于心。有所言乃若诵吾过⑪,而终不能不言者,所谓君子之过⑫。予虽不言,能免天下之言之乎?

①【万寿山清漪园】始建于乾隆十五年(1750年),乾隆二十六年(辛巳,1761年)主体完工,乾隆二十九年(甲申,1764年)全面竣工。咸丰十年(1860年)焚毁于英法联军。光绪十四年(1888年)重建,更名为颐和园。

②【万寿山昆明湖记】作于乾隆十六年(辛未),刻碑于万寿山转轮藏。是年扩湖工程完成,山上景观建设正在进行中。

③【辛未】辛未年,乾隆十六年(1751年)。

④【辛巳】辛巳年,乾隆二十六年(1761年)。

⑤【建置】建造。

⑥【题额】题写匾额。

乾隆印玺:乾隆御笔
(乾隆御筆)

乾隆印玺

⑦【间或】有时候、偶尔。

⑧【缓待】减慢、停留。

⑨【措辞】在行文时深思熟虑，精心选用恰当的词句表达自己的意思。

⑩【初言】当初的言论。乾隆九年（1744年），在完成圆明园扩建工程后，乾隆帝在《圆明园后记》中表示："后世子孙必不舍此重费民力创建园囿矣。""初言"即指此。

⑪【诵吾过】自责自己的过失。诵，通"讼"，责备。"讼过"谓自责其过失。

"讼过岂不力，寿非金石坚。"（宋·陆游《岁暮感怀》诗）

⑫【君子之过】是指品行高尚的人犯错误就像日食和月食，别人看得很清楚，只要改正，别人仍然敬仰他。

"君子之过也，如日月之食焉。过也，从皆见之；更也，人皆仰之。"（《论语·子张》）

盖湖之成以治水，山之名以临湖，既具湖山之胜概①，能无亭台之点缀？事有相因②，文缘质起③。而出内帑④，给雇直⑤，敦朴素⑥，祛藻饰⑦，一如圆明园旧制，无敢或逾⑧焉。虽然，《圆明园后记》有云，不肯舍此重费民力建园囿矣。今之清漪园非重建乎？非食言乎？以临湖而易山名，以近山而创园囿，虽云治水，谁其信之？

①【胜概】美景；美好的景致。

②【相因】相互依托。

"景出想象，情在体贴，能以兴为衡，以思为权，情景相因，自不失重轻也。"（明·谢榛《四溟诗话》卷三）

③【文缘质起】文，指事物的表象；缘，因为；质，事物的根本、本性。文质是中国古代文论的基本概念。文质的关系就是形式与本质的关系。

"质胜文则野，文胜质则史。文质彬彬，然后君子。"（《论语·雍也》）

④【内帑】皇帝的私财、私产。帑（tǎng），财帛。

⑤【雇直】雇用夫役的钱。

⑥【敦朴素】推崇质朴，不奢侈。敦，崇尚。

"静而圣，动而王，无为也而尊，朴素而天下莫能与之争美。"

（《庄子·天道》）

⑦【祛藻饰】去除浮华的雕饰。

⑧【或逾】有超过。或，"有"之意。

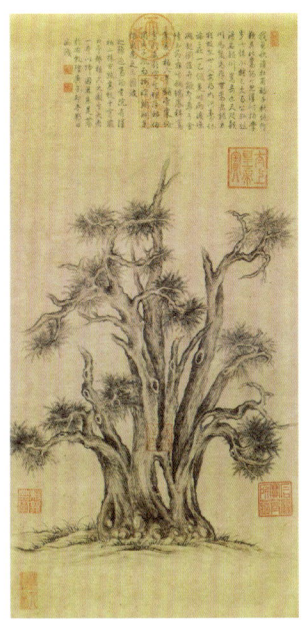

然而"畅春"①以奉东朝②，"圆明"以恒莅政③，"清漪""静明"一水④可通，以为敕几清暇⑤散志澄怀⑥之所，萧何所谓"无令后世有以加⑦者"，意在斯乎！意在斯乎！及忆司马光之言⑧，则又爽然自失⑨。

①【畅春】畅春园。康熙二十三年（1684年）在明清华园遗址上修建而成。

②【东朝】太后、太妃。乾隆年间，畅春园作为皇太后居住之所。

"孝心日奉东朝养，俭德应师大练风。"

（宋·苏轼《春帖子词·皇太妃阁》诗之三）

③【莅政】掌管政事、处理政事。自乾隆朝始，圆明园固定成为清帝园居理政之所。

清高宗御笔《嵩山汉柏图》。乾隆十五年（1750年），高宗建设清漪园当年，即先行奉母登嵩山祝寿

莅（lì），治理，统治。

④【一水】指清漪园与静明园之间的玉河。

⑤【敕几清暇】处理政务之余。几，通"机"，政务。清暇，清闲之时。

"四海升平，翠幄雍容探六籍；万几清暇，瑶编披览惜三余。"

（明·刘若愚《酌中志·大内规制纪略》）

⑥【散志澄怀】散志，犹言忘机，消除机巧心、功利心。澄怀，静心，清心。

"老疾俱至，名山恐难遍睹，唯澄怀观道，卧以游之。"（唐·李

延寿《南史》卷七十五《隐逸传上·宗少文》）

⑦【无令后世有以加】指成为最完美的，而使后代无法超越。

"萧丞相营作未央宫，立东阙、北阙、前殿、武库、太仓。高祖还，见宫阙壮甚，怒，谓萧何曰：'天下匈匈苦战数岁，成败未可知，是何治宫室过度也？'萧何曰：'天下方未定，故可因遂就宫室。且夫天子四海为家，非壮丽无以重威，且无令后世有以加也。'"（汉·司马迁《史记》卷八《高祖本纪》）

⑧【司马光之言】指宋司马光《训俭示康》一文，是写给其子司马康的家训，通篇论述崇尚节俭之理：俭以立名，侈必自败。

⑨【爽然自失】无所适从，又作"爽然若失"。

"公爽然自失，而悔无及矣。"（清·蒲松龄《聊斋志异·小翠》）

**园虽成，过辰①而往，逮午②而返，未尝度宵③，犹初志也。或亦有以谅予矣。**

①【辰】辰时，上午七点至九点，指清早。

②【逮午】逮，到，及。午，午时，上午十一点到一点，指中午。

③【度宵】留宿，过夜。乾隆建成清漪园后，从不居住留宿。以表明自己建园不会沉迷于游乐，而仅是散志澄怀。

## 译文

### 万寿山清漪园记

我于乾隆十六年作《万寿山昆明湖记》，记述了治水缘由、山名更改，以及拓湖的初步成果。万寿山清漪园建成于乾隆二十六年，拖至（三年后的）今日才写园记，除去营造、题匾而延缓的因素，还有一些纠结让我难以措辞下笔。既然园已成，匾已题，那难言的纠结是什么呢？是因为此次营园违背了我当初扩建圆明园后的诺言，所以不能不有愧于心。当时的诺言有如责备我的过错，对此我不能（黑不提白不提）什么都不说，因为这是君子之错（人所共见）。即使我不说，能免得了天下人不说吗？

昆明湖建设起源于兴修水利，山也因此由远水而临湖，所以有了万寿山新名。既然湖与山相映成为胜景，又怎能不顺势建些亭台以点缀添彩呢？

事情就这样相互依托着连锁发生，壮丽的表象正源自场地内有的潜质。至于动用皇室私款支付工钱费用，追求朴素淡雅，摒弃浮华雕饰，这一切都遵从圆明园旧制，不敢有所超越。即使如此，我早年《圆明园后记》中所言，不再花巨资民力造园。那如今清漪园不就是花巨资人力而建吗？不是食言了吗？因为临湖就改了山名，因为依山就建造园林，虽说缘于治水，谁会相信呢？

然而，畅春园是皇太后颐养天年之地，圆明园为处理朝政之所，而清漪园和静明园有玉河相通，最宜政务之余散心放怀，（这一宏大格局）正如萧何所说，让后世无法超越，这也是我的意愿！我的意愿！可一想起司马光"俭以立名、侈必自败"的训诫，又茫然无语了。

清漪园建成后，我都是晨时而往，午时即返，从未流连忘归、在园中留宿，也算是遵守了初心，或许能以此谅解自己吧。

## 圆明园后记

昔我皇考因皇祖之赐园修而葺之，略具朝署之规，以乘时行令，布政亲贤。而轩墀亭榭、凸山凹池之纷列于后者，不尚其华尚其朴，不称其富称其幽。乐蕃植则有灌木丛花，怒生笑迎也；验农桑则有田庐蔬圃，量雨较晴也；松风水月，入襟怀而妙道自生也；细旃广厦时接儒臣，研经史以淑情也。或怡悦于斯，或歌咏于斯，或惕息于斯，我皇考之先忧后乐，一皇祖之先忧后乐，周宇物而圆明也。

圆明之义，盖君子之时中也。皇祖以是名赐皇考，皇考敬受之而身心以勖，户牖以铭也。不求自安而期万方之宁谧，不图自逸而冀百族之恬熙，则又我皇考绥履垂裕于无穷也。予小子敬奉先帝宫室苑囿，常恐贻羞，敢有所增益？是以践阼后所司以建园请，却之。既释服，爰仍皇考之旧园而居焉。

夫帝王临朝视政之暇，必有游观旷览之地，然得其宜，适以养性而陶情；失其宜，适以玩物而丧志。宫室服御、奇技玩好之念切，则亲贤纳谏、勤政爱民之念疏矣。其害可胜言哉！

我皇考未就畅春园而居者，以有此圆明园也，而不斫不雕，一皇祖淳朴之心。然规模之宏敞，丘壑之幽深，风土草木之清佳，高楼邃室之具备，亦可称观止。实天宝地灵之区，帝王豫游之地，无以逾此。后世子孙必不舍此而重费民力以创建苑囿，斯则深契朕法皇考勤俭之心以为心矣。

藉曰祖考所居不忍居也，则宫禁又当何如？晋张老之善颂，甚可味也。若夫建园之始末，圣人对时育物，修文崇武，煦万汇保太和，期跻斯世于春台，游斯人于乐国之意，则已具皇考之前记，予小子何能赘一辞焉！

**出处**

《清高宗御制文集·初集》卷四（清乾隆文澜阁四库全书本）。

### 志过　乾隆二十三年

延寿仿六和，*将成自颓堕①。梵寺肖报恩，**复不戒于火②。
初意缘祝禧，佛力资善果。虽弗事徭役，***究属勤工作③。
慈寿天地同，宁藉象教伙。此非九仞亏，天意明示我。
一念敬怠间，圣狂分右左。无逸否转泰，自满福召祸。
南北况异宜，窣堵④建未妥。惟是回禄⑤延，遗迹《春明》⑥颇。
聊将剔灰烬，率与除墼𡒊⑦。苟完仍旧观，地因邻駊騀⑧。
罢塔永弗为，遂非益增过。志兹能改心，讵云君子可。

**自注**

\* 万寿山延寿寺后曾拟建六和塔。

\*\* 大西天，明时所有梵刹也，其北欲效江宁为报恩塔。

\*\*\* 本朝凡百工役皆发帑和雇，从不加派闾阎。

**出处**

《清高宗御制诗集·二集》卷七十七（清文渊阁四库全书本）。本诗曾刻碑于万寿山大雄宝殿前。

**注释**

①【延寿仿六和，将成自颓堕】万寿山佛香阁位置最初拟建延寿塔，接近完成时，拆毁，重建为佛香阁。颓堕，颓败崩溃。

"遍询谢茂秦葬处，得之南门外二十里，见小冢颓堕荒草中，为赋诗吊之。"（清·王晫《今世说·德行》）

②【梵寺肖报恩，复不戒于火】与清漪园建设同期，西苑北海小西天也仿南京报恩寺建造佛塔。然而不慎于火，被毁。

③【工作】犹工程。

"以连遭大忧，百姓苦役，殇帝康陵方中秘藏，及诸工作，事事减约。"（南朝宋·范晔《后汉书》卷十上《皇后纪上·和熹邓皇后纪》）

"饥岁工价至贱，可以大兴土木之役，于是诸寺工作鼎兴。"（宋·沈括《梦溪笔谈·官政一》）

④【窣堵（sū dǔ）】亦作"窣堵坡""窣堵波"。即佛塔。

"释之西天谓之窣堵波，中华谓之塔。塔制以层，增其敬也。"（唐·黄滔《大唐福州报恩定光多宝塔碑记》）

⑤【回禄】传说中的火神。后用以指火灾。

"郊人助祝史除于国北，禳火于玄冥，回禄。"（《左传·昭公十八年》）

"回禄，火神。"（晋·杜预注）

⑥【春明】明末清初孙承泽所著《春明梦余录》。

⑦【壒堁（ài kè）】灰尘，尘埃。

⑧【馺娑（sà suō）】汉宫殿名。

"穿昆明池象滇河，营建章、凤阙、神明、馺娑。"（汉·班固《汉书》卷八十七上《扬雄传上》）

"馺娑宫。馺娑，马行疾貌。马行迅疾，一日之间遍宫中，言宫之大也。"（《三辅黄图·建章宫》）

"白头却忆观光日,曾赋神明与駁娑。"(明·沈梦麟《和邵山人》)

## 新春游万寿山报恩延寿寺诸景即事杂咏 乾隆二十五年

(一)

悬灯列炬庆宵阑,趁暇名山此静盘。
祇树法云瞻宝月,如如不动镇团团。

(二)

宝塔初修未克终,佛楼改建落成工。
诗题《志过》人皆见,慈寿原同山样崇。

**自注**

先是欲仿浙江六和塔式,建塔为圣母皇太后祝禧,上作不臻而颓。因考《春明梦余录》,历载京城西北隅不宜高建窣堵,乃罢更筑之议。就其基改建佛楼,且作诗纪实,题曰《志过》云。

(三)

阶际青青草布茵,寻常行处不生尘。
玉澜堂外溶新水,凫雁鲦鲿总乐春。

(四)

湖水昆明蓄已多,雪消冰解涨新波。
林丞又怨艰疏泄,守例真工奈汝何。

**自注**

昨年司苑囿者,每怨湖宽水少,不足济用。及秋冬雨雪沾足,亟命储蓄。兹春融冰解,水势颇壮,有司又恐溃堤,有增筑之议。茧茧之见,固难与之论是非也。

(五)

肖翘蠕动柳生稊,脉润土膏欲作泥。

却缱吾民于耜者，趁时布种可能齐。
（六）
万物春台果是台，韶光有脚见倪哉。
六桥那畔应偏好，分付东风待再来。

**出处**

《清高宗御制诗集·三集》卷二（清乾隆文澜阁四库全书本）。

# 勤政殿与勤政家法

**背景提要**

　　清代皇家园林中均设有勤政殿，以示勤政与园居并行不废，避免了建园即怠政的思维模式。清代首座勤政殿位于西苑，由康熙帝命名。其后雍正帝于圆明园，乾隆帝在静宜园、承德避暑山庄、清漪园均设勤政殿；后嘉庆帝在绮春园也加以再现。乾隆帝在诸多诗文中阐述了勤政殿的来历，以及继承勤政传统的志愿，称这一传统为"家法"。在清漪园勤政殿正中屏风上撰写的《座右铭》，是对勤政内涵的进一步阐释、具体化。其他代表诗文还有西苑《题勤政殿》《四时勤政赋》等。

## 勤政殿座右铭

凛①于丰亨②，迵求厥宁。③思艰图易，居安虑倾。
堂下万里④，无恃尔克明⑤。民方殿屎，⑥无恃尔善听⑦。
无矜大名⑧，无侈颂声⑨。止欲于未萌，防危于无形。
日慎一日，先民是程⑩。昔之人有言曰：尧业业，舜兢兢⑪。
临渊履冰⑫，式鉴兹铭⑬。

**出处**

《清高宗御制文集·初集》卷二十七（清乾隆文澜阁四库全书本）。

**注释**

①【凛】畏惧、恐惧的样子。

②【丰亨】富厚顺达。语出《易经·丰》："丰亨。王假之。"

"财多德大，故谓之为丰；德大则无所不容，财多则无所不济，无所拥碍，谓之为亨，故曰丰亨。"（唐·孔颖达疏）

"物萃聚而除戎，时丰亨而致法。"（宋·刘挚《贺安南捷奏表》）

③【遹求厥宁】遹（yù），无义，语助词，放在句首。宁，安定。语出《诗经·大雅·文王有声》："文王有声，遹骏有声。遹求厥宁，遹观厥成。"

清郎世宁《弘历观画图》

④【堂下万里】堂下，殿堂之下，帝王所居的殿堂之外。万里，指辽阔的远近疆土。

⑤【无恃尔克明】不要自负于自己明察是非的能力。克明，明察是非。这里指为君者的明辨判断能力。

"貊其德音，其德克明，克明克类，克长克君。"（《诗经·大雅·皇矣》）

恃，自负、依赖。

⑥【民方殿屎】人民正在呻吟叹息。殿屎，又作念呓（yī），愁苦呻吟。语出《诗经·大雅·板》："民之方殿屎，则莫我敢葵。丧乱蔑资，曾莫惠我师。"

⑦【善听】善于听察。

"若使中山之与齐也，闻五尽而更之则必不亡也。其患在不闻也，虽闻又不信也。然则人主之务在乎善听而已矣。"（汉·刘向《说苑·权谋》）

"臣闻有善听无良谋，有善谋无利势。天下之势，善谋之则无不利；天下之谋，善听之则无不良。"（宋·秦观《李泌论》）

⑧【无矜大名】不去夸耀自己的好名望。矜（jīn），夸耀、骄傲。大名，

好名声、大名望。

⑨【无侈颂声】不暗许默认歌功颂德之声。侈（chǐ），张大、放纵、显扬。

"佚乐侈其心，骄贵荡其志。"（唐·令狐德棻《周书》卷十二《齐炀王宪传论》）

⑩【先民是程】取法于古代圣贤。先民，古之贤者。程，效法，以之为法。这里反其意而用之。

"哀哉为犹，匪先民是程。"（《诗经·小雅·小旻》）

⑪【尧业业，舜兢兢】尧舜的圣明来自他们的戒慎与忧患意识和自强不息。

"《诗》云：惟此文王，小心翼翼。故尧兢兢，日行其道；而舜业业，日致其孝。……此其浸明浸昌之道也。"（汉·班固《汉书》卷五十六《董仲舒传》）

兢兢，戒慎，小心谨慎貌。业业，危惧貌。此处为押韵将"兢兢"放后。

"尧兢兢、舜业业、禹孜孜、汤检身若不及、文王纯亦不已、周公坐以待旦、夫子不厌不倦，此圣人自强不息也。"（元·赵采《周易程朱传义折衷》）

⑫【临渊履冰】保持警醒与远见，随时准备应对不期而至的危机，如同面临深渊，如同脚踏薄冰。

"战战兢兢，如临深渊，如履薄冰。"（《诗经·小雅·小旻》）

⑬【式鉴兹铭】以此座右铭作为警醒言行的准则。式，准则，标准。鉴，引申为使人警惕的事情。

## 译文

### 勤政殿座右铭

不因丰顺而放松，一心谋求天下安定。
艰难处着想，简易处着手，居安思危。
堂外疆土远近万里，不要自恃睿智以为无事不明。
人民正在呻吟叹息，不要自认善听以为无声不闻。

乾隆印玺：乾隆亲贤之宝
（乾隆親賢之寶）

不夸耀卓越名望，不放任阿谀歌颂之声。

防范私欲于形成之前，遏制危机于无形之中。

日日警醒，先贤就是楷模。古人云：圣君尧舜治理天下，兢兢业业。

我应如是，如临深渊，如履薄冰。书座右铭于此，以示警醒。

### 题勤政殿　乾隆五十八年

奎章两字示千年，敢弗钦承家法传。
游豫处无不题额*，旰宵时永念仔肩。
幸看归政三岁近，仍虑倦勤半九延**。
犹日孜孜慎晚节，聪听奕叶勖斯绵。

**自注**

＊是地勤政殿为皇祖御题，圆明园之勤政殿为皇考御题。予于清漪园、静宜园及避暑山庄皆遵书是额，盖家法相承，虽游豫之处弗敢忘也。

＊＊用颜真卿座位帖意。

**出处**

《清高宗御制诗集·五集》卷七十七（清乾隆文澜阁四库全书本）。本诗歌咏的是西苑勤政殿，有助于对清漪园勤政殿与《座右铭》的理解。

### 四时勤政赋

惟圣人之建极兮，法天运以自强；历四时以勤政兮，亦日就而月将。

尧兢兢而舜业业兮，萃芳轨于我皇；禹惜阴而汤浴德兮，繄日进以无疆。

道既立而化淳兮，美光天之遍育；如云日之为瞻兮，统要荒而臣服。

大哉帝德，辉光被乎八埏；允矣皇风，恩波沃乎四渎。

尔其一日万几，宵衣旰食。诵抑戒，陈无逸；昧爽丕显，夜以继日。

既劳谦而匪懈，亦健行而不息。勤问夜于未央，虽寸晷而犹惜。

若乃春居东以首岁，夏居南而执衡，秋居西而司藏，冬居北而主成。

春动也，物以之起；夏任也，物以之生；秋收也，物以之结；冬冻也，物以之贞。

圣人推本万物之理，而钦象四时之行。政刑准之以有度，治教由是而皆平。

燠寒应候而时若，雨旸顺序而咸亨。此吾皇四时之勤政，而用致九有之和宁者也。

又若政要书屏，箴规刻佩，日移崇政之餐，汗浃延英之背。

彼古事之云远，睹今兹之盛代。麈夕惕与朝乾，用持盈而保泰。

信日昃而弗遑，岂臣邻之可贷。圣主图治以励精，庶政分司而用乂。于是喜而歌曰：

九鼎奠兮泰阶平，皇风普兮庶物亨。万邦惟怀兮歌永清，帝心犹戒兮无荒宁。

朝夕兢惕兮象天行，锡极敷言兮惟至诚。拜手稽首兮于王庭；万寿无疆兮久道成。

**出处**

《御制乐善堂全集》卷十一（清乾隆文澜阁四库全书本）。

# 石舫与民可载舟

**背景提要**

清漪园石舫建于乾隆十八年（1753年）。乾隆帝撰《石舫记》阐述其中寓意，从建筑基础与舟船两方面叙述，以景喻政，最后归结为磐石之安、载舟之戒。在澄怀赏景同时，他心存治政的警醒。钱陈群《石舫记》跋文则是对御制文内容的延展。

## 石舫记 乾隆十八年

自茅茨土阶以来，为室者必有阶，为阶者率以石，所以去湫湿，就高明。栋宇以安，固其基址。阶九级，廉远地则堂高；阶无级，廉近地则堂卑。古人所以为喻也。至乃步墀扣砌，左碱右平；设切崖嵰，山塄水矶。虽华质殊制，高下异施，其所以限柱础而承屋基，则一耳。

余之石舫，盖筑之昆明湖中，不倚汀傍岸。虽无九成之规，而有一帆之概。弥近烟云之赏，迥远风浪之惊。鸥鹭新波，菰蒲密渚。涌金漪而月洁，凝玉镜而冰寒。四时之景不同，朝暮之观屡易。

彼之青雀黄龙，虽资济川，亦虞穿线。则何如一肖形而浮坎止艮，义两存焉，非徒欧米之兴慕也。且田盘之浮石，奇则奇矣，而或需乎云；香山之绿云，似则似矣，而或乏乎水。若夫凛载舟之戒，奠盘石之安，虚明洞达，职思其居，意在斯乎！意在斯乎！

**（款识）** 乾隆癸酉御制并书。

**（钤印）** 会心不远、乾隆宸翰、落花满地皆文章、中心止水静。

乾隆印玺：乾隆御笔之宝（乾隆御筆之寶）

**出处**

《清高宗御制文集·初集》卷五（清乾隆文澜阁四库全书本）、《钦定石渠宝笈续编》卷七十宫内等处藏。

**注释**

## 石舫①记

自茅茨土阶②以来，为室者必有阶，为阶者率以石，所以去湫湿③，就高明④。栋宇⑤以安，固其基址。阶九级，廉⑥远地则堂高；阶无级，廉近地则堂卑⑦。古人所以为喻⑧也。至乃步墌扣砌⑨，左碱⑩右平；设切崖鏩，山堮水矶⑪。虽华质殊制⑫，高下异施，其所以限柱础而承屋基，则一耳⑬。

清高宗御笔《开泰说》并仿明宣宗《三阳开泰图》

①【石舫】位于万寿山西南、卍字河入昆明湖处，始建于乾隆二十年（1755年），毁于咸丰十年（1860年）。光绪十九年（1893年）重建，船轮、舱楼改为西洋风格。

②【茅茨土阶】茅草屋顶土台阶，指居室简陋。指中国建筑发展的原始阶段。

"昔者尧舜有茅茨者，且以为礼，且以为乐。"（《墨子·三辩》）

"尧之王天下也，茅茨不翦，采椽不斫。"（《韩非子·五蠹》）

"婴闻之，尧不以土阶为陋，而有虞氏怵戒于涂塈，其尚俭之谓欤？"（《子华子·晏子问党》）

"思夏禹之卑宫，慕有虞之土阶。"（汉·边让《章华赋》）

"礼有损益，质文无常，茅茨土阶，致其肃也。"（晋·袁宏《后汉纪》卷一《光武皇帝纪》）

③【湫湿】低下潮湿。

④【高明】高而明亮、高爽敞亮。

"广榭崇台，时令着高明之宅。"（唐·王勃《梓州郪县兜率寺浮图碑》）

⑤【栋宇】屋的正中和四垂。后指房屋。

"上古穴居而野处，后世圣人易之以宫室，上栋下宇，以待风雨。"（《易经·系辞下》）

⑥【廉】堂屋的侧边。

⑦【堂卑】地势低下。

　　"堂卑不受有美夺,地僻宁遭景华拓。"（宋·宗泽《题独乐园》）

⑧【古人所以为喻】古人以建筑结构比喻人君关系。

　　"人主之尊譬如堂,群臣如陛,众庶如地。故陛九级上,廉远地,则堂高;陛亡级,廉近地,则堂卑。高者难攀,卑者易陵,理势然也。"
　　（汉·贾谊《治安策》）

⑨【步壛扣砌】形容建筑物非常豪华。壛（yán）,可以通行的长廊。

　　"曲屋步壛,宜扰畜只。"（《楚辞·大招》）

扣砌,又作"扣切"。扣砌,用金玉镶嵌的台阶。

　　"于是玄墀扣切,玉阶彤庭。"（汉·班固《西都赋》）

　　"扣砌,镂砌也。"（唐·张铣注）

⑩【左碱】碱通"砌",台阶。

　　"王者宫中,必左碱右平。"（汉·刘向《七略》）

⑪【设切崖㦿,山崿水矶】沿着山崖边,铺好阶石。切,通"砌",阶石。崖㦿（yǎn）,山崖边。

　　"右平左城,青琐丹墀。刊层平堂,设切崖㦿。坻崿鳞眴,栈齴巉崚。襄岸夷涂,修路陵险。"（汉·张衡《西京赋》）

崿（è）,崖岸,边际。

　　"旌拂霄崿,轨出苍垠。"（晋·张协《七命》）

水矶,水边突出的岩石或石滩。

⑫【殊制】不同的礼制。

　　"痛存亡之殊制兮,将迁神而安厝。"（晋·潘岳《寡妇赋》）

⑬【则一耳】相同;一样的。本句小结说,建筑物无论豪华还是朴素,都仰赖于基础承"重"。

余之石舫,盖筑之昆明湖中,不倚汀傍岸。虽无九成之规①,而有一帆之概②。弥近烟云之赏,迥远风浪之惊③。鸥鹭新波,菰蒲密渚④。涌金漪而月洁,凝玉镜而冰寒。四时之景不同,朝暮之观屡易。

①【九成之规】九成，唐代宫名"九成宫"。这里代指华丽的皇家风格。规，规制，规模。

②【一帆之概】一舟景象。

"万里羁愁添白发，一帆寒日过黄州。"（宋·陆游《黄州》诗）

③【弥近、迥远】很近、很远。

"立德之本，莫尚乎正心。心正而后身正，身正而后左右正，左右正而后朝廷正，朝廷正而后国家正，国家正而后天下正。故天下不正，修之国家；国家不正，修之朝廷；朝廷不正，修之左右；左右不正，修之身；身不正，修之心。所修弥近，而所济弥远。"（晋·傅玄《傅子·正心篇》）

④【菰蒲密渚】菰蒲长满湖中洲渚。菰蒲，茭白、香蒲等水生植物。渚，水中露出的小块平地。


彼之青雀黄龙①，虽资济川②，亦虞穿线③。则何如一肖形而浮坎④止艮⑤，义两存焉，非徒⑥欧米⑦之兴慕⑧也。且田盘之浮石⑨，奇则奇矣，而或需乎云；香山之绿云⑩，似则似矣，而或乏乎水。若夫凛载舟之戒⑪，奠盘石之安⑫，虚明洞达⑬，职思其居⑭，意在斯乎！意在斯乎！

①【青雀黄龙】用青雀、黄龙的形象装饰船头和船尾。泛指豪华游船。

"舸舰弥津，青雀黄龙之舳。"（唐·王勃《滕王阁序》）

青雀，青雀舫。

"舟……或谓之鹢首。"（汉·扬雄《方言》卷九）

"鹢，鸟名也。今江东贵人船前作青雀，是其像也。"（晋·郭璞注）

后因称船首画有青雀之舟为"青雀舫"，省称"青雀""青舫"。

"时看青雀舫，遥逐桂舟回。"（北周·庾信《奉和泛池初成清晨临泛诗》）

②【资济川】用来渡河。资，用来、用于。济川，犹渡河。语出《尚书·说命上》："爰立作相，王置诸其左右。命之曰：朝夕纳诲，以辅台德。若金，用汝作砺；若济巨川，用汝作舟楫。"

③【虞穿线】船漏之虑。虞，忧虑。穿线，此处指可穿过一根线的洞或孔隙，意为船体破裂进水。

"瓮牖封沙经宿雨，席帘穿线漏斜阳。"（明·契灵《山居》诗）

"吾闻太山石，积日穿线溜。"（宋·苏轼《栖贤三峡桥》）

④【浮坎】浮坎，浮于水上。《象辞》中，坎为水。坎卦表示险的本性。行险如涉水，所以坎的象为水。

"坎下巽上。利涉大川。以象言，木浮坎水之上，乘木有功也。其义则圣人孝治天下之时，执中于己，用中于民，行中于天下，何难不可散，何川不可涉乎。神而明之存乎其人而已。"

⑤【止艮】停止。艮卦有静止、阻滞之意。提示面对阻碍，动静不失其时，该静则静，该动则动。

"《象》曰：艮，止也。"（《易经·艮卦》）

"阳动阴静，以动为基者，故动震是也。以静为基者，故止艮是也。动者在中，非内非外，故或流或止，或动或静焉，此坎所以为水。"（元·张理《大易象数钩深图》）

"自玉河泛舟至此舣棹登石舫，因思坐者为舟，登者为舫，浮坎止艮，境虽各殊，理原一致。"（清·乾隆帝《玉河泛舟至万寿山石舫作》）

本句是说，石舫之建有着坎卦与艮卦的双重含义，它是动与静的和谐统一。

⑥【非徒】不但；不仅。

⑦【欧米】欧阳修和米芾。

北宋欧阳修《真州东园记》："水，吾泛以画舫之舟。"北宋书画家米芾曾任江淮发运使，于船上揭牌，称"米家书画船"。

⑧【兴慕】引起思念、景仰。

⑨【田盘之浮石】盘山之浮石舫。田盘即盘山，在天津蓟县（今天津市蓟州区）西北。奇岩怪石随处可见，《盘山志》载：上甘涧东北峰顶有浮石舫，"状如海船，烟雨晦冥时望之，浮浮欲动"。为静寄山庄外八景之一。

"山中云气，郁勃弥漫。浩浩如雪海，峰峦出没其中，如烟樯乘风。上甘涧东北峰顶有石如艨艟万斛。当云起时，几欲驾飞涛、凌溟渤矣。孤撑不系几千秋，云海波涛任拍浮。学士小哉惟识画，

将军往者漫称楼。武陵舍处今溪口，灵鹫飞来古渡头。放眼纵看天以外，覆舟何异芥为舟。"（清·乾隆帝《浮石舫》）

⑩【香山之绿云】香山静宜园二十八景之"绿云舫"。

"园中水皆涓涓细流，不任舟楫，因仿避暑山庄内云帆月舫斋室，而以舫名之。盖自欧阳氏画舫而后，人多慕效之者。夫舟之用以水居无异陆处为利，而陆处者又以入室如在舟中为适。然则山居水宿，无事强生分别。况载舟覆舟为鉴，又岂独在水哉！"（清·乾隆帝《绿云舫》诗序）

⑪【载舟之戒】载舟，语出《荀子·哀公》："且丘闻之，君者，舟也；庶人者，水也。水则载舟，水则覆舟。君以此思危，则危将焉而不至矣？"戒，防备、训诫。

⑫【奠盘石之安】盘石，厚而大的石头，比喻稳定坚固。艮的卦象为山。

"艮为山石，坎为聚，聚石称盘。"（《周易集解》引三国吴虞翻《周易注》）

"石者，坚汞止，止艮卦也。谓残金衰木，含光之谕石英色白，上有五色光。"（五代·杜光庭《录异记·异石》）

⑬【虚明洞达】虚明，内心清虚纯洁。

"莫不揔制清衷，递为心极，斯固通人之所包，非虚明之绝境，不可穷者，其唯神用者乎。"（梁·任昉《王文宪集序》）

洞达，理解得很透彻；看得很清楚。

"孔子见窍睹微，思虑洞达。"（汉·王充《论衡·知实》）

⑭【职思其居】语出《诗经·唐风·蟋蟀》："无已大康，职思其居。"意为：乐而有节不要过度，应该想念创业之难。有劝诫勤勉之意。

**译文**

## 石舫记

自从尧舜以草为顶、以土为阶之后，建室必砌有台与阶，而台阶材料大都用石，可以隔绝潮湿，趋就高爽明亮。殿堂若要安稳，首先须使基址足够坚固。砌多级台阶，使堂屋侧边远离地面，建筑就显得高大；不砌台阶，堂屋侧边直接地面，建筑就显得低矮，古人曾以此比喻尊卑之别。至于长廊砌筑精美的台阶，左有阶右地平的宫廷形制，或在水崖、岩壁、矶岸铺设阶石，其材质风格虽有华贵质朴不同，以及高低位置的施工差异，然而它们都是用来承重、安置柱础，这一功能是相同的。

我的这座石舫位于昆明湖中，既不倚水中洲岛，也不靠岸。虽无唐代九成宫那样的豪华，却有一帆待发的风韵。既可近赏水云烟景，也可远离狂风巨浪。既能观鸥鹭飞掠水面，也能赏菰蒲绿染洲渚。湖光金波潋滟，那是皎洁的秋月。水面玉镜凝晶，那是冰冷的寒冬。一年四季风景各不相同，一日晨昏景色时时变换。

那些饰以青雀黄龙的航船，虽可用来渡河越川，但也有船漏沉没的担心。何不造一船形石舫，既可浮于水上，又能长久稳固，这不仅仅是仰慕欧阳修、米芾书画船的逸事，还在于石舫兼备坎卦、艮卦二意，动静合宜，且云水浩荡。而盘山的浮石舫，奇是奇了，却需要烟云来烘托；香山的绿云舫，像是像了，却缺水的呼应。至于常怀载舟、覆舟的警醒，不断夯实磐石般的国家基础，心持虚静，思求洞达，居安思危，这就是石舫的建设目的。意在于此！意在于此！

## 附录1

### 御制《石舫记》恭跋
#### 钱陈群

匪兰匪松，亦雀亦龙。悠悠烟际，泛泛湖中。
迭石象形，取无漏义。不缆而舣，不楫而济。
杨柳春时，芙蓉秋日。几暇怡情，左图右帙。
恍如平江，晴日和风。连畴夏谚，夹岸农功。
至人寓意，载舟是警。盘石之安，作记垂永。

**出处**

［清］钱陈群《香树斋诗续集》卷十二（清乾隆刻本）。

## 附录2

### 舫室
**钱陈群**

艮止形同习坎浮，坐延澹泚惬清游。
宸襟偶憩犹乾惕，石舫思居凛载舟。

**自注**

见御制《石舫记》。

**出处**

［清］钱陈群《香树斋诗续集》卷二十三（清乾隆刻本）。

# 乐寿堂与仁者寿知者乐

**背景提要**

　　清漪园乐寿堂，以及颐和园仁寿殿题名都出自孔子名言："仁者乐山，知者乐水。仁者静，知者动。仁者寿，知者乐。"这一名言被历代大儒加以诠释延展，如汉代董仲舒、宋代朱熹等，也成为历代皇家建设园林的理由依据，清代诸帝多有相关景题与诗文。乾隆皇帝更是如此，从不同方面延展论述，并在造园中加以点题。

### 乐寿堂　乾隆三十六年

面水乐宗知，背山寿体仁。无多数月别，又是一年春[*]。
流景云何速，韶光已向新。建炎名偶似，希事不希人[**]。

**自注**

　　* 自去岁秋搜即未至此。

　　** 乐寿堂题名已久，义实取祝禧。兹得董其昌论古帖真迹，册载宋高宗书有乐寿老人之称，是倦勤之后，托志取名，自无不可。近题淳化轩亦微寓其意，然所希于彼者惟此一节，而其人其政，实有不足希者，故并及之。

**出处**

　　《清高宗御制诗集·三集》卷九十四（清乾隆文澜阁四库全书本）。

### 题乐寿堂* 乾隆五十年

清漪乐寿堂，山水寓仁智。后始知绍兴，堂早用是字**。
宁寿乐寿堂，原可同斯义***。然设责以实，景诚萃此地。
俯湖未波澜，种树已苍翠。娱老不其遥，只以十年计。

**自注**

　　* 在万寿山清漪园者。

　　** 宋高宗内禅后，亦称乐寿老人。然其意在亟图谢责，故壬寅诗有"彼其耽燕闲，率非吾所取"之句。

　　*** 宁寿宫亦有乐寿堂。仁智之乐，取义故同。而山水之实，则在此不在彼也。

**出处**

　　《清高宗御制诗集·五集》卷十二（清乾隆文澜阁四库全书本）。

### 知者乐仁者寿

仁者知之体，知者仁之用。亦如山者水之体，水者山之用。故无水之山必枯，无山之水必泄。知而离仁失之巧，仁而离知失之讷。朱子解此章，虽云不是兼仁知而言，而夫子之言实并仁知之形容，及与其效相提并论，以显其相资殷而相得彰也。

明乎仁知之相资，则体用各得其宜。盖知有知之体用，仁有仁之体用，而仁知又互相为体用，浑然天理，动静周流，其乐与寿不求而必得矣。虽然其乐与寿岂一己之私哉，知者无不通乐，何如之仁者无不善，寿何如之夫，然则其乐其寿实泯，彼此该物我乐以天下寿、以万世学者，宜无不加勉而为人君者，更当以是为亟也。

**出处**

《清高宗御制文集·初集》卷二（清乾隆文澜阁四库全书本）。

知仁山水樂非獨
易簡乾坤趣可尋

清高宗御笔

# 清漪园之前的西海风景

**背景提要**

昆明湖前身名西海，是一片湖沼稻田风景，岸边设有稻田场与红旗营马厂（又称西厂）。弘历在成为皇帝前后常常流连于此，写下大量诗文，不仅歌颂了景色之美，还记述了许多风景地理信息，内容之详无出其右者。鉴于现有颐和园出版物尚未收录相关诗文，此处全部收录，时间止于清漪园建设之始。

### 春暮西厂骑射

离离紫陌花，苒苒暮春天。纷红一以萎，绿杨全锁烟。
可惜流莺语，惊起晓窗眠。秣我青骊驹，策我珊瑚鞭。
乘兴联骑去，晴郊草芊芊。驰射平原中，随意娱芳年。

君看女夷功，三月韶华鲜。九十弹指过，有似箭离弦。
何如无心者，万物任其然。荣华何系恋，风过百花穿。
维时日西下，归鞍三五联。有客兴春绪，中怀凄以牵。
劝君莫伤春，四时相代迁。与君消惆怅，瀹茗烹山泉。
即此目前景，可昧南华篇。

**出处**

《御制乐善堂全集定本》卷十六（清乾隆文澜阁四库全书本）。

### 西海捕鱼

平湖荡漾春波长，万顷玻璃映日朗。
喷浪修鳞水面游，争驾扁舟荡双桨。
渔人那晓生意多，不舍鲲鲕尽收网。
网罟纷绝流，时作求鱼想。
嗤彼贪利人，吾宁号清赏。
劝君解网放群鱼，篙撑绿水中流响。
花片飞香几处漂，宿鸥眠起冲云上。
刺刺新蒲欲出波，远岸烟光含莽苍。
乐哉此游逸兴多，鱣鲔洋洋任触榜。
残照西山返棹归，别舟笑我成空往。

**出处**

《御制乐善堂全集定本》卷二十（清乾隆文澜阁四库全书本）。

### 游西海

（一）

轻舠荡入蒹葭丛，波澄西海连长空。
云山倒影弄明媚，寂寞残荷摇晚红。

乾隆印玺：所愿符初
（所願符初）

### （二）

萧斋习静过三伏，今日扁舟晚景逐。

烟汀沙渚转苍茫，却忆熏风吹岸绿。

**出处**

《御制乐善堂全集定本》卷二十一（清乾隆文澜阁四库全书本）。

### 秋日泛舟西海

金飔漾兰渚，霞光射明川。两岸荻芦花，中流独放船。

水气含微冷，棹破秋湖烟。一派空明景，与我相周旋。

忆我临薰风，轻舠弄清涟。弹指九夏过，秋水连长天。

击楫畅吟怀，鹭起横塘前。

**出处**

《御制乐善堂全集定本》卷二十二（清乾隆文澜阁四库全书本）。

### 西山下故宫曲

萧晨策马西山足，岚气才分万峰绿。

飒沓霜风冷野桥，霏微露气摇寒竹。

野桥寒竹接宫墙，何年帝子黄金堂。

苔锁双扉人不见，空余寂寞山花香。

当时绿鬓承欢处，燕巢蛇穴迷烟雾。

金床文毯已成尘，井栏想象梧桐树。

华清宫殿绝鸣銮，建章万户图中看。

徘徊追赋前朝事，薜篆题碑字未残。

**出处**

《御制乐善堂全集定本》卷二十九（清乾隆文澜阁四库全书本）。

## 秋日,同二十四叔父、五弟游玉泉诸名胜,即事志兴,用爽气澄兰沼秋香动桂林为韵十首

(一)

秋光淡空碧,萧萧天地朗。令日胜游招,双桨扁舟放。倒影鸿雁寒,澄翠玻璃广。残香度荷风,飒然襟袖爽。

(二)

轻舸溯遥波,荻岸苍茫意。眼界淡烟光,心宇澄秋气。便狎鸥鹭群,讵羡笙歌沸。旧游境颇谙,兹游足清味。

(三)

我闻好事者,万里劳攀登。咫尺苟会心,邱壑咸可凭。草枯石岸出,霜落溪光澄。泊舟古寺边,欲觅净名僧。

(四)

渔村互掩映,遥瞩凭阑干。三秋稻已熟,空畦野水寒。繁艳萎堤花,幽香剩涧兰。最喜螺峰青,不随时序残。

(五)

层台接曲阿,梵宇凌霞晓。红舒野蓼花,翠点残莲沼。川泳而云飞,无心适鱼鸟。触景乐相忘,如游寥廓表。

(六)

萧晨步名园,况复值高秋。晴旭隔林上,天宇岚烟收。长空净如洗,爽气澄双眸。坐看众木末,如登百尺楼。

(七)

西风摇梧竹,泠然泛笙簧。石梁古月明,华池淡冷光。已见兼葭白,漫忆荷芰香。妙哉嵇中散,高怀一啸长。

(八)

云日掩映间,遥峰乍清耸。霜染槲叶丹,临风枝乱动。野鹤唳高空,忽被闲云拥。我亦棹归舟,明湖泛瀎洞。

(九)

书帷卷午晴,小山赋丛桂。衣袂足清凉,云山复开霁。故知素节佳,况是神仙地。即景畅襟抱,阳乌已西逝。

### （十）

凉风起天末，落照挂疏林。栖鸦噪树杪，寒烟湿衣襟。
胜游那可恋，逍遥本无心。归来坐明月，苍然暮色深。

**出处**

《御制乐善堂全集定本》卷二十九（清乾隆文澜阁四库全书本）。

## 游玉泉山见秋成志喜

天末风吹溽暑清，家家铚艾庆西成。
宜人爽气山前景，载我扁舟画里行。
田父村头闲共语，牧童牛背笑相迎。
年来屡见三秋稔，拟报农祥慰圣情。

**出处**

《御制乐善堂全集定本》卷二十三（清乾隆文澜阁四库全书本）。

## 西厂习射即事

### （一）
行行西厂路犹赊，习射非关玩物华。
怪底今朝寒料峭，平明宿雨湿桃花。

### （二）
拂柳穿花过小溪，紫骝不用锦障泥。
东风可是能裁剪，飘洒香红散马蹄。

### （三）
西海清流漾碧鲜，相将此日荡兰船。
溶溶新涨春芜合，始识分来自玉泉。

清郎世宁《乾隆皇帝大阅图》

**出处**

《御制乐善堂全集定本》卷二十三（清乾隆文澜阁四库全书本）。

### 玉泉垂虹

涌湍千丈落垂虹，风卷银涛一望中。
声震林梢趋众壑，光浮练影挂长空。
跳波激石珠丸碎，溅沫飞花玉屑红。
自此恩波流处处，公田时雨泽应同。

**出处**

《御制乐善堂全集定本》卷二十四（清乾隆文澜阁四库全书本）。

### 西厂骑射

霜林叶落雀群空，驰射平坡试骆骢。
犹忆三春陌上过，玉蹄滚滚踏香红。

**出处**

《御制乐善堂全集定本》卷二十七（清乾隆文澜阁四库全书本）。

### 西海泛舟　乾隆七年

岸柳遮阳景，湖风漾碧波。雨余行处静，山翠望中多。
笙响蝉鸣树，香熏擢拂荷。绿塍如错绣，倚咏兴如何。
西山浓似染，倒影入清涟。畅此眺吟趣，何殊书画船。
绿蒲依碧水，白鹭上青天。座里闻双橹，舟移别一川。

**出处**

《清高宗御制诗集·初集》卷九（清乾隆文澜阁四库全书本）。

### 西海捕鱼　乾隆七年

捕鱼渔子能，美舟榜人晓。而我适然来，欲识捕鱼道。
西海新涨后，绿波深且㴱。飒飒响新蒲，嘤嘤集飞鸟。
式施罟而纲，式执纶而钓。鲇鲰鲤鲫类，所获诚不少。

念彼访渭人，脉脉忧心悄。

**出处**

《清高宗御制诗集·初集》卷九（清乾隆文澜阁四库全书本）。

### 西海泛舟因至玉泉山 乾隆八年

轻云鳞碧空，荡暄朝爽凑。湖山静且嘉，草木含芳秀。
小舠泛西海，西峰如在囿。招提隐岩阿，金彩树间透。
沿流试寻探，玉泉宛相就。是时新雨后，活活涌银溜。
拖为绮縠纹，激作珠玉漱。犹疑天上云，飞自石边窦。
山鸟何间关，林阴亦浓茂。郊圻一骋望，绿畴如错绣。
忧旱心稍释，此焉遣清昼。柳堤曲复遥，烟容相掩映。
沚藻有余芳，兰舟坐明镜。朝凉拂衣衫，佳致供清咏。
俯仰无纤尘，我意如兹净。

**出处**

《清高宗御制诗集·初集》卷十四（清乾隆文澜阁四库全书本）。

### 秋日奉皇太后游玉泉山周览西海近郊获事即景赋诗十四韵
#### 乾隆九年

降丰欣此日，行令及兹辰。香莩周田陌，嘉禾满鹿囷。
千官陈罕罼，二釜切咨询。尧舜应夸宋\*，风诗或比豳。
繄予德菲薄，懿教勉遵循。忝在士民上，能忘饥溺亲。
逢年慈愿洽，爱日永怀申。别馆晴霞际，仙槎野水滨。
鹤容千岁古，菊酒一樽醇。锦障排丹树，纱疏面碧峋。
无央鸾凤队，极乐静常身。云写波中影，山留画里真。
忘言祛俗远，即景得题新。处处陪欢豫，秋光总是春。

**自注**

＊宋宣仁太后人称女中尧舜。

**出处**

《清高宗御制诗集·初集》卷二十三（清乾隆文澜阁四库全书本）。

## 泛舟自西海至万寿寺 乾隆十年

（一）

堤柳汀蒲带涨痕，蝉声嘒不厌清喧。
麦庄十里轻舟疾，似泛江南烟雨村。

（二）

雨过溪风送晓寒，西峰迤逦濯巑岏。
舟行不与山为别，何事香山面北看。

（三）

招提门枕碧溪流，月相瞻依偶憩留。
忆我当年题句处，假山松栝绿阴稠。

（四）

禅关自是忘机处，我到禅关我并忘。
柳岸舣舟因得句，谁从衲侣问真常。

**出处**

《清高宗御制诗集·初集》卷二十六（清乾隆文澜阁四库全书本）。

## 西海泛舟至万寿寺 乾隆十一年

雨洗浓阴翠欲流，西山烟景望中收。
玉泉也觉添新涨，雁齿红桥验拍浮。
谁论禅宗北与南，扁舟乘兴访精蓝。
菰蒲烟里鸥波阔，举似阇黎正好参。
不为拈髭觅句迟，留人佳处坐移时。

去年风景分明在，只有庭前柏树知。

**出处**

《清高宗御制诗集·初集》卷三十二（清乾隆文澜阁四库全书本）。

### 自西海泛舟进宫见岸傍禾黍油然喜而有作 乾隆十一年

雨余林翠深，暑涤波风爽。一川通凤城，轻舟便来往。
晓岚傍山收，新涨沿溪长。夹岸禾黍烟，满目丰亨象。
湛湛饱露华，与与亚皋壤。回思杪春间，此景非所想。
雨多宜高地，雨少亦宜低。何幸今岁佳，高低泽遍齐。
不宁沾近辅，亦且达远陲。休征讵予致，嘉贶自天垂。
敢因弛敬心，敬怠惟自知。

**出处**

《清高宗御制诗集·初集》卷三十三（清乾隆文澜阁四库全书本）。

### 自西海泛舟至青龙桥 乾隆十二年

雨余涨影消，菰蒲霭烟翠。柳风徐以爽，荷露泫欲坠。
清溪达石桥，扁舟轻可刺。淡然天水间，报我秋来意。

**出处**

《清高宗御制诗集·初集》卷四十二（清乾隆文澜阁四库全书本）。

### 麦庄桥 乾隆十三年

新涨平堤好进舟，霁空风物报高秋。
闻钟背指万寿寺，摇橹溯洄西海流。
送爽一天云似缕，娱情两岸稼如油。
石桥郭外经过屡，试问常年得似不。

青白玉刻御制诗文龙纽"乾隆御笔之宝"玺

**出处**

《清高宗御制诗集·二集》卷五（清乾隆文澜阁四库全书本）。

### 自高粱桥泛舟至西海即景杂咏 乾隆十四年

（一）

凤城北转石桥边，秋水澄泓可放船。

夹岸黍禾含宿雨，飐波芦荻拂晴烟。

（二）

闲置亭台俯渌波，进舟端胜画中过。

霁空如水清无滓，著个西山矗远螺。

（三）

溪风无恙布帆凉，摇曳轻舟过麦庄。

白露渐多霜尚早，晚红犹勃水华香。

**出处**

《清高宗御制诗集·二集》卷十（清乾隆文澜阁四库全书本）。

# 昆明湖与君臣唱和

**背景提要**

清漪园建设以治理西海为起始，《西海名之曰昆明湖而纪以诗》是千余首清漪园御制诗的开篇之作。昆明湖建成后，乾隆不仅自己歌咏，还常常与众臣吟诗唱和。在山水之间，加强了君臣间的文化共鸣与默契。其中《赋得涉江采芙蓉》是君臣渡水穿荷至藻鉴堂的诗会。

### 西海名之曰昆明湖而纪以诗 乾隆十五年

西海受水地，岁久颇泥淤。疏浚命将作，内帑出馀储。

乘冬农务暇，受值利贫夫。蒇事[①]未两月，居然肖具区[②]。

春禽于以翔，夏潦于以潴③。昨从淀池④来，水围⑤征泽虞⑥。此诚近而便，可习伕飞徒⑦。师古⑧有前闻，锡命昆明湖。

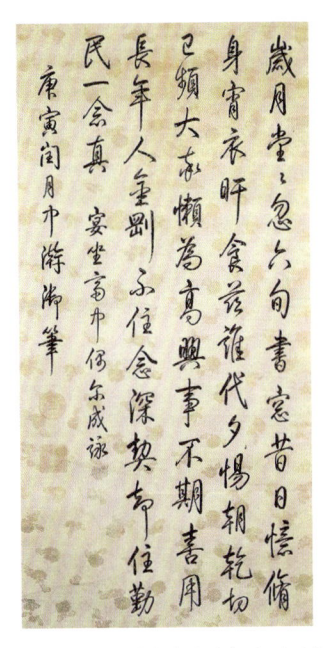

**出处**

《清高宗御制诗集·二集》卷十七（清乾隆文澜阁四库全书本）。

**注释**

①【蒇事】意为事情办理完成。蒇（chǎn），完成。

②【肖具区】像太湖一样。肖，相似，类似。具区，即太湖，又名震泽、笠泽。

"东南曰扬州，其山镇曰会稽，其泽薮曰具区。"（《周礼·夏官·职方氏》）

清高宗御笔《宴坐斋中偶尔成咏》

③【潴（zhū）】蓄积。

④【淀池】指西淀，今河北省白洋淀。

⑤【水围】水上围猎水禽。

⑥【泽虞】古官名。负责管理湖泊水泽。

"泽虞，掌国泽之政令，为之厉禁，使其地之人守其财物，以时入之于玉府。"（《周礼·地官·泽虞》）

⑦【伕飞徒】水上勇士。伕飞，即伕非，春秋楚勇士。后泛指勇士。

"伕飞斩长蛟，遗图画中见。"（唐·李白《观伕飞斩蛟龙图赞》）

"伕飞斗蛟鳄，燃犀出麟介。"（金·元好问《观浙江涨》）

徒，泛指兵卒。

⑧【师古】效法古代。

"事不师古，以克永世，匪说攸闻。"（《尚书·说命下》）

## 昆明湖泛舟至玉泉山 乾隆二十六年

春水今年好泛舟，乘闲耐可溯源头。

予心所乐不存此，乐在千畦溉旱周。
育蚕种稻学江南，率欲因之民务探。
耕织图边看活画，四明楼㠅较应惭。
界湖楼畔舣兰桡，明净溪山胜赏邀。
逾月虽然此孤负，还饶蓄眼物华撩。

**出处**

《清高宗御制诗集·三集》卷十二（清乾隆文澜阁四库全书本）。

### 附录1

#### 恭和御制《昆明湖泛舟至玉泉山》元韵
##### 尹继善

虹桥烟柳胜江南，诏许从游取次探。
身到蓬瀛能识否，栖霞回首觉怀惭。
西湖曾记动轻桡，曲港长堤睿赏邀。
那似仙源飞洞口，看春眼被百花撩。

**出处**

［清］尹继善《尹文端公诗集》卷第七（清乾隆刻本）。

#### 昆明湖泛舟观荷三首  乾隆三十一年

（一）
昼长颇觉有余暇，雨后明湖一泛舟。
底更机丝烦织女，铺来霞锦蔽波稠。

（二）
一堤湖水隔东西，两界荷花开总齐。
欲拟形容艰得句，红玛瑙照绿玻璃。

（三）

倾擎瀼露扬微风，正朵斜葩态各工。

香色已臻十分净，还教浣濯镜光中。

**出处**

《清高宗御制诗集·三集》卷五十八（清乾隆文澜阁四库全书本）。

## 附录1

### 恭和御制《昆明湖泛舟观荷》元韵
#### 尹继善

（一）

好山半在画桥西，烟柳垂丝绿正齐。

那似芙蕖红万朵，亭亭影照碧玻璃。

（二）

楼台四面尽和风，结构天然仰化工。

引去依稀三岛近，宁云身在画图中。

**出处**

［清］尹继善《尹文端公诗集》卷第九（清乾隆刻本）。

### 赋得涉江采芙蓉 于昆明湖上作得江字 乾隆二十二年

辟泽缘储水，平湖可号江。富开花似锦，疑是藕如舡。

入画台成迭，呈祥蒂缅双。三闾曾葺盖，洛浦乍移幢。

爱惜轻沿棹，徘徊朗启窗。香因波籁净，韵使陆华降。

佛土光明藏，渔歌款乃腔。采真咏古作，掷地尚金扛。

**出处**

《清高宗御制诗集·二集》卷七十三（清乾隆文澜阁四库全书本）。

## 附录1

### 恭和御制《赋得涉江采芙蓉》得江字
#### 汪由敦

昆湖明似镜,沿溯即平江。万柄珠擎盖,千花锦列幢。
风清迎桂楫,香远入纱窗。采采情何已,亭亭致少双。
梵天呈宝座,初日灿金釭。不碍鸥栖稳,翻疑鱼戏撞。
名宜君子爱,赋得楚骚降。净植供宸览,全胜芷与茳。

**出处**

[清]汪由敦《松泉诗集》卷二十六(清乾隆刻本)。

## 附录2

### 恭和御制《赋得涉江采芙蓉》得江字
#### 梁诗正

绛华舒碧水,采采傍平矼。宛在投香浦,疑从濯锦江。
露珠圆散点,波影倒涵双。净妙三乘筏,庄严千佛幢。
为裳依楚泽,度曲听吴舩。夕揽同芳苣,朝搴比绿茳。
供宜窗窈窕,吟对响玎淙。景色金塘丽,春菂意早降。

**出处**

[清]梁诗正《矢音集》卷十(清乾隆刻本)。

## 附录3

### 恭和御制《赋得涉江采芙蓉》得江字
#### 钱维城

太液芙蓉发,清辉迈楚江。依依迎晓日,采采荡轻舩。

乾隆印玺:乾隆御览之宝
(乾隆御覽之寳)

入手分筒碧，回桡激水淙。绿罗栽处一，白羽漾来双。
珠露凌波见，熏风拂袖降。赋宜君子赠，歌惜美人腔。
摘罢空明镜，携归满绮窗。移根欣得所，休忆涉吴泷。

**出处**

［清］钱维城《钱文敏公全集·鸣春小草》卷之四（清乾隆四十一年眉寿堂刻本）。

**附录4**

**奉敕恭和御制《赋得涉江采芙蓉》** 得江字元韵注于昆明湖上作
钱陈群

规壑连蓬岛，通泉拟曲江。陆离芳自集，绰约此无双。
曾奉骚人服，还依仙子幢。偶思供小摘，便命转轻艭。
出水神偏远，遗贤心则降[*]。扶疏承夏簟，容与傍秋窗。
题就鸿裁古，来征下里腔。龙文论百斛，弱步岂能扛。

**自注**

[*]《九歌》：搴汀洲兮杜若；将以遗兮远者。王逸注：远，谓高贤也。

**出处**

［清］钱陈群《香树斋诗续集》卷十（清乾隆刻本）。

# 青龙桥君臣唱和

**背景提要**

青龙桥周边是北京历史悠久的稻作田园区，一派江南水乡景象。青龙桥则是最佳观赏点，乾隆帝过桥总会吟诗歌咏田园之美。自首篇《青龙桥晓行》开始，乾隆帝共写下二十八首青龙桥诗咏，同行大臣也纷纷唱和，几成传统，后代皇帝也纷纷效仿。

## 青龙桥晓行 乾隆七年

（一）

屏山积翠水澄潭，飒沓①衣襟爽气含。

夹岸垂杨看绿褪，映波晚蓼②正红酣。

风来谷口溪鸣瑟，雨过河源天蔚蓝。

十里稻畦秋早熟，分明画里小江南。

（二）

猎猎金飔③荡彩斿④，迎凉辇上露华流。

横桥雁齿⑤回朱舫，远浦⑥兰苕起白鸥。

禾黍香中千顷翠，梧桐风里十分秋。

凭舆⑦喜动丰年咏，却忆三春午夜忧。

**出处**

《清高宗御制诗集·初集》卷十（清乾隆文澜阁四库全书本）。

**注释**

①【飒沓（tà）】象声词。

②【蓼（liǎo）】一年生或多年生草本植物，叶子互生，花多为淡红色或白色。

③【金飔（sī）】秋风。

④【彩斿（liú）】亦作"彩斿"。旗帜上的彩色飘带。代指天子出巡。

⑤【雁齿】桥的台阶。

　　"虹梁雁齿随年换，素板朱栏逐日修。"（唐·白居易《答王尚书问履道池旧桥》）

⑥【浦】水边、河岸。

⑦【舆】车。

## 附录1

### 恭和御制《青龙桥晓行》元韵
#### 汪由敦

（一）

碧玉泉流写镜潭，虹桥低亚渚光含。
露荷迎晓红逾艳，烟柳经秋绿尚酣。
燕语风樯横画舫，钟来云径识精蓝。
宸襟为爱披朝爽，辇路熏风咏自南。

（二）

曈昽初日映飞旐，入望山容翠欲流。
曲岸沙平嘶骏马，遥汀浪静狎轻鸥。
一湾凉送蒹葭水，十里香生稑䄺秋。
此日屡丰赓睿藻，宵衣端不用先忧？

**出处**

［清］汪由敦《松泉诗集》卷十一（清乾隆刻本）。

## 附录2

### 恭和御制《青龙桥晓行》韵二首
#### 鄂尔泰

（一）

一鬟缨峦映渌潭，西来爽气妙虚含。
风回柳岸烟初冷，露滴荷香晓正酣。
红日渐高山蔚紫，碧天无际水拖蓝。
翠华遥度飞虹迥，十里完堤绕苑南。

（二）

碧纷摇衍缀华斿，白板青桴夹玉流。

村路炊烟看野马，渡头舟旁立闲鸥。
粘天翠霭初迎爽，匝地黄云已报秋。
自是宸衷关稼穑，豫游时复邵农忧。

**出处**

［清］鄂尔泰《鄂文端公遗稿》卷五（清乾隆三十九年葆真堂刻本）

## 附录3

### 恭和御制《青龙桥晓行》元韵
#### 梁诗正

（一）

兰桡容与傍花潭，爽挹天襟万象含。
风柳蘸波逾旖旎，露荷迎旭转清酣。
连村烟起浮空碧，叠嶂云开逗浅蓝。
路入仙源忘远近，一声金磬古松南。

（二）

铜乌旋转引华辀，锦缆平移自在流。
紫塞天高初过雁，碧溪沙净正眠鸥。
桥回一镜涵清晓，稻亚千畦报好秋。
回忆省耕春及候，圣怀时儆乐忘忧。

**出处**

［清］梁诗正《矢音集》卷二（清乾隆刻本）。

# 重建功德寺

**背景提要**

功德寺是昆明湖地区历史变迁的重要地标,清乾隆三十五年(1770年)进行了重建。建设目的除祝寿外,主要是延续文脉,增加景观亮点。乾隆帝在诗文中回顾了功德寺的历史,记述了建设过程。

### 重修功德寺碑记　乾隆三十五年

道海淀径青龙桥,折而西,距玉泉山麓不尽于二里,有遗刹一区,重门三涂,不可识已。延睇香积,颓垣离立芳菱间。讯诸土人,曰:是功德寺也。

考《元史》,文宗天历二年建大承天护圣寺,而都穆《南濠集》称功德寺旧名护圣寺。蒋一葵《长安客话》载:寺修于明宣德初,及嘉靖中车驾驻此,见廊庑金刚像狞甚,心悸,因坐僧宫殿僭逾罪,撤去之。寺竟废,戾怪哉!有明阉焰滋炽,若瑾、振辈横作罔禁,顾犹毁兹寺,使胜国名迹就湮,于意何居?

爰诏将作,兹寺久著图志,且当静明园跸途,乃者岁庚寅为朕六帙庆辰,越辛卯恭逢圣母皇太后八旬万寿圣节,宜加厘饬,用迓鸿禧。其出内帑缮而复之。

暨所司以落成告,则材致工完。自层阘周阿,登登戢戢,以逮幡楔钟鱼,靡弗严净具足。夫其臂倚钦岑,旃檀蔚森,迦陵呗梵,六时送音,非功德之林耶?面俯湖壖,神瀵渝瀁,蓐池分罥,条衣水田,非功德之泉耶?然而朕之记之,讵惟在是!

贝夹尝言,以兹功德无量无边,必进而赞之曰:不可思议。夫不可思、不可议者,特从其波及一四天下,一切众生随分圆满,末由举似而为言耳。其在能仁有建立之功,有精进之德,固无一息不心之以为愿而身之以为行。无量寿佛经所以有善思议菩萨之目，又岂容委之不关思议，辄自弛其担荷哉？正如古帝者致巍乎焕乎之盛美，持不矜不伐之渊冲，其功德至于民无能名，而方其食旰衣宵，常于一堂命礼乐工虞之佐，吁咈都俞，相与动色而交儆。凡皆起于思之精议之熟，而后不识不知，被之者亦并忘乎思议，其为无量无边也，以证帝释真诠，亦若是则已矣。斯尤其可记者。

至虞集寺碑谓始作土功时，得古金铜事佛仪器于地中，以为先有密契。《帝京景物略》谓寺僧板庵能役木球使者出外募金，直袭唐咸通中正觉禅师逸事，傅会其说。盖皆夸功德而涉思议，其义转堕，又奚足云！

### 出处

《清高宗御制文集·二集》卷二十七（清乾隆文澜阁四库全书本）。乾隆三十五年国书正书，刻碑于功德寺。

### 功德寺拈香作 乾隆三十六年

兰若玉泉左，经过所必由。颓凉昔久见，轮奂此重修。
是日逢庆落，夏云欣布稠。梵声出树静，法雨润田优。
废彻缘罗刹*，荒唐说木球**。门前功德水，兜率可同不？

### 自注

*蒋一葵《长安客话》云，嘉靖中车驾驻此，见廊庑金刚像狞甚，心悸，因坐僧宫殿僭逾罪，撤去，寺竟废。迄今二百余年，颓落日甚，几不可考。因为静明园跸途所经，出内帑缮复之。

**《帝京景物略》谓：寺僧板庵能役木球使者出外募金，其说荒唐，因于碑记内辨正之。

### 出处

《清高宗御制诗集·三集》卷九十八（清乾隆文澜阁四库全书本）。

### 肩舆归御园四首 乾隆四十年

冰融墙外已通舟，直达昆明足溯游。
适可轻舆便言返，兴于豪处戒其流。
水田一带尚存冰，蓄润将资稼事兴。
小试颇关农八政，原无他术治民能。
日下曾传功德寺，层层梵宇布金田。
规模减昔颓葺旧，为系观瞻非佞禅。
去年亟返盼军书，今此依然诗咏如。
近进虽频歼狡寇*，鸿功待蒇越殷予**。

#### 自注

　　*去年二月中幸玉泉山，正当将军等进剿促浸之初，盼望军书甚切。因有"肩舆往即肩舆返，为切军营问驿章"之句。冷大兵已逼促浸贼巢功成在即，盼捷殷怀，较前倍急耳。

　　**近日阿桂康萨尔之捷，歼贼二百余，嗣复克其堪布卓、甲尔纳两处碉寨，斩获亦众。即日乘胜深入，可期迅蒇丰功。

#### 出处

　　《清高宗御制诗集·四集》卷二十七（清乾隆文澜阁四库全书本）。

乾隆印玺：天恩十全

## 万泉庄泉宗庙

#### 背景提要

　　清漪园之东的万泉庄、六郎庄千顷稻田，是万寿山、昆明湖重要的观赏前景，也是清代皇家宫苑区，康熙时建有皇家园林圣化寺。乾隆时期给予这一地区高度重视与治理。继昆明湖开挖之后，乾隆二十九年（1764年），即乾隆帝撰写《万寿山清漪园记》的同年，又兴工整治万泉庄水系，开辟了泉宗庙泉源景观区。乾隆帝在此区写下大量诗文歌赋。

### 西园泛舟至圣化寺 乾隆八年

万泉十里水云乡，兰若闲寻趁晓凉。
两岸绿杨蝉嘒嘒，轻舟满领稻风香。
远山螺黛映澄潭，润逼溪村绿意含。
谁向萧梁庾开府，帧头买得小江南。
淰淰轻寒上葛裳，物情人意酿秋光。
芰荷惆怅西风里，作意临波艳晚妆。
宓勺一滴觅曹溪，觅得曹溪也是迷。
何似无心闲逐景，好山迎我作诗题。
连朝甘雨活凋枯，水畔山畦翠更腴。
犹见西峰云气润，阿香重展米家图。

**出处**

《清高宗御制诗集·初集》卷十五（清乾隆文澜阁四库全书本）。

### 泛舟至圣化寺 乾隆九年

万泉十里接西湖，两度舟行忧喜殊。
一夜甘霖盈尺泽，高原下隰总回苏。
两岸溪田一水通，维舟不断稻花风。
课耕农父蓑苔笠，只此忧欣尔我同。
润逼林轩露气蒙，卷帘天水净长空。
黄庭七字何须悟，人在和风霁月中*。

**自注**

＊右五字乃圣化寺别墅题额，皇祖御笔也。

**出处**

《清高宗御制诗集·初集》卷二十一（清乾隆文澜阁四库全书本）。

## 万泉庄 乾隆十一年

万泉多溪田，黍稻皆可艺。无虞水旱灾，三农赖其利。
今岁雨早沾，额手感天赐。北郊届斋居，清跸陈羽卫。
延缘览稼事，乘流桂舟刺。两岸嘉木繁，万亩良苗翠。
怀新扬微风，发秀烘晨霁。协纪恢炱候，入画江南意。
益深惕息心，敢侈丰亨瑞。言念三农夫，蒿目终年计。

**出处**

《清高宗御制诗集·初集》卷三十二（清乾隆文澜阁四库全书本）。

## 虚静斋小憩 乾隆十三年

长堤界西湖，万泉居左侧。因成内外河，别业邻香域*。
土阶示俭规，斋额垂遗则**。易舟就路便，倚槛聊憩息。
松涛泛翠寒，峰黛多古色。布席顿经年，听漏无停刻。

**自注**

\* 谓圣化寺。

\*\*"虚静"，皇祖所名斋也。

**出处**

《清高宗御制诗集·二集》卷二（清乾隆文澜阁四库全书本）。

## 轻舆由万泉庄遂至圣化寺杂兴四首 乾隆二十九年

（一）

疏治昆湖大局成，迤西延及迤东营。
万泉有事剔淤塞，相视无非为利耕。

（二）

西园犹忆放烟篷，岁久河湮舟不通。
屈指阅年一十六*，未经行处忽应同。

### （三）
河西本藉昆明水，润罣方方待插秧。
衹有河东藉泉溉，为筹引导并潴藏。

### （四）
轻舆迤逦至衹园，古柏茏葱护法门。
自是应忘一切处，不堪今昔个中论。

**自注**

＊戊辰年有《至圣化寺》诗，至今凡十六年矣。

**出处**

《清高宗御制诗集·三集》卷三十八（清乾隆文澜阁四库全书本）。

## 由万泉堤上至圣化寺即景杂咏  乾隆三十一年

畅春本就戚园筑＊，棱汧犹堪遗迹寻。
咫尺万泉资灌溉，重教＊＊相土一详斟。
甲申疏治起农功，泉利犹遗可扩充。
春仲鸠工辟塍圳＊＊＊，稻秧今看已菁葱。
沙泉大小汇成池，潴蓄宣通实赖之。
利在农田合祈报，经营方向构神祠。
宛转循堤竺宇通，清溪左右绕烟宫。
仲春曾此一停跸＊＊＊＊，又觉流阴瞥眼中。
闲斋精洁足盘桓，烂漫阶前绽牡丹。
春雨频滋风复少，枝头花朵大如盘。
芟葑剔淤前岁为，引泉曲注已成池。
斋傍仍有余闲地，可作稻田命垦治。

**自注**

＊《春明梦余录》载，丹棱沜旁为明戚畹李武清别业，畅春园盖因其

旧址建置。

＊＊ 平声。

＊＊＊ 万泉久湮塞，甲申岁始命疏浚。即其地开水田，今春复加垦辟，稻畦鳞次，属以长堤迤逦至圣化寺，宛然江乡风景。

＊＊＊＊ 仲春启跸谒泰陵，曾于此停跸视事。

#### 出处

《清高宗御制诗集·三集》卷五十七（清乾隆文澜阁四库全书本）。

### 六月四日诣泉宗庙瞻礼遂奉皇太后游览 乾隆三十二年

祠建泉宗始昨春，落成此日礼泉神。
为开稻町资输注，亦构松轩备豫巡。
皓日宜旸辉彩栋，熏风递爽奉安轮。
园楼拾级犹堪望，香在绿畴乐是真。

#### 出处

《清高宗御制诗集·三集》卷六十六（清乾隆文澜阁四库全书本）。

### 由万泉堤遂至圣化寺 乾隆三十二年

泉宗礼罢小游栖，迤逦轻舆步曲堤。
一路香风发何处，两傍青蔚稻秧齐。
云净风凉晓气清，草头圆缀露珠明。
不教俞骑呵耘者，一幅江南画里行。
快霁还披西北风，敢云丰兆实祈丰。
满谦损益招受处，粥粥吾心自忖中。
曾不招提五里遥，梵声隐隐出僧寮。
溪南更有溪堂在，便趁清闲过板桥。

#### 出处

《清高宗御制诗集·三集》卷六十六（清乾隆文澜阁四库全书本）。

# 金山景泰帝陵

**背景提要**

入清后金山皇家陵寝区整体风貌衰败,渐变为农田村落。康熙年间局部修整了金山景泰帝陵,成为凭吊歌咏之地。乾隆帝也进行少许修整,并写诗作文,感兴发叹。

### 经金山题句 有序 乾隆十五年

玉泉山北旧传金山者,明景帝陵在焉。明楼宝城之制全无,围墙碑亭已颓废不全。自圆明园幸香山,每经过之恻然兴感。因命所司略为修葺,禁樵采,并成是作。

尺布淮南自古伤,南宫西内两相当。
奉迎业未符兴庆,割裂差惟胜靖康\*。
公主坟园邻薄厝\*\*,椓人圹穴诩深藏\*\*\*。
十三陵尚输华侈,何况相仇肇阋墙。

**自注**

\*帝既无奉迎意,故时有引唐肃宗迎上皇仪者皆不行,英宗至而居之南内。及英宗复辟,废帝为王,迁之西内。阋墙之隙,帝实有以召之。而用于谦以守京师,不为南渡之举,以全其宗社者,帝亦未始无功云。

\*\*《明史》毁所营寿陵,而葬帝于金山与夭殇诸王公主坟相属。

\*\*\*西山旧有明季宦者冢墓,多较此为富丽完固云。

**出处**

《清高宗御制诗集·二集》卷十八(清乾隆文澜阁四库全书本)。

### 题明景帝陵 在玉泉山北登山可望见 乾隆三十四年

迁都和议斥纷陈,一意于谦任智臣。
挟重虽云祛恫喝,示轻终是薄君亲。
侄随见废子随弃,弟失其恭兄失仁。
宗社未亡真是幸,邱明夸语岂为淳。

乾隆印玺:敬天法祖之宝
(敬天法祖之寶)

**自注**

按：景帝任于谦，排群议而力战守，不可谓无功于宗社。独是英宗还国，僻处南宫，事同禁锢。而废后、易储，有贪心焉。天道好还，子亦随死，终于杀礼西山，实所自取耳。然英宗亦岂得辞寡恩尺布之讥哉！

至于于谦"社稷为重"之言，盖出于吕饴甥"丧君有君"，及公孙申为将改立晋必归君之意。后世迂儒无不以是为甚。夫君犹亲也，亲为人执为子者，不被发缨冠而往救之，以示不急其可乎？则意欲之狱亦有由来。或犹以为非英宗意，是真不识事体者之言耳。然则当时宜从和议乎？曰：不共之仇，安得与和！缮甲治兵以从其后，如岳飞之力战迎二帝，天下其谁非之？

**出处**

《清高宗御制诗集·三集》卷八十三（清乾隆文澜阁四库全书本）。

# 暮年诗咏

**背景提要**

清漪园的建设倾注了乾隆帝的心血与一生情感，他在晚年禅位训政的同时，仍悠游于万寿山昆明湖之间，不时回顾往事，从中可以看到乾隆帝完整的造园思想历程。

## 玉河泛舟至万寿山清漪园　嘉庆元年

（一）

逍遥佳处戒淹留，数首诗成命返舟。
盼捷望霖吟手涩，兹来稍觉兴徐投。

（二）

低处稻田高大田，容容入望绿云连。
图过耕织看活画，十日前思未敢然。

## （三）

木舫行行石舫临，碧波一例俯清深。
设云动固不如静，未识南华齐物心。

**出处**

《清高宗御制诗集·余集》卷五（清乾隆文澜阁四库全书本）。

### 万寿山清漪园示咏 嘉庆元年

山称万寿祝慈鳌，园号清漪水德宜。
山水之间勤帝治，智仁以寓荷天禧。
设循己欲斯乖矣，用示后昆永慎之。
七字明心无别语，一言曰敬敢忘兹？

**自注**

万寿山旧名瓮山，乾隆乙巳岁始考通惠河之源，即《元史》所载"引白浮瓮山诸泉云者"。时因岁久淤塞，命就山前芟芜浚隘，汇玉泉、西湖之水成一区，命曰昆明湖。又设闸坝涵洞，以御夏秋泛涨，且贮以济运兼资稻田灌溉。以辛未岁为慈宁六旬大庆，预于山之阳建大报恩延寿寺，因名之曰万寿山，以祝慈禧，并为之记。后于山麓点缀亭榭，统名之曰"清漪园"，复为文以记其事。

仲荷天佑岁月久长，迄今丙辰已四十六年矣。每当清暇一游，卯往辰还，即于此传餐视事，未尝少驰。盖智仁山水虽其动静乐寿之趣，而其本总在持之以敬，我子孙所当聪听世守，亦不可再增建置示予过，并示予志也。

**出处**

《清高宗御制诗集·余集》卷五（清乾隆文澜阁四库全书本）。

### 题乐寿堂 嘉庆二年

宁寿[1]及清漪[2]，乐寿乃有两。初以己意为，继知同宋仿[3]。
绍兴吾所轻，久矣论之广[4]。不复赘以言，惟思名弗爽。

寿斯诚然矣，乐则未曾享。训政当惕厉，三曰铭犹曩*****。
即今望捷音，夙夜尚怏怏。似堂向我云，多斯来合往。

**自注**

\* 宫名。

\*\* 园名。

\*\*\* 宁寿宫及此清漪园二处皆有乐寿堂，而此堂题额已久。初但以吉语命名，后阅董其昌《论书帖》，始知宋高宗已有乐寿老人之称，盖倦勤后取名，以寓颐适之意。

\*\*\*\* 宋高宗耽逸湖山而忘复仇，其人其政皆无足取。予于斯堂不过偶尔寓意命名，并非有所慕彼，向年屡见之吟咏。

\*\*\*\*\* 予向读《洪范》一篇，申论六极之中所不能去者惟三，曰忧不惟不能去，亦不忍去，且更不敢去。如此然后可以仰邀昊贶，不致大忧而保后乐。今幸符初愿，授玺以来身体康健，训政如常，仍此兢兢，日深惕励，方当万世守之，庶几永承天眷耳。

乾隆青玉印玺：万寿山清漪园
（萬壽山清漪園）
面 12.8 厘米，高 10 厘米

"万寿山清漪园"印面

**出处**

《清高宗御制诗集·余集》卷十（清乾隆文澜阁四库全书本）。

予之不足心自知賢才難措施
一人智力未遍及治民化俗恃士資
設官分職俊傑鮮半徇錮習費轉移
心所不足在是勤求國寶時念茲

自述一首
庚午新正上澣御筆

清仁宗御筆《知不足齋自述》

# 清仁宗嘉庆皇帝湖山诗文

## 作者简介

清仁宗嘉庆皇帝爱新觉罗·颙琰（1760—1820 年），原名永琰，清朝第七位皇帝，定都北京后的第五位皇帝，乾隆帝第十五子，母孝仪纯皇后魏佳氏。年号嘉庆，在位 25 年。

嘉庆元年（1796 年）正月初一，清高宗内禅于颙琰，但继续执政，直到四年后去世，颙琰才真正掌权，时年 39 岁。面对乾隆末年积弊深重的政局，嘉庆帝整肃纲纪，诛杀权臣和珅。诏求直言，要求地方官员对民隐民情据实陈报，力戒欺隐粉饰之风。关心民间疾苦，祛邪扶正，黜奢崇俭。嘉庆九年（1804 年）五月，彻底平定延续八年的白莲教以及其他动乱，抑制了社会危机蔓延，他还剿灭海盗蔡牵，维护了国家东南沿海与台湾的安定。

然而面对官僚体制全面性的腐败怠政，嘉庆帝缺少超越皇祖皇父的魄力与对策，其有限的整顿，未能从根本上扭转政局，八旗生计、河道漕运、鸦片流入等问题日益凸显，综合国力衰退。

在文化方面，嘉庆帝继续推动乾隆朝的文化事业，整理皇家收藏，编辑官方典籍。其御制诗文创作之多仅次于乾隆帝。

嘉庆二十五年（1820 年）崩于承德避暑山庄，终年 61 岁。庙号仁宗，谥号睿皇帝，葬于清西陵之昌陵。传位于第二子旻宁。

## 诗文与园林背景

嘉庆皇帝存世有《清仁宗御制诗集》四集一百八十二卷、《清仁宗御制文集》三集二十六卷、《味余书室全集》四十卷。编制《国朝宫史》《秘殿珠林石渠宝笈三编》《熙朝雅颂集》《大清会典》等。

嘉庆皇帝作为内定继承人，受到乾隆帝的重点培养，包括对风景园林的建设与鉴赏，曾受命为避暑山庄的"远近泉声"一景寻找水源并参与复建。嘉庆初年，清朝历经白莲教等大小起义动乱，国民经济受到巨大破坏，社会环境失去往日安定，北京三山五园地区建设也进入停滞期。

嘉庆初期曾小规模连续整修绮春园，增建、完善园中的勤政殿、澄心堂、喜雨山房，又整修了长春园中的如园等。连续性整修至嘉庆十五年（1810年）前后基本竣工，嘉庆帝写下《绮春园记》作为总结。随后改建清漪园的惠山园为谐趣园，写下《谐趣园记》。嘉庆十八年（1813年）拆除昆明湖望蟾阁，改建为涵虚堂。嘉庆帝励精图治，希冀再续辉煌，然而在整修谐趣园后的第二年（嘉庆十八年），北方天理教起义，攻入紫禁城，被他视为奇耻大辱。嘉庆帝含泪写下《遇变罪己诏》，以后再未有风景园林建设。

从《勤政殿记》《谐趣园记》《绮春园记》等文可见，嘉庆皇帝继承了乾隆帝的造园思想，深得其中三昧，其写作风格也延续了康雍乾以来的皇家风范。

# 谐趣园记

**背景提要**

谐趣园是在乾隆惠山园的基础上改建而成。惠山园建成于乾隆十九年（1754年），仿无锡惠山寄畅园而建，园设八景，是乾隆帝最为喜爱的小园。他为此写下大量诗文，刻于山岩石畔。亭榭檐间悬挂大量的匾额、诗意匾。墨妙轩是惠山园八景之一，轩中藏有石刻，集刻了唐代之后书法大家作品，名《墨妙轩法帖》。

历经60年，惠山园渐就荒废，嘉庆帝遂于嘉庆十五年（1810年）开始了整治，增加建筑量，清除塌落的大型叠山洞穴，以及部分旧建筑。嘉庆十六年（1811年）建成后，重新命名为"谐趣园"，调整原有八景景名，与原来乾隆"惠山"意境有所区别。本文记述了这一过程，以及命名内涵。

本年闰三月，嘉庆帝西巡五台山，编有《西巡盛典》。同年北京地区春旱秋涝，入伏后阴雨连绵，永定河、温榆河漫溢，宛平、涿州、良乡大水。同年全国人口3亿5861万余人。

嘉庆印玺：嘉庆御笔之宝
（嘉慶御筆之寶）

嘉庆御笔之宝印纽

## 谐趣园记

万寿山东北隅，寄畅园旧址在焉。我皇考南巡江省，观民问俗之暇，驻跸惠山，仿其山池结构建园于此，如狮子林、烟雨楼同一致也。园近湖滨，地多沮洳，庭树渐觉剥落，池陂半已湮淤。况有石刻御诗奎光辉映，岂可任其倾圮弗加修治哉？

爰命出内帑之有余，补斯园之不足。犁榛莽，剔瓦砾，浚陂塘，去泥滓，灿然一新，焕然全备，而园之旧景顿复矣。地仅数亩，堂止五楹，面清流，围密树。云影波光，上下互印；松声泉韵，远近相酬。觉耳目益助聪明，心怀倍增清洁，以物外之静趣，谐寸田之中和，故命"谐趣"，乃寄畅之意也。

境虽近圆明园，终有街衢之隔，每间数日一来，往还不过数刻。视事传餐，延见卿尹，仍如御园勤政，何暇遨游山水之间、倘佯泉石之际，流连忘返哉？敬先皇之常度，曷敢少逾？惟知勤理万几、又安兆姓,是素忱也。

或曰:然则,山水泉石之趣终未能谐,名实不副矣。予曰:云岫风箫,何尝有形迹之沾滞?存而勿论,可也。

**出处**

《清仁宗御制文·二集》卷五(故宫珍本丛刊本,海南出版社2000年版)。

**注释**

### 谐趣园记

万寿山东北隅,寄畅园旧址[①]在焉。我皇考[②]南巡江省[③],观民问俗之暇,驻跸惠山[④],仿其山池结构建园于此,如狮子林、烟雨楼[⑤]同一致也。园近湖滨,地多沮洳[⑥],庭榭渐觉剥落[⑦],池陂[⑧]半已湮淤[⑨]。况有石刻御诗奎光[⑩]辉映,岂可任其倾圮[⑪]弗加修治哉?

爰[⑫]命出内帑[⑬]之有余,补斯园[⑭]之不足。犁榛莽[⑮],剔瓦砾,浚陂塘[⑯],去泥滓[⑰],灿然一新,焕然全备,而园之旧景顿复矣。

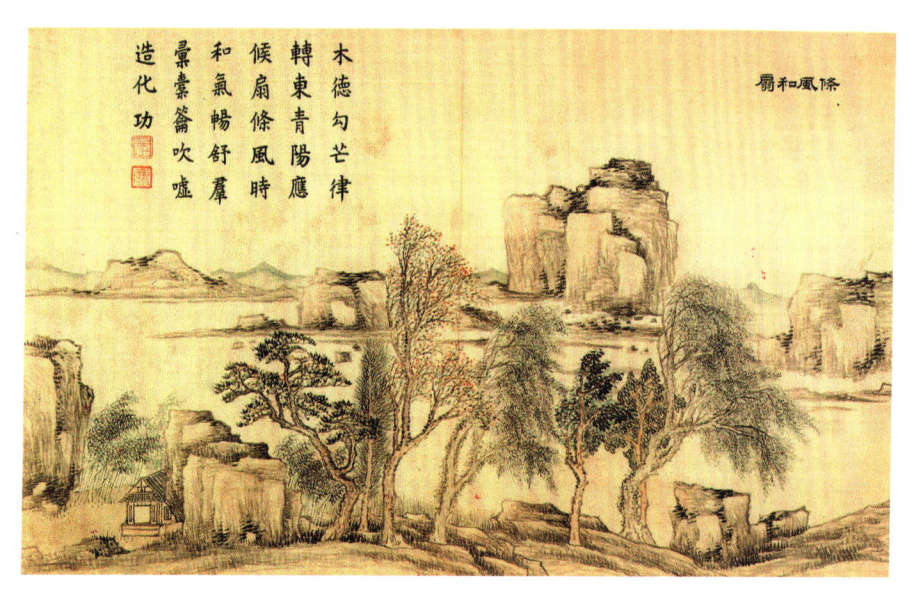

清仁宗御笔题画诗

地仅数亩，堂止五楹[18]，面清流，围密树。云影波光，上下互印；松声泉韵，远近相酬。觉耳目益助聪明，心怀倍增清洁，以物外[19]之静趣，谐寸田[20]之中和[21]，故命"谐趣"，乃寄畅之意[22]也。

① 【寄畅园旧址】指谐趣园的前身——惠山园。由乾隆皇帝仿无锡寄畅园而建。

② 【皇考】对亡父的尊称。这里指乾隆皇帝。

③ 【江省】这里代指乾隆南巡所到江南一带。

④ 【惠山】无锡惠山建有著名的寄畅园。

⑤ 【狮子林、烟雨楼】避暑山庄狮子林，乾隆三十一年（1766年）仿苏州狮子林而建；避暑山庄烟雨楼，乾隆四十五年（1780年）仿浙江嘉兴南湖之烟雨楼而建。

⑥ 【沮洳（rù）】泥沼、低湿之地。

"彼汾沮洳，言采其莫。"（《诗经·魏风·汾沮洳》）

⑦ 【剥落】一片片地脱落。

⑧ 【池陂】池塘。陂（bēi），池塘、湖泊。

⑨ 【湮淤（yān yū）】埋没、淤塞。

⑩ 【奎光】奎宿之光。旧谓奎宿耀光为文运昌明。引申为笔墨之光。

⑪ 【倾圮（pǐ）】倒塌毁坏。

⑫ 【爰（yuán）】于是。

⑬ 【内帑（tǎng）】指皇帝、皇室的私财、私产。

⑭ 【斯园】指惠山园。斯，此，这个。

⑮ 【榛莽】杂乱丛生的草木。

⑯ 【陂塘】因借湿地开挖的池塘。

⑰ 【泥滓（zǐ）】泥渣、污泥。

⑱ 【五楹】五开间。嘉庆改建成的谐趣园，在池塘北岸增加了一座五开间的涵远堂。

⑲ 【物外】世外，谓超脱于尘世之外。

⑳ 【寸田】本道教语，指三丹田。心田，心。此处指内心、心境。

㉑ 【中和】指内心的淡然平和。这是中庸之道的主要内涵，儒家认为能"致中和"，则天地万物均能各得其所，达于和谐境界。

㉒【寄畅之意】寄托畅怀于山水之间。寄畅园本名"凤谷行窝",又称"秦园",后园主人秦耀取义王羲之《答许掾》诗:"取欢仁智乐,寄畅山水阴。"题园名为"寄畅园"。

境虽近圆明园,终有街衢①之隔,每间数日一来,往还不过数刻②。视事传餐③,延见卿尹④,仍如御园勤政⑤,何暇遨游山水之间、徜徉泉石之际,流连忘返哉?敬先皇之常度⑥,曷敢⑦少逾?惟知勤理万几⑧、乂安兆姓⑨,是素忱⑩也。

或曰:然则,山水泉石之趣终未能谐,名实不副矣。予曰:云岫风箫⑪,何尝有形迹⑫之沾滞⑬?存而勿论⑭,可也。

①【街衢(qú)】街道。

②【数刻】不多的时间、很短的时间。

③【视事传餐】处理政事,传送食物。

④【卿尹】高级官吏、大臣。

⑤【勤政】恪尽职守,勤于政事。

⑥【常度】一定的标准、规格。

"儒臣之进止有常度,不若宦寺之卧起而闲也。"(清·侯方域《南省试策三》)

⑦【曷(hé)敢】怎敢。

⑧【万几】即万机,纷繁的政务。

⑨【乂安兆姓】安定黎民百姓。乂(yì),安定。兆姓,百姓。

"上下交畅,然后万物协和,庶类获乂。"(《三国志》卷三十三《蜀志·后主传》)

⑩【忱】真诚的心意。

⑪【云岫风箫】汽触山岫而成云,风过竹箫而成乐。自自然然,看不出其过程的转折、停顿。

⑫【形迹】行踪,踪迹。

⑬【沾滞(zhān zhì)】拘泥,不自然,牵挂。

⑭【存而勿论】即"存而不论"。保留起来不加讨论。

## 译文

### 谐趣园记

万寿山东北麓,源自"寄畅园"的惠山园旧址尚存。我父皇南巡江浙,访民问俗之余,曾小驻惠山寄畅园,喜其山池格局而仿建于此,一如避暑山庄狮子林、烟雨楼的做法。园处湖沼之域,地软土湿,庭榭渐就破落,池塘半呈淤堵,而父皇法书诗刻依在,闪烁着昔日神韵,又怎能任其颓败而不修?

于是我拿出私款结余,整修旧园。铲除荒草蔓丛,剔掉残砖碎瓦,疏浚池塘,挖走淤泥。结果灿然一新,精彩纷呈,旧园盛景再次出现。虽然地不过数亩,堂仅五间,然而清流迎面于前,密林合围在外,云影与波光上下辉映,山松同石泉远近声鸣。耳眼顿觉清爽,心胸倍感畅快,环境幽谧的静趣,恰与内心的平和淡泊合谐共鸣,情景交融,因此命名"谐趣园",这也是惠山秦园的"寄畅"之意。

谐趣园虽近圆明园,但终有街道相隔,我每间隔数日一来,往返不过几刻,处理政务、工作用餐、接见臣属,一如御园的办公规矩,哪有闲暇游乐于山水之间、徘徊在泉石之际?更何曾流连忘返呢?我敬尊先皇定下的制度,不敢有些许逾越,唯知竭力

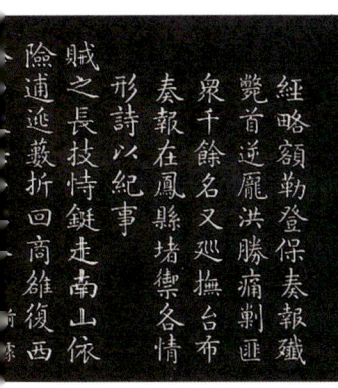

处理政务，以抚慰黎民百姓，这是我的一贯心愿。

或许人们会说，如此忙于繁务，山水泉石之趣终不能与心相谐，园名与实情不相吻合呀。我却要说，云触山而生、风过箫而乐，这过程自然流畅，何曾留下转化的丝毫踪迹？（园景在我心中产生的淡泊平和，也同样自然而然，非必拘于行吟坐唱的形式才能与静趣相谐。）先这样吧，姑且把话题留下，暂不讨论。

## 绮春园记

**绮春园记**

圆明、长春二园之东南即绮春园，名虽三而实则一，中有门墙之隔耳。斯园先名"交辉"为怡贤亲王赐邸，又改赐傅恒及福隆安。呈进后，蒙皇考定名"绮春"。遂开通门径，西达秀清村，东接蒨园，豁然贯通矣。

顾年久荒废，殿宇间有倾圮，湖泊亦多淤垫，丹艧剥落，基址湫湿。爰自嘉庆六年驻跸御园之后，暇时临莅弗适于怀，每岁修理一二处，屏绝藻绘，惟尚朴淳。花木遂其地产之茂蕃，溪山趁其天成之幽秀。园境较圆明园仅十分之三，而别有结构自然之妙趣，虽荆关大手笔未能窥其津涯，而云林小景亦颇有可观之道也。盖地灵境胜，必有时而显晦。萍水相逢，何莫非因缘所感召乎？

正觉寺东建立园门，殿额"勤政"，承皇考敬勤庶政之大法，作奕叶云，仍之继绍。触目警心，慎终始怀，永图之至理也。

东偏为心镜轩，澄浚心源，镜辉朗彻，不以浮尘掩本性之真常，渐臻充实而有光辉之境，固所愿也。北即敷春堂，春者仁也，物之生也。上天敷春而生庶物，人君敷仁而育万民，德至大也。

西为清夏斋，殿宇宏敞，池水澄洁。有修竹数竿，苍松百尺。熏风南来，悠然自得。何时能使官民浃洽，中夏澄清，阜财解愠，熙皞康和，庶酬考眷于万一焉？

后湖东偏即涵秋馆，万宝告成，百昌蕃茂，生于春、长于夏、成于秋，宰制庶物，涵育群生，实天地之常经，古今之通义也。别有虚榭、回廊、板桥、曲沼，可达生冬室。敬绎圣制《生冬》，诗题奥旨，因以名室。夫贞下起元，一阳来复，万物始生，皆基于冬也。子半枢机，葭灰黍谷；循环不息，资始资生。德至矣哉。

人君调元赞化，和燮四时。肃义符而百谷实，阴阳序而两仪顺，建极中和，体天育物，故堂斋馆室以春夏秋冬命名之意，念兹在兹，

仁育义正

清仁宗御笔石刻

嘉庆印玺：所宝惟贤
（所寶惟賢）

不敢怠忽，岂玩日愒时、只图四时佳致水木清华乎？

西偏为四宜书屋，四序咸宜，八方永泰，庶几感召和甘，岁稔民安可望矣。

北有小岛，结构层楼，远仿嘉兴，近规塞苑，额题"烟雨"，叶时若之休征；窗对峰峦，览周原之胜概。几暇登临，抒怀抱而寄吟思，信可乐也。

园北平湖百顷，碧浪涵空，远印西山，近连太液。洲屿掩映，花木回环，殿宇五楹，高深明达。楣栝额曰"凤麟洲"。予别有会心焉，人君御极，抚绥区夏。养心图治，无欲为本。远屏声色货利之邪径；绝无好大喜功之妄念。鄙求仙之荒诞，斥长生之謷说。惟一念守成，兢兢业业，不敢暇逸，强勉敬勤，庶几臻于小康之治。宋儒云"无欲则静虚动直"，诚嘉言也。在上位者果能无欲，天下亿兆之福也。

予修葺斯园，皆因地建造，物给价，工给值，穷黎赖以谋食。所费皆出内帑，毫不取诸外库。诚一举而两得矣。

敬读圣制《知过论》"心有所萦系，必有所疏忽"，曷敢不恪守先言？萦系于小转疏忽于大乎？凛然自勉，实自箴也。况已臻伯玉知非之年，唯益求久安长治之理，何暇燕游林泉佳境、稍

澜涨百川放溜如奔骥西
北汇大河桑乾堤溃四白
浪掀石栏荡漾洪涛恣
富其沟定等雨
哀沟我久水
桥河默报清
石堤拔水
栏闸驰涨
下口勘侍
流四报命
村段辑西
菲衔大
多决路
被庐永日
臣
隆愧予咎日深罹此非常
黎昏垫潢
示警衷敬承敢怨蛟龙紫
分命八京卿以实查灾被
抚邮尽苦心奚能得饱饲
一人罪益滋何辜黎姓累
连朝失神魂食少难成寝
泣思
乾隆年屡丰多上瑞
龙驭杳莫攀仰空挥涕泪
艰难身顾当馀黎祈妥置
字：皆血诚言：非虚伪
告我众臣工展献集谋议
竭力挽灾走静俟
昊恩赐
御笔
嘉庆辛酉季夏月上澣

懈勤政爱民之要道哉！是为记。

**出处**

《清仁宗御制文·二集》卷四（故宫珍本丛刊，海南出版社 2000 年版）。

# 勤政殿记

### 勤政殿记　嘉庆十年六月二十八日

我皇考于理事正殿，皆颜勤政。诚以持心不可不敬，为政不可不勤也。六十余年身体力行，垂教后嗣子孙臣庶，触目警心，知所效法，永保无疆之庥，常警怠忽之念。

予小子敬承大业，夕惕朝乾，无时或懈。盖天下至大，惟日孜孜，恒恐不及。若听政不勤，或勤而不加审察，则丛脞随之，流弊滋甚矣。夫敬为勤之本，惟敬胜怠。心主于敬，则无时不提撕警省。所谓清明在躬，气志如神，遇事洞烛，见理精详。虽克勤而不觉其劳，无所用其勉强，从容中道，心主于敬之功效也。

自天子以至于庶人，皆以敬勤为立身之本。君勤则国治，怠

清仁宗御笔石刻

则国危。臣勤则政自理，怠则政不纲。为学不勤则学业无成，力农偶怠则田功必弃。以至工商贱业，事虽异而理则同也。然勤胜怠，人所同知，彼好逸厌劳者，皆心不能主于敬，故不胜怠惰之念耳。

我朝家法，无一日不听政临轩，中外臣工内殿进见，君臣无间隔暌违，上下交泰，民隐周知。视前明之君深居大内，隔绝臣工，竟有不识宰相之面者，相去奚啻霄壤！

朕承考训，曷敢忘敬勤？曷敢耽逸乐？一日二日万机至繁且重，内而六部九卿，外而直省大吏，诚能夙夜在公，存心匪懈，各勉敬勤，匡予不逮，众志成城，何患不治乎？若心存懈怠，身耽安逸，惟知尸禄保位，国计民生漠不动念，则政事废弛，其害可胜言哉！

故书此记于殿壁，既以自戒，兼告诸臣，庶几永持此敬勤不怠之志，仰副我皇考垂示后人、立身图治之大经大法，期共勉以毋忘，是予之至愿也。谨记。

**出处**

《清仁宗御制文·初集》卷四（故宫珍本丛刊，海南出版社2000年版）。

# 嘉庆初年清漪园御制诗

**背景提要**

嘉庆元年（1796年），乾隆皇帝虽然禅让皇位予颙琰，但仍以训政名义实掌大权，直至嘉庆四年（1799年）去世。这期间嘉庆帝清漪园诗文风格比较放松，题材广泛，涉及清漪园周边各个区域。

## 万泉庄堤上　嘉庆元年

长堤一带障昆明，浩渺波光印太清。
绿柳阴中缓乘骑，林梢布谷及时鸣。
稻畦千顷尽含滋，寓目民依务遍知。
畿甸春巡观稼事，绥丰可望益夔夔。

**出处**

《清仁宗御制诗·初集》卷二（故宫珍本丛刊，海南出版社2000年版）。

## 广润祠瞻礼　嘉庆元年

祈泽诚求愿继春，神祠巍焕傍湖滨。
石梁绵亘依龙阙，珠阁穹窿俯凤闉。
透润京畿钦待贶，溥沾甸服总蒙仁。
逢甘敬俟天恩赐，曷敢连番渎告频。

**出处**

《清仁宗御制诗·初集》卷三（故宫珍本丛刊，海南出版社2000年版）。

清仁宗御笔《花鸟》

### 鉴远堂　嘉庆元年

虚堂俯昆明，浩渺波万顷。风蹙浪花翻，琉璃浸云影。

湖光潋滟明，微芒印西岭。长堤亘虹梁，直接蓬莱境。

堂额意良深，体察时勤省。鉴己自鉴人，返观务思永。

**出处**

《清仁宗御制诗·初集》卷三（故宫珍本丛刊，海南出版社2000年版）。

### 青龙桥西　嘉庆元年四月

绿柳千章夹陌繁，祈甘虔诣静明园。

轻舆趁爽石梁度，一曲水田生意蕃。

万顷昆明济运河，灵源汩汩总盈科。

即欣澍雨占三日，继润冬春沐泽多。

**出处**

《清仁宗御制诗·初集》卷三（故宫珍本丛刊，海南出版社2000年版）。

### 萧家河　嘉庆三年三月

石堤宛转达园墙，掩映楼台衬绿杨。

岂是行春命游骑，重农祈雨望农穰。

极目西山盼云起，总欣云起又虑风。

自渐调燮垂时序，宥罪沛甘润遍充。

**出处**

《清仁宗御制诗·初集》卷十八（故宫珍本丛刊，海南出版社2000年版）。

嘉庆印玺：嘉庆御笔
（嘉慶御筆）

# 嘉庆六年清漪园御制诗

**背景提要**

嘉庆六年（1801年），嘉庆帝除服，开始园居理政，并零星修建绮春园。本年六月，北京地区连旬大雨，昆明湖河堤至广仁宫一带水势汹涌。圆明园宫门内外积水。永定河决堤。南苑围墙被冲塌二百余丈。潮白二河漫溢，村庄被淹。京北蔺沟、南石槽行宫等七座行宫围墙被冲毁。直隶受灾区域占90%，为500年来最大水灾。嘉庆帝遣王公大臣祭黑龙潭、玉泉山、昆明湖龙神祠祈晴，自己也亲赴社稷坛祈晴，同时派员疏浚香山、圆明园、熙春园等处旱河，实施以工代赈等一系列救灾措施，其过程编纂为《辛酉工赈纪事》。

连续六年的白莲教清剿行动于本年几近尾声，谕旨停本年木兰行围，以息民劳而省己过。本年全国人口297501548人。

### 首夏清漪园

建园祝嘏奉慈宁，深感流光迅不停。
湖漾恩波涵水碧，树铺嘉荫趁山青。
风潭浩渺翻千顷，云阙高森集万灵。
梵宇升香即旋辔，弗耽游豫守先型。

**出处**

《清仁宗御制诗·初集》卷三十（故宫珍本丛刊，海南出版社2000年版）。

### 题清可轩

文轩倚层岩，晨夕烟霞锁。栋宇嵌青苍，清境心印可。
石鼎置几旁，汲泉调活火。一瓯涤尘襟，甘芳颐漫朵。
偶参小住缘，面壁学观我。

**出处**

《清仁宗御制诗集·初集》卷三十一（故宫珍本丛刊，海南出版社

2000年版）。

## 玉澜堂即景

蜃窗延远景，玉镜未浮澜。遥挹千峰秀，平临万顷宽。霞辉高阁朗，风漾老松寒。胜地暂游览，治民敢忘难。

**出处**

《清仁宗御制诗·初集》卷四十二（故宫珍本丛刊，海南出版社2000年版）。

清仁宗御笔《花卉》

# 嘉庆九年清漪园御制诗

**背景提要**

嘉庆九年（1804年）二月，嘉庆帝重申各皇子不得自署别名，不与文人学士争风雅。七月，京畿蝗灾，嘉庆帝责地方官粉饰欺罔，严查议处。以木兰围场盗伐严重，鹿稀兽少，不得已宣布停止行围。白莲教自起事至是八年，彻底被剿灭。本年全国人口304461284人。

### 节后万寿山

度节灯花太闹喧，偶探清景莅西园。
和风应律溪山丽，暖旭升霄殿阁暄。
玉镜光凝遥岸影，金盆香透老梅根。
片时游览旋归辔，奕叶永承考训言。

**自注**

新正于御园陈灯火以宴朝正藩部，亦柔远之道也。兹节事已过，诸藩臣例请回安，各归部落。是以几余，命驾临莅清漪，片刻言旋，未尝流连光景。昔我皇考偶涉园林，每殷殷以寓意而不留意为训，洵足奉为法戒，是敬勤之念转借助于溪山矣。

**出处**

《清仁宗御制诗·二集》卷二（故宫珍本丛刊，海南出版社2000年版）。

### 静明园华滋馆作

春仲来游岂觉迟，岩扃晨启坐华滋。
高峰崒崔排青嶂，德水甘芳湛绿池。
嘉稻千畦通海甸，平湖十里接清漪。
传餐视事遄最辔，山静溪明念不移。

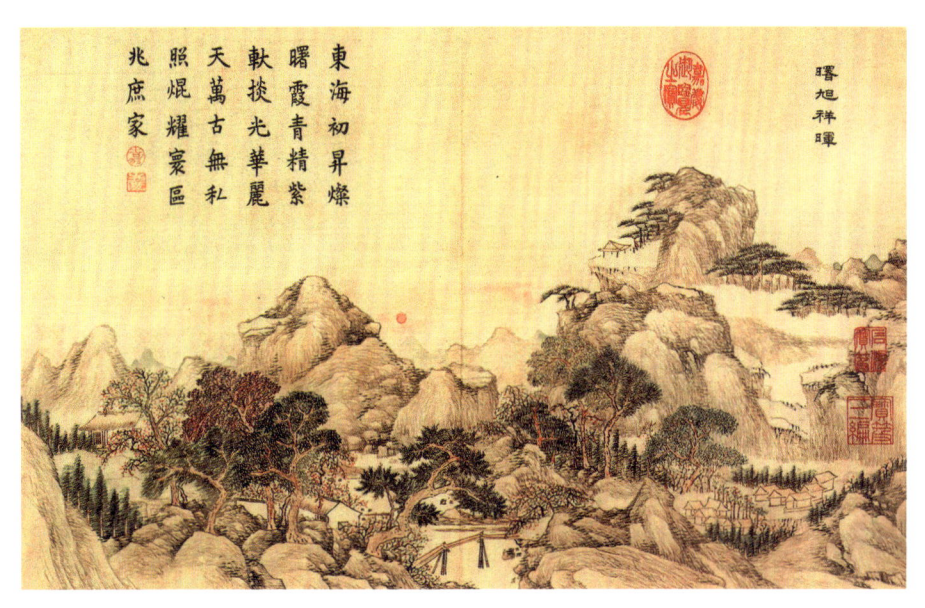

清仁宗御笔题画诗

**自注**

　　玉泉之水，汇而为湖并疏为渠，灌溉稻田数百顷。每至夏初，插秧莳种，罫亩布列，弥望青葱不异东南阡陌。晚秋刈获，则比栉崇墉，村村打谷，较他处每多丰穰。盖泉甘土沃，故玉粒倍觉精腴。兹过青龙桥，凭览田家风景，弥深劭农之意尔。

**出处**

　　《清仁宗御制诗·二集》卷二（故宫珍本丛刊，海南出版社2000年版）。

# 嘉庆十二年清漪园御制诗

**背景提要**

　　嘉庆十二年（1807年），嘉庆帝完成长春园中如园的整修重建，撰《重修如园记》。正月，重申严禁京畿开采矿石。春旱，派员赴黑龙潭设坛求雨，有臣奏请闭正阳、崇文、宣武三门，以合"闭阳纵阴"之说，被嘉庆帝驳回"岂非大笑谈乎？"毋庸议。二月，诣东陵、盘山静寄山庄与西陵。七月秋狝木兰。十月，重申严禁鸦片，责令粤海关稽查杜绝，按法惩治。十二月，整顿漕运，详立制度。本年全国人口338062439人。

## 节后万寿山

春光日明秀，政暇莅清漪。旧柳抽新线，玉夻泮石池。
临窗山色净，绕砌草痕披。生意欣和㽞，农功正及时。

**出处**

《清仁宗御制诗·二集》卷二十六（故宫珍本丛刊，海南出版社 2000 年版）。

## 自香山旋跸经玉泉诸景遂至御园

首夏莅静宜，停镳仅五日。庶政最繁多，奚可耽安逸。
我考垂训深，敬勤守勿失。策马度城闉，林外朝暾出。
行行至玉泉，小憩清凉室。恁槛眺曲溪，灵脉珠玑溢。
石衢缓据鞍，观农寸衷慓。万顷镜湖明，千仞寿山崒。
寓目心漫怡，盼雨忧难述。一念不敢康，庶几召洋溢。

**出处**

《清仁宗御制诗·二集》卷二十九（故宫珍本丛刊，海南出版社 2000 年版）。

## 幸香山静宜园

园西廿里画图披，山静日长首夏宜。
浓淡云生峻岭表，沦涟波漾远川湄。
玉泉右转奥区近，勤政高标考训垂。
游豫几闲心不惬，未沾天泽旰宵思。

**自注**

我皇考行健法天，敕几勤政，日理万机，不自暇逸。虽于偶临游幸之所，亦无日不以政事为亟。于园庭、山庄、别苑之中，皆有勤政殿之建。盖即志意旨之所在，而垂示后人也。予仰承丕绪，每瞻斯额，载切铭心，尝著《勤政殿记》《勤政箴》勉为阐发圣意，即以自励操存，并欲为大小臣工、天下士民之劝，俾共知予之仰法前徽而为，是凛凛也。苍斯首什，故有不能已于言者。

**出处**

《清仁宗御制诗·二集》卷二十九（故宫珍本丛刊，海南出版社2000年版）。

## 雨中泛舟由玉带桥一带至清漪园即景作

园门晓出策青骢，雨势西来云幂空。
视事静明欣渥沛，湖光岚黛互溟蒙。
玉泉万寿一河连，众绿丛中试泛船。
夹岸稻畦皆茂育，西成有象兆康年。
千顷昆明漾碧波，跳珠溅縠滴青螺。
温风嘉树消烦暑，田沃尘清浩气和。

**出处**

《清仁宗御制诗·二集》卷三十（故宫珍本丛刊，海南出版社2000年版）。

清仁宗御笔摘临《兰亭序》

# 嘉庆十五年清漪园御制诗

**背景提要**

嘉庆十五年（1810年），谐趣园开始整修。本年绮春园建成勤政殿、大宫门，连续性补建近于完成，嘉庆帝撰《绮春园记》。二月，试办漕米海运。三月，重申严禁鸦片烟令。七月，北京地区大雨连绵，诸河涨泛，永定河两岸同时漫溢，水灾严重。本年全国人口345717214人。

### 昆明湖泛舟至藻鉴堂即景成什

夜雨帘织晓未晴，试寻润景泛昆明。
湖波潋滟碧奁展，岚黛溟蒙翠嶂横。
堤上垂杨阴茂密，镜中杰阁影峥嵘。
堂临芳渚览诸胜，藻鉴群情务得平。

**出处**

《清仁宗御制诗·二集》卷五十三（故宫珍本丛刊，海南出版社 2000 年版）。

# 嘉庆十七年清漪园御制诗及谕旨

**背景提要**

嘉庆十七年（1812 年），在谐趣园建成后，嘉庆帝首次游览作诗。本年雨旸应时，来园频繁。四月，续编《清凉山志》、纂《西巡盛典》成。五月，昆明湖广润祠祈祷灵验，崇加封号，于原封"安佑普济"神号下，敬增"沛泽广生"四字，着礼部照黑龙潭、玉泉山两处龙神祠祀典，一体春秋致祭。议定嘉庆二十年再莅盛京恭诣祖陵，发银两准备。天理教头目林清与李文成等人谋划次年起义。本年全国人口 333700560 人。英国等国输入鸦片 4494 箱（年均）。次年昆明湖望蟾阁拆改，天理教攻入紫禁城（癸酉之变），嘉庆帝下《遇变罪己诏》，随后两年未有清漪园诗作。

### 新正万寿山

元宵节度莅清漪，欣览湖山濯静资。
鸭绿低含冰欲解，鹅黄轻染柳先知。
雪留层岭林光洁，霞绚高楼旭影迟。
春转午前和煦早，碧莎浅透远溪湄。

**出处**

《清仁宗御制诗·三集》卷二（故宫珍本丛刊，海南出版社2000年版）。

## 谐趣园

昭苏庶汇含生趣，律转初韶景物谐。

池洁林疏合画意，瓯香几净畅诗怀。

和飔习习穿松坞，绮旭迟迟上石阶。

光映冰夌开复聚，潜鳞影漾碧汀涯。

**出处**

《清仁宗御制诗·三集》卷二（故宫珍本丛刊，海南出版社2000年版）。

## 涵远堂口号

修齐望治平，由近而及远。

寸心涵寰区，敬勤为大本。

## 乐寿堂有会

秋高云尽敛，纳爽坐轩堂。帘静涵松影，窗虚透菊香。

乐天寿恒久，知命理深长。培养根株定，推仁及万方。

**出处**

《清仁宗御制诗·三集》卷二（故宫珍本丛刊，海南出版社2000年版）。

## 初冬万寿山

（一）

名山御园右，乘暇偶来游。湖面冰痕漾，崖端霞影浮。

峰清天益迥，林静叶微留。观候欣成实，回环大化修。

（二）

曙景寺楼映，祈民岂豫游。琴鸣幽涧漱，绮迭晚枫浮。

日暖风轻扬，霄澄云不留。临窗松独秀，苍健岁寒修。

嘉庆印玺：所其无逸
（所其無逸）

**出处**

《清仁宗御制诗·三集》卷八（故宫珍本丛刊，海南出版社2000年版）。

### 嘉庆十七年谕旨：祭祀昆明湖龙神

十七年谕：昆明湖广润灵雨祠，龙神灵应夙，着本年三月二十九日，朕因农田望泽，前往拈香。甫回，御园甘霖立沛。旬日以来大田微觉干燥，朕昨早复亲诣拈香默祷，旋即油云密布。午后甘膏渗洒四野优沾。本日又得阵雨滂沛，神佑感孚如响斯应。允宜崇加封号，于原封"安佑普济"神号下，敬增"沛泽广生"四字，并着礼部，查照黑龙潭、玉泉山两处龙神祠祀典，一体春秋致祭，以昭灵贶。钦此。

遵旨议准。昆明湖广润灵雨祠列入祀典，一体春秋致祭。应由钦天监查照致祭龙神祠之例，每岁选定春秋致祭日期，汇入祀典，预行送部。由部转交太常寺，按期题请钦派大臣一员，承祭朝服上香读祝，三献行礼如仪。所有应用香帛、祭品、祭器等项，由太常寺备办，祝文由翰林院撰拟，成式应用，请即于本年仲秋为始，择吉致祭。

**出处**

《续文献通考》卷一百五十七《群祀考一》（民国景十通本）。

# 嘉庆二十一年清漪园御制诗

**背景提要**

嘉庆二十一年（1816年），昆明湖望蟾阁改建涵虚堂后，嘉庆帝首次游览。二月整修怡春堂。入夏以好雨时至，命皇子诣昆明湖广润祠谢雨。正月，黄河凌汛工程平稳，主管官员奏称，可保十年无事。六月，英国遣使来京觐见，计划游览清漪园，后因礼

清仁宗御笔匾文"寓意于物"

仪有误拒见。七月，秋狝木兰。重申秋狝乃本朝家法，臣工不得妄言阻挠，违者军法治罪。本年全国人口 328814957 人。次年英国等国输入鸦片 3698 箱。

### 涵虚堂对雨

神祠晓诣谢敷滋，弥棹又欣渥泽施。

霢霂甘霖近畿溥，滂沱嘉澍远云垂。

湖波幂䍥迷青渚，山色溟濛隐绿陂。

屡沐酿膏衷敬感，绥和宇宙荷天慈。

**出处**

《清仁宗御制诗·三集》卷三十五（故宫珍本丛刊，海南出版社 2000 年版）。

## 附录1

### 恭和御制《涵虚堂对雨》元韵
#### 姚文田

欣欣草木正含滋，小满重逢渥澍施。

雁齿桥添花雾湿，鸭头波接柳烟垂。

虚堂真见云生牖，远陌应知水满陂。

茂对皇心轸农节，万方丰乐总恩慈。

**出处**

［清］姚文田《邃雅堂集》卷之六（清道光元年江阴学使者署刻本）。

### 昆明湖晓泛至鉴远堂

夜雨朝晴趁晓凉，藕香榭畔放轻航。

溟蒙山黛留云影，浩渺波奁印旭光。

隔浦百寻塔院峻，界湖一带柳堤长。

堂颜鉴远思其义，抚治寰区不敢康。

**出处**

《清仁宗御制诗·三集》卷三十八（故宫珍本丛刊，海南出版社2000年版）。

### 观莲

太液波擎万柄莲，清芬远送八窗前。

朱华璀灿含晖丽，翠盖匀圆浥露鲜。

淡淡水芳舒锦沼，亭亭净植冒晴渊。

中通外直超尘垢，君子名从茂叔传。

**出处**

《清仁宗御制诗·三集》卷三十八（故宫珍本丛刊，海南出版社2000年版）。

# 嘉庆二十五年清漪园御制诗

**背景提要**

嘉庆二十五年（1820年）三月，诣东陵，幸盘山静寄山庄。五六月，永定河水叠涨22次，涨幅一丈四，有惊无险。七月秋狝木兰。嘉庆帝暴病去世于避暑山庄。八月，皇二子智亲王旻宁继位，是为清宣宗。明年改元道光。九月，大和卓木之孙张格尔攻扰新疆边卡，败走。全国人口 353377694 人。英国等国输入鸦片 4780 箱。

### 节后万寿山

佳境御园右，新韶淑霭盈。

绮霞辉万寿，玉镜练昆明。

南陌青条拓，西山白雪莹。

晓云迎曙日，隐现素屏横。

**出处**

《清仁宗御制诗·余集》卷二（故宫珍本丛刊，海南出版社 2000 年版）。

### 由万泉庄策马观麦志慰

春雨夏初继，畅晴晓宇高。

抡才跸早启，观麦辔亲操。

浥润盈青垄，含飔漾碧皋。

嘉生实丰茂，兆稔帝慈叨。

**出处**

《清仁宗御制诗·余集》卷三（故宫珍本丛刊，海南出版社 2000 年版）。

### 雨后昆明湖泛舟即景

甘膏二寸昨宵敷，晓宇澄清试泛湖。

出沐群峰翠屏展，湛波巨浸碧奁铺。

旭辉楼阁花宫峻，烟织陂塘柳岸纡。

好雨初晴宜获麦，授时茂对共民愉。

**出处**

《清仁宗御制诗·余集》卷三（故宫珍本丛刊，海南出版社 2000 年版）。

飞瀑注千尺骊珠
万斛悬声雄撼石
宝溜急破林烟玉
夏瑶琴奏簾垂赤
鲤穿

观瀑诗

清宣宗御笔《观瀑诗》

清宣宗道光皇帝湖山诗文

## 作者简介

清宣宗道光皇帝爱新觉罗·旻宁（1782—1850年），原名绵宁。是清朝第八位皇帝，定都北京后第六位皇帝。嘉庆皇帝第二子，母孝淑睿皇后喜塔腊氏。年号道光，在位30年。

道光帝为挽救清朝衰落进行了不懈的努力，整吏治，治盐政，通海运，平定张格尔叛乱，严禁鸦片。他本人厉行节俭，官员引见皆穿布衣。宗室冶游不宽法网。但因其恪守祖制，不思变革，无法解决积重难返的社会弊端，清王朝进一步衰落。道光二十年（1840年）中英鸦片战争爆发，中国战败，被迫签订近代史上第一个不平等条约《南京条约》，接续又分别与美、法签订《望厦条约》《黄埔条约》。其后中国社会矛盾愈发尖锐，农民起义不断，道光帝疲于应对。

道光三十年（1850年）正月十四日驾崩，终年69岁。庙号宣宗，谥号成皇帝，葬于清西陵之慕陵，传位于第四子奕詝。

## 诗文与园林背景

道光帝存世有《清宣宗御制诗集》二集三十六卷、《清宣宗御制文集》二集十六卷、《养正书屋全集》四十卷。其中清漪园诗文主要作于道光十三年（1833年）前。

道光皇帝以躬行节俭为天下先，一切娱耳悦目之事屏绝不行，宫廷不急之工废不修、缺不补。《重修圆明园三殿记》《慎德堂记》表述了这些思想。除去一次东巡盛京祖地外，他

《喜溢秋庭》中的道光皇帝

停止了热河木兰秋狝，以及其他一切出游巡幸。乾隆遗留的各地行宫园林也在这一时期裁撤，如白洋淀地区的赵北口行宫、圈头行宫、思贤村行宫、郭里口行宫、端村行宫等。

三山五园地区的皇家苑囿同样被大幅度削减维护资金，清漪园景点损失严重，道光十九年（1839年）构虚轩火灾，二十年裁撤云绘轩，二十三年裁撤织染局、水村居，二十四年怡春堂火灾。凤凰墩也在这一时期裁撤。此外，道光十六年九月，圆明园三殿也不慎毁于火灾。

# 重修圆明园三殿记

**背景提要**

道光十六年（1836年）九月，圆明园三殿不慎毁于火，道光帝对其重建，并写下这篇文记。文中不仅记述了重建过程，更重要的是阐述了其中的思想过程，也是道光时期对待乾隆园林遗产（包括清漪园）的整体策略，标志着清代皇家园林衰落的开始。

## 重修圆明园三殿记 道光十七年

予自践阼以来于今十有七年，兢兢业业，惟虑政治之未修，民生之未裕，一切兴作概从简略。非慕卑宫之名、惜露台之费。盖事必权其缓急，心必戒夫逸豫，惟怀永图，不敢不慎也。

若今者圆明园三殿之重修，盖有说焉。三殿者，前曰圆明园，中曰奉三无私，后曰九洲清晏。溯圣祖赐额，世宗定居，皇祖、皇考因淳守朴不改成规，爰逮藐躬，德辅任重，亦惟祗承基绪，曷敢不念负荷之艰？乃以丙申九月二十六日戊亥之交，融风告警，郁攸从之，虽绠缶有备而涂彻已多。予心怵惕，不遑启处。惟兹三殿乃祖宗缔构，所诒居御园之中为寝兴之所，非若山茨水槛仅备游观，若不及时修复何以自安？

爰命内府诸臣，庀材鸠功，缮完补缺，惟期示俭于后，不敢增美于前。工未逾年，制已复旧于以昭不雕不斫之风，亦以守不愆不忘之志。版筑之兴洵不得已也。

抑予之说更有进焉。《周书·大诰》《梓材》两言"作室，既砥法"矣。继之曰"肯堂肯构""既勤垣墉"矣。继之曰"涂塈茨"。自古帝王肇造丕基，规模远大，匪第令后世无以加也，亦谓数传而后，其张集弛损益。因乎时、存乎人焉。故创业务期可继，而守成亦贵有为。若因循玩泄、有废莫举，所谓堂构涂塈者安在耶？然非值必不可缓之事，有必不得已之心。动辄

道光印玺：道光宸翰
（道光宸翰）

更张，矜言改作，则前人砥法之善，必至纷然失其所守，其弊更有不可胜言者。

　　是举也，惟愿我后人念作室之不易，则图易而思艰；睹寝成之孔安，则居安而虑殆。慎宪省成，庶几乎无废事焉。且知宫室之制度已备；国家之经费有常。工不可以创兴，役不可以轻举。持盈保泰，庶几乎无侈心焉。

　　夫无废事，勤也；无侈心，俭也。勤者治之本，俭者福之源也。继自今以引以翼，攸芋攸跻。监成宪以无愆；巩洪图于勿替。是则，予之厚望也。夫工既竣，乃述颠末而为之记。

清宣宗御笔摘录乾隆《万寿山清漪园记》

### 出处

《清宣宗御制文·余集》卷五（故宫珍本丛刊，海南出版社2000年版）。

## 道光三年清漪园御制诗

**背景提要**

　　道光帝清漪园诗文有40余篇，集中写作于道光三年（1823年）至四年。本年北京地区雨水过多，年降水量远高于清代平均值（822.5mm>609.4mm），三山五园地区由于优异的天然环境与完备的水利体系，呈现出泉丰水盛、鸢飞鱼跃的景象。然而随着夏季降水持续不断，永定河决堤，直隶地区出现水灾，这一情形延续至次年。

　　道光帝除来园祭拜龙王与游览外，还下旨免去直隶水灾区额赋，组织了大规模的永定河及京畿地区水利治理，疏浚通惠河，工作一直延续至第二年。御史蒋时进所撰《畿辅水利志》一百卷，也在这时期完成。

本年八月，定失察鸦片条例，严禁滇省将罂粟熬制成鸦片。全国人口 375153122 人。英国等国向中国输出鸦片 9035 箱。

### 万寿山即景

新正循例莅清漪，胜境从知四序宜。
堂启玉澜多妙景，寺开延寿溥宏慈。
平湖百顷冰将泮，疏柳千行线欲垂。
惬意驶云*欣缓辔，风光和煦丽晴曦。

**自注**

＊马名。

**出处**

《清宣宗御制诗·初集》卷七（故宫珍本丛刊，海南出版社 2000 年版）。

### 昆明湖泛

淼淼丰湖万顷清，中流鼓枻畅心情。
波光浩瀚微风漾，树影高低淡霭横。
岞崿西峰开画本，庄严上界报钟声。
传餐问政非余暇，应识来游亦有程。

**出处**

《清宣宗御制诗·初集》卷七（故宫珍本丛刊，海南出版社 2000 年版）。

### 广润祠瞻礼

凌晨幸芳囿，申敬礼神祠。东作功方始，时甘望溥施。
灵源长活活，春日正迟迟。广润虔希佑，田畴待渥滋。

道光印玺：道光尊亲之宝
（道光尊親之寶）

清宣宗御笔 "惇崇俭德"

**出处**

《清宣宗御制诗·初集》卷七（故宫珍本丛刊，海南出版社2000年版）。

### 昆明湖泛舟至藻鉴堂即景成什

湖光云影两苍茫，鼓棹中流镜水*航。

千顷含清浮屿浪，一行馆碧夹堤杨。

轩堂水绕晴澜漾，藻荇风回翠带长。

恍似潇湘雨余景，片时凭栏引新凉。

**自注**

＊舟名。

**出处**

《清宣宗御制诗·初集》卷七（故宫珍本丛刊，海南出版社2000年版）。

### 谐趣园

名园无处不清佳，曲折林泉趣更谐。

最是季春春欲晓，花香鸟语畅诗怀。

垂杨漠漠冒朝烟，漱石珠玑几迭泉。

小憩高斋延众妙，山容水色乐天然。

**出处**

《清宣宗御制诗·初集》卷七（故宫珍本丛刊，海南出版社2000年版）。

### 无尽意轩

晴湖千顷碧澜平，疏敞轩窗爽籁生。
山水宜人无尽意，云天过雨有余清。
含姿野卉微风拂，积翠深林淡霭横。
小憩漫耽吟咏兴，隔溪又听一蝉鸣。

**出处**

《清宣宗御制诗·初集》卷九（故宫珍本丛刊，海南出版社2000年版）。

### 雨后清漪园即景

雨足芳原万汇滋，喜乘鞠锦*莅清漪。
山容水态看俱润，鸟语花香会更宜。
天际白云流远岭，林端碧霭隐朝曦。
时晴时雨征咸若，敬祝西成赖昊慈。

**自注**

＊马名。

**出处**

《清宣宗御制诗·初集》卷九（故宫珍本丛刊，海南出版社2000年版）。

### 新秋万寿山

平湖淼淼雨蒙蒙，四岸楼台淡霭中。
远浦蒹葭秋色好，长堤杨柳晓烟笼。
浓云密布遮西岭，浅浪平开引北风。
启户临流涵动静，心关稼穑望登丰。

道光印玺：道光御笔之宝
（道光御筆之寶）

**出处**

《清宣宗御制诗·初集》卷九（故宫珍本丛刊，海南出版社2000年版）。

### 昆明晴泛

放舟藕香榭，万象镜中涵。却暑南熏爽，茏葱远近岚。
平湖万顷宽，朗润新晴霁。碧涨半篙添，凌晨欣鼓枻。
高堂晴景丽，彩旭小窗侵。山色诗兼画，波光碧间金。

**出处**

《清宣宗御制诗·初集》卷九（故宫珍本丛刊，海南出版社2000年版）。

### 自静明园放舟至清漪园即景成什

曲折长河四面风，闲云舒卷互西东。
垂杨两岸秋光好，香稻千畦穑事丰。
景物偶探摅藻思，雨阳时切勤渊衷。
扬帆不觉舟行速，接境名园一水通。

**出处**

《清宣宗御制诗·初集》卷九（故宫珍本丛刊，海南出版社2000年版）。

### 昆明湖泛舟至广润祠瞻礼

神祠展敬谢兼祈，即谢沾濡愿续滋。
鼓枻平湖新涨足，传餐广殿晓凉宜。
苍茫远岫浓云幂，蓊郁丛林薄雾披。
万顷波光看浩渺，澄空妙景属清漪。

**出处**

《清宣宗御制诗·初集》卷九（故宫珍本丛刊，海南出版社2000年版）。

## 仲秋七日幸万寿山玉澜堂锡宴十五老臣赓歌图绘以彰盛事

天高气爽届白藏，西风飒飒八月凉。
湖光山色秋正好，玉澜堂上芳筵张。
跄跄济济欣际会，咸逾古稀咸康强。
亲亲谊笃予之伯，为国屏藩辉天潢。
屡膺庙略成伟绩，宣威重镇知鹰扬。
昔赞纶扉承考泽，立朝正色端岩廊。
丝纶佐朕弥恭谨，抒忠献替资助勷。
河防宣力内襄政，年开八秩寿而臧。
封疆重寄廉兼干，平成奏绩庆河黄。
岂独文章禁省冠，一德密勿惟几康。
朝端大寿今居首，靖共匪懈承余庆。
宣猷昔日知耿介，善善恶恶刻无遑。
勤劳三省心益壮，不雕松柏岁方长。
中外宣勤历年所，不偏不倚柔兼刚。
伟哉藩王抒忱悃，三朝宿卫恩荣光。
奋戈疆场知勇冠，精勤调习天闲骧。
山右滇南昔受命，今日悬车优礼彰。
久历戎行志敌忾，裹创血战歼欃枪。
予今图绘有深意，意在才俊标朝纲。
矧逢大耋欣罕觏，皤然在列钦先皇。
先皇耆臣遗小子，弼成政治恩德洋。
御园锡予歌纪盛，天寿平格福穰穰。

### 自注

和硕仪亲王、御前大臣赛冲阿、大学士托津、大学士军机大臣曹振镛、大学士戴均元、协办大学士两江总督孙玉庭、户部尚书军机大臣黄钺、礼部尚书穆克登额、工部尚书初彭龄、理藩院尚书富俊、左都御史松筠、郡

道光印玺：道光御览之宝
（道光御覽之寶）

王衔都统哈迪尔、都统阿那保、致仕大学士伯麟、致仕都统穆克登布。

**出处**

《清宣宗御制诗·初集》卷十（故宫珍本丛刊，海南出版社2000年版）。

# 道光七年清漪园御制诗

**背景提要**

道光七年（1827年）七月，谕旨圆明园内除技勇留长枪腰刀外，绮春园留巡更鸟枪8杆，其余交出，更换木棍。宫内及圆明园不另存军器，违者治罪。北京地区春旱秋涝，八月，永定河决堤，次年正月合龙。修皇城墙基及各门内外城墙。十月，谕令满洲官兵习满语、骑射。修黄新庄、半壁店、秋澜村、梁各庄四行宫。本年，长龄等率大军平灭新疆张格尔叛乱，次年初生擒张格尔解京，午门、太庙、社稷献俘，道光帝于圆明园廓然大公亲审后磔死。本年全国人口380696095人。英国等国向中国输出鸦片11154箱。

### 昆明湖远望

无际春波入望清，澄虚万象野云平。
松鸣山半风传籁，浪涌阶前水作声。
料峭余寒花未放，依稀远树雾犹横。
心希春泽沾遐迩，举趾东皋利早耕。

**出处**

《清宣宗御制诗·初集》卷二十（故宫珍本丛刊，海南出版社2000年版）。

### 昆明湖晓泛即景

密霰消融雨不殊，无声润物信如酥。

平湖潋滟波涵月，远岭依稀雪作图。
放棹中流风澹沱，拈吟虚榭景滋濡。
晴岚西望开生面，静室梯云妙境须。

**出处**

《清宣宗御制诗·初集》卷二十（故宫珍本丛刊，海南出版社2000年版）。

### 雨中藕香榭放舟，至广润祠谢雨，鉴远堂小憩，复乘舟至静明园龙神祠致谢，诗以事

甘澍连朝尺泽深，凌晨放棹达清浔。
湖光漾碧添新涨，树色含烟绾绿阴。
敬谢神祠钦赐佑，应知蔀屋悦农心。
长兹阳雨祈调协，望岁情殷竭悃忱。

**出处**

《清宣宗御制诗·初集》卷二十（故宫珍本丛刊，海南出版社2000年版）。

### 雨后泛舟即景

湖光山色雨余天，鼓枻平波好泛船。
青嶂森森含宿润，绿林面面锁轻烟。
芦洲深碧缭而曲，荷浦新芳净且鲜。
容与镜中尘不到，无边飒爽引诗篇。

**出处**

《清宣宗御制诗·初集》卷二十（故宫珍本丛刊，海南出版社2000年版）。

道光印玺：经纬阴阳
（經緯陰陽）

### 鉴远堂对雨

波光云影互迷茫，户牖凭虚纳晓凉。
岂为披襟畅怀抱，润滋多稼兆丰穰。

平湖万顷望蒙蒙，烟树绿堤翠几重。

好是香山开妙境，危亭古寺倚高峰。

**出处**

《清宣宗御制诗·初集》卷二十（故宫珍本丛刊，海南出版社2000年版）。

### 新霁

优渥时霖远近沾，晴湖潋潋乍开奁。

瑶台一棹延清爽，只觉青林密荫添。

曰旸曰雨庆田功，几片闲云散远空。

上下澄清含万象，菡萏新映碧芦丛。

**出处**

《清宣宗御制诗·初集》卷二十（故宫珍本丛刊，海南出版社2000年版）。

### 夏夕泛舟即景

为爱平湖夏夕凉，招凉喜泛静清航。

云容映水妙明境，月影涵空上下光。

远树蝉声闻断续，遥峰暝色望苍茫。

中流倍觉襟怀畅，省识烟霞兴转长。

**出处**

《清宣宗御制诗·初集》卷二十（故宫珍本丛刊，海南出版社2000年版）。

### 雨泛

绵绵竟日雨，飒爽气如秋。岸树遮青嶂，崖花映碧流。

高低荷漾盖，聚散水浮沤。延览烟波趣，停桡憩小楼。

道光印玺：养正书屋
（養正書屋）

**出处**

《清宣宗御制诗·初集》卷二十（故宫珍本丛刊，海南出版社2000年版）。

### 昆明湖秋景远眺

秋水长天净且佳，平湖旷览畅诗怀。

今秋敬感调阳雨，种麦收禾处处皆。

山含宿润皆成画，云写秋容恰似罗。

一色沆寥澄万象，名园胜概此闲多。

**出处**

《清宣宗御制诗·初集》卷二十（故宫珍本丛刊，海南出版社2000年版）。

# 道光九年清漪园御制诗

**背景提要**

道光九年（1829年）正月，谕旨两广总督，恪守定例，只准易货，毋许异银。制定有关章程七条，避免白银外流。八月，为庆祝平灭张格尔叛乱，道光帝奉母东巡盛京，拜祭祖陵、上慰先灵。藩属国暹罗、缅甸等派使庆贺平叛。十一月，玉泉山玉峰塔塔顶塌泄，砸坏山门佛殿，派员会同修理。十二月，英国货船因广州洋行拖欠夷银，具禀粤督废除洋行。本年全国人口390500650人。英国等国向中国输出鸦片16257箱，鸦片走私日益严重。

### 勤政殿述志

修身先澹静，莅政贵精勤。佐治同心辅，扬威不世勋。

止戈戒轻举，从实屏虚文。成宪须遵守，咨诹广见闻。

道光印玺：茂对时育万物
（茂對時育萬物）

**出处**

《清宣宗御制诗·余集》卷一（故宫珍本丛刊，海南出版社2000年版）。

### 万寿山即事

临幸每逢开篆后，迎眸积雪映湖冰。

松篁有韵听千迭，峰岭无云望几层。

已觉韵华敷景丽，待看潋滟漾波澄。

御园近接春光满，趁晓鸣鞭骏逸乘。

**出处**

《清宣宗御制诗·余集》卷一（故宫珍本丛刊，海南出版社2000年版）。

### 恭侍皇太后游万寿山

乘时最喜雨消尘，一览湖山万象真。

风迭波纹奁镜启，烟分柳色带丝匀。

平看画阁晴曦丽，远望云峰古黛皱。

待膳虚斋延妙景，暄妍不数凤池春。

**出处**

《清宣宗御制诗·余集》卷一（故宫珍本丛刊，海南出版社2000年版）。

### 阅武楼看操后恭侍皇太后幸万寿山喜成

霏微小雨不成泥，阅武京营步伐齐。

喜奉慈颜兰桨荡，敬瞻神宇石阶跻。

云容映水涵青嶂，柳色和烟罥碧堤。

九十春光延妙景，虚堂眺览偶留题。

**出处**

《清宣宗御制诗·余集》卷一（故宫珍本丛刊，海南出版社2000年版）。

道光印玺：主善为师（主善爲師）

### 恭奉皇太后自昆明湖泛舟至静明园侍膳

湖山澄碧雨余天，问景名园好放船。
花屿云峰常浥润，岸蒲堤柳总含烟。
中流鼓枻欣清爽，别馆传餐喜静便。
深庆麦秋书上稔，承欢萱殿万斯年。

**出处**

《清宣宗御制诗·余集》卷一（故宫珍本丛刊，海南出版社2000年版）。

### 恭侍皇太后泛舟即景

湖山雨初霁，画舫引清风。新爽来波面，晴曦漾镜中。
虚堂含柳荫，曲榭映花丛。几暇娱萱殿，慈怀悦岁丰。

**出处**

《清宣宗御制诗·余集》卷一（故宫珍本丛刊，海南出版社2000年版）。

### 鉴远堂晴望

（一）

浓云匼匝隐峰峦，萧寺山斋画里看。
侵晓虚窗延爽籁，临流眺瞩好凭栏。

（二）

一碧湖光万象涵，云中苍翠映晴岚。
凌波荡桨无边爽，雨霁潇湘好共探。

**出处**

《清宣宗御制诗·余集》卷一（故宫珍本丛刊，海南出版社2000年版）。

道光印玺：笔华墨雨（筆華墨雨）

### 赋得柳桥晴舞絮

柳密湖桥晚，深春雨放晴。闲云含浪碧，飞絮趁风轻。

暗惹香痕暖，偏教绿荫清。回旋仍作态，聚散妙无争。
玉蛛高低影，桑鸠一两声。侵栏花乍舞，积岸雪难成。
漠漠关西路，依依渭北情。何人移短棹，欸乃暮烟平。

**自注**

得晴字五言八韵宗室复试题。

**出处**

《清宣宗御制诗·余集》卷一（故宫珍本丛刊，海南出版社2000年版）。

# 道光十三年清漪园御制诗

**背景提要**

道光十三年（1833年）四月，孝慎皇后佟佳氏去世，道光帝悲痛万分。禁官员年内宴会音乐，百日后剃发。停止年班蒙古诸部来京。惇亲王绵恺等四臣因奏议丧期规则用语"于义不协"，被罚俸降职。本年道光帝仅有一首清漪园早春诗作，之后十七年再无吟咏。本年全国人口398942036人。英国等国向中国输出鸦片20486箱。七年后鸦片战争爆发。

## 玉澜堂作

开韶临禁苑，妙谛衍三乘*。峰映千层雪，湖连万顷冰。
虚堂知寂静，胜境喜清澄。小憩即旋辔，阳和旭日升。

**自注**

*是日召达赖喇嘛来使至万寿山玉澜堂，递丹书克。

**出处**

《清宣宗御制诗·余集》卷十（故宫珍本丛刊，海南出版社2000年版）。

道光印玺：政贵有恒
（政貴有恆）

清文宗御笔《延年》

清文宗咸丰皇帝湖山诗文

## 作者简介

清文宗咸丰皇帝爱新觉罗·奕詝（1831—1861年），原名奕詝。清朝第九位皇帝，定都北京后的第七位皇帝，清宣宗第四子，母孝全成皇后钮祜禄氏。在位11年，年号咸丰。

咸丰帝生于北京圆明园澄静斋，20岁继位时，正值太平天国迅猛发展期，沙俄强占黑龙江以北地区，西方列强以"换约"为名，准备新的侵华战争。面对危机，他大手笔地进行朝政改革。任贤去邪、革除弊政，提拔敢于任事的肃顺，重用汉官曾国藩，镇压太平天国和捻军。罢黜道光朝军机大臣穆彰阿、耆英。虽然平定内乱战果频传，然而却无法抵御接续而来的外患。咸丰十年（1860年），英法联军攻入北京，焚毁了三山五园以及周边众多园林、衙署。咸丰时期清政府被迫签订了《北京条约》《天津条约》《瑷珲条约》等一系列不平等条约。

咸丰十一年（1861年），咸丰帝崩于承德避暑山庄，年仅31岁。庙号文宗，谥号显皇帝，葬于清东陵之定陵。其子载淳继位，是为同治帝。

## 诗文与园林背景

咸丰帝存世有《清文宗御制文集》二卷、《清文宗御制诗集》八卷。

咸丰时期内忧外患，已无暇顾及园林管理与建设。咸丰十年（1860年），英法联军在掠夺圆明园后，于九月初五，由英军米契尔中将率3500余人，分队焚烧三山五园，清漪园与圆明园、畅春园、静明园、静宜园，以及毗邻的众多私家园林、衙署俱焚，大火三日不熄。

# 咸丰六年清漪园御制诗

**背景提要**

咸丰六年（1856年），咸丰帝频繁来园，御制诗文最多。正月，颁"示廷臣"诏，励志敬勤躬行。二月，进剿河南捻军。三月，长子载淳生，即后来的同治皇帝，生母懿嫔叶赫那拉氏晋封懿妃，即后来的慈禧太后。五月，沙俄第三次武装航行侵入黑龙江，之后将下游地区及库页岛划为沙俄"滨海省"，设省府于庙街。北京地区春旱秋涝，七月，永定河溢，水灾。八月，太平天国发生内讧分裂，即天京事变，太平军由盛转衰，清军渐有小胜。十月，诣昆明湖文昌阁拈香，将文昌帝君与关帝一同升入皇朝中祀。英军炮击广州城，第二次鸦片战争爆发。本年全国人口275110661人。

清文宗便装行乐图

## 书事示廷臣 正月十三日

予蒙天恩承考命，临御天下六年于兹，四海无一日安静，万姓罹兵燹之灾。反躬自问，天恩未报，祖考之恩未报，若稍自暇逸，是诚何心哉！予不敢亦不忍也。

每逢亲诣郊坛，无不心增愧恧。今年新正幸园，敬循成宪。次日即恭值皇考忌辰，地犹斯地，言犹在耳，兴念及此，真堪一痛哭也。

昕夕常思，何以使兵戢民安，仰答天祖之恩。惟有永励斯志，倍加敬勤，不愿徒托空言，务期躬行实践。

尔诸臣或曾膺顾命，或简在贤良，既为国之大臣，当思共济时艰，即使天下既安，更防恬嬉之渐。书曰："慎终如始"，我君臣其共勉之。

**出处**

《清文宗御制文集》卷六（故宫珍本丛刊，海南出版社 2000 年版）。

### 喜雪 孟春下浣一日

新岁尺余雪罕逢，消蝗培麦庆皆同。

香山玉嶂寒烟外，福海瑶台密霰中。

柳眼添花春漏泄，松髯缀粉色茏葱。

待看灵境时晴景，翙昒遥知隐梵宫。

**自注**

廿四日至万寿山拈香。

**出处**

《清文宗御制文集》卷六（故宫珍本丛刊，海南出版社 2000 年版）。

### 谐趣园

小园风景足怡然，门对青山户对泉。

春孟竭来谐静趣，几多逸兴付吟篇。

**出处**

《清文宗御制文集》卷六（故宫珍本丛刊，海南出版社 2000 年版）。

### 玉兰

（一）

当帘素艳真如玉，扑鼻幽香终逊兰。

好借江郎才思笔，白描春色倚阑干。

（二）

亭亭不语临风前，独冠群芳二月天。

饮露莫教饶逸兴，连茹我只渴思贤。

咸丰印玺：咸丰（咸豐）

**出处**

《清文宗御制文集》卷六（故宫珍本丛刊，海南出版社 2000 年版）。

## 附录1

### 恭和御制《玉兰》元韵
### 彭蕴章

（一）

清漪玉树供宸赏，屈指佳辰过浴兰。
一点红尘浑不染，何须祓濯到江干。

（二）

素艳亭亭别馆前，飞花飞絮暮春天。
宗之潇洒临风处，修洁应教重此贤。

**出处**

［清］彭蕴章《松风阁诗抄》卷之二十（清同治七年刻彭文敬公全集本）。

## 附录2

### 恭和御制《玉兰》二首元韵
### 沈兆霖

（一）

玉山朗朗高寒甚，汎入光风气吐兰。
鲜洁本来尘不染，更教濯影向池干。

（二）

植根幸傍御筵前，琼蕊参差社后天。
已并幽兰供藻咏，更因瑞玉念英贤。

咸丰印玺：咸丰御笔之宝
（咸豐御筆之寶）

**出处**

［清］沈兆霖《沈文忠公集》卷十（清同治八年吴县潘祖荫等刻本）。

清文宗御笔《疏林幽居图》　　　清文宗御笔《菊》

## 附录3

### 恭和御制《玉兰》元韵
#### 何彤云

楚畹芳馨谁能似，同心竟有臭如兰。

国香一种人争媚，却与铅华总不干。

亭亭玉立早春前，洁白能全大素天。

骚国一登香草传，也随荃蕙比名贤。

**出处**

［清］何彤云《赓缦堂矢音集》上卷（清咸丰九年刻本）。

### 恭和清漪园即景上巳前一日 咸丰六年

岂为宸游玩物华，清漪春晓静而嘉。

松鸣古籁禽初下，山峙遥空雾半遮。

麦坂青青欣在望，镜湖渺渺碧无涯。

传餐问政须臾返，祖制钦循永戒奢。

**出处**

《清文宗御制文集》卷六（故宫珍本丛刊，海南出版社 2000 年版）。

## 附录1

### 恭和御制《清漪园即景上巳前一日》元韵
#### 彭蕴章

御园风景自清华，叠石幽深树更嘉。
槛外湖光新涨合，檐前山色淡云遮。
天回畿甸春千里，地接瀛洲水一涯。
麦陇青青占岁稔，持盈还虑物情奢。

**出处**

［清］彭蕴章《松风阁诗抄》卷之二十（清同治七年刻彭文敬公全集本）。

## 附录2

### 恭和御制《清漪园即景上巳前一日》元韵
#### 沈兆霖

园枕明湖气自华，风光上巳倍清嘉。
绿浮秀野窗能纳，翠拥晴岚树不遮。
膏泽久经滋土脉，阳和应已满天涯。
乘时布令循彝训，宸豫非耽景物奢。

**出处**

［清］沈兆霖《沈文忠公集》卷十（清同治八年吴县潘祖荫等刻本）。

### 藕香榭放舟至鉴远堂作

兰桡缓放暮春天，浩浩波光断复连。
静室楼阴云外矗，玉峰塔影镜中悬。

咸丰印玺：克敬居

时临晋禊惬幽赏，柳似唐堤罥晓烟。

御世鸿猷殷鉴远，筹戎莫释百忧煎。

**出处**

《清文宗御制文集》卷六（故宫珍本丛刊，海南出版社 2000 年版）。

## 附录1

### 恭和御制《藕香榭放舟至鉴远堂作》元韵
#### 何彤云

晴波高接蔚蓝天，复渚回汀望里连。

掠水鸥从樯外起，吹香鱼似镜中悬。

桃花浪暖临修禊，杨柳阴多过禁烟。

几暇停桡闲览胜，玉泉一勺茗初煎。

**出处**

［清］何彤云《赓缦堂矢音集》下卷（清咸丰九年刻本）。

## 附录2

### 恭和御制《藕香榭放舟至鉴远堂作》元韵
#### 沈兆霖

安舻平约水中天，柳展长堤嫩绿连。

洲渚环如珠斗共，楼台耸似绛霄悬。

渊鱼识暖嘘春浪，沙鸟忘机拂曙烟。

奏捷联翩宸虑畅，篷窗拓处茗初煎。

**出处**

［清］沈兆霖《沈文忠公集》卷十（清同治八年吴县潘祖荫等刻本）。

## 附录3

### 恭和御制《藕香榭放舟至鉴远堂作》元韵
#### 彭蕴章

水榭春深碧远天，湖堤岚翠涨痕连。
风涛万壑松声澈，云路千盘塔影悬。
眺遍芳塘鱼跃浪，移来画舫鹭冲烟。
赓歌莫慰思贤渴，欲把清泉活火煎。

**出处**

[清]彭蕴章《松风阁诗抄》卷之二十（清同治七年刻彭文敬公全集本）。

### 丙辰三月廿三日，皇长子生，敬思天恩祖佑，欣感实深，用成长律以志予意

敬感天庥祖考仁，佳音储秀报麟振。
恩深德厚衷常慕，奕启载祥名定淳。
庶慰在天六年望，更欣率土万斯人。
升香安佑昭慈佑，沉痛难胜永忆亲。

**自注**

储秀，储秀宫。安佑，安佑宫。

**出处**

《清文宗御制文集》卷六（故宫珍本丛刊，海南出版社2000年版）。

### 昆明晓泛二首

#### （一）

远山苍莽近山青，万顷湖光一鉴渟。
侵晓浓阴垂四野，凌虚纳爽好扬舲。

咸丰印玺：慎厥修
（慎厥脩）

### （二）

云影上下澄，长虹界渺溔。旷览神自怡，高情托飞鸟。

雨未滋深宵，云空结清晓。抚序忧莫释，写心思物表。

**出处**

《清文宗御制文集》卷六（故宫珍本丛刊，海南出版社 2000 年版）。

## 附录1

### 恭和御制《昆明晓泛》二首元韵
#### 何彤云

##### （一）

蒲茸含紫荇萦青，渺渺波光向晓亭。

多少诗情兼画意，一时收拾入轻舲。

##### （二）

几余豁冲襟，极望平湖溔。摵摵响风荷，依依起沙鸟。

未雨得微阴，众妍富清晓。弭棹一夷犹，溪烟澹林表。

**出处**

［清］何彤云《赓缦堂矢音集》下卷（清咸丰九年刻本）。

## 附录2

### 恭和御制《昆明晓泛》二首元韵
#### 沈兆霖

##### （一）

柳线拖烟荇带青，轻尘不动镜波渟。

渊泉默与宸怀契，鉴远堂前乍放舲。

## （二）

群岫排崟崟，一水漾虚溰。宸游亦勤政，余兴寄鱼鸟。
解维岸树回，鼓枻浦云晓。望泽志乎民，疏雨逗林表。

**自注**

清漪园前殿为勤政殿。

**出处**

［清］沈兆霖《沈文忠公集》卷十（清同治八年吴县潘祖荫等刻本）。

## 藕香榭对雨

### （一）

霢霂浓阴黯淡山，层峦叠嶂有无间。
连朝澍雨添新爽，坐对平湖片刻闲。

### （二）

平湖急雨乱跳珠，好是清漪六月图。
隔浦荷喧香乍送，畅怀那得渡飞舻。

**出处**

《清文宗御制诗集》卷六（故宫珍本丛刊，海南出版社2000年版）。

咸丰印玺：履信书屋鉴赏之宝
（履信書屋鑒賞之寶）

咸丰印玺：咸丰御览之宝
（咸豐御覽之寶）

# 咸丰七年清漪园御制诗

**背景提要**

咸丰七年（1857年），咸丰帝作清漪园诗文后再无新作，随着咸丰十年三山五园被焚，这成为清漪园最后一组帝王诗作。正月，懿妃晋封为懿贵妃，即后来的慈禧太后。北京地区春夏雨泽应时，八月永定河决堤。太平天国进一步衰败，至年末清军合围天京。英法联军攻占广州，两广总督叶名琛被俘。本年全国人口202372140人。

### 对鸥舫雪望

近山暗淡远山无，恰似江乡六月图。

只为余寒勒成雪，盈眸皎洁水平铺。

北岸虚堂额对鸥，旷然一览俯清流。

天真烂漫忘机侣，好放烟波不系舟。

**出处**

《清文宗御制诗集》卷七（故宫珍本丛刊，海南出版社2000年版）。

## 附录1

### 恭和御制《对鸥舫雪望》元韵 二月十五日
#### 彭瑞毓

飞霙洒润点尘无，辇路风光俨画图。

想见湖山琅玉里，倪黄粉本一时铺。

冰涣龙池始泛鸥，羽衣闲映雪波流。

如天上坐供宸赏，万朵瑶华舞御舟。

**自注**

"如天上坐"御舟名也。

**出处**

［清］彭瑞毓《赐龙堂诗稿》卷一（清同治十年戎州刻本）。

### 昆明晓泛

鹜望霏微雪未停，烟含远树一条青。

云如泼墨非渲染，山出奇峰入杳冥。

即景招吟来右苑，凌晨荡桨畅中泠。

宣官问政时虞怠，玩物吾惟古训聆。

咸丰印玺：咸丰（咸豐）

清文宗御笔

### 出处

《清文宗御制诗集》卷七（故宫珍本丛刊，海南出版社 2000 年版）。

## 附录1

### 恭和御制《昆明晓泛》元韵 二月二十五日
**彭瑞毓**

龙舻不共湿云停，稳泛中流镜影青。
千尺灵泉开潆荡，三霄瑞玉绕空冥。
松冈枕秀延朝爽，麦陇含腴望晓泠。
更喜宵来春雨渥，祈年天语记曾聆。

### 自注

御舟名平安舻。恭本御制诗题尚冀春雨继沾以益二麦句意。

**出处**

［清］彭瑞毓《赐龙堂诗稿》卷一（清同治十年戎州刻本）。

## 皇长子周岁之喜有作

玉律春三候，良辰庆始周。波澄绵燕翼，星朗迓鸿庥。

敛福一维寿，延祺九作畴。躬膺天祖贶，进德尚难酬。

**出处**

《清文宗御制诗集》卷七（故宫珍本丛刊，海南出版社2000年版）。

## 清漪园即景

平铺万顷碧波光，隐泛轻舲晓气凉。

指点灵奇标胜处，涵虚堂峙水中央。

**出处**

《清文宗御制诗集》卷七（故宫珍本丛刊，海南出版社2000年版）。

治身勤四治教子最三遷
樂易斯常壽令閫乃大年
對坩曾署潔畫荻舊稱賢
彤箋芳覣氐千秋耀簡編

# 清德宗光绪皇帝湖山诗文

## 作者简介

清德宗光绪皇帝爱新觉罗·载湉（1871—1908年），清朝第十一位皇帝，定都北京后的第九位皇帝。父亲醇亲王奕譞，生母叶赫那拉·婉贞，慈禧皇太后亲妹。年号光绪，在位34年。

同治十三年十二月（1875年1月），4岁的载湉被两宫皇太后立为帝，由慈安、慈禧两宫太后垂帘听政。光绪七年（1881年）慈安太后崩逝后，由慈禧太后一人垂帘。光绪十五年（1889年），载湉亲政，实际大权仍掌握在慈禧太后手中。

光绪二十年（1894年）发生的中日甲午战争中，光绪帝极力主战，终因朝廷腐败，以清军惨败而告终。战后光绪帝极力寻求变法维新，光绪二十四年（1898年）开始实施"戊戌变法"，然而变法仅103天便受到以慈禧太后为首保守派的反对而失败。光绪帝从此被幽禁在中南海瀛台与颐和园玉澜堂，朝政大权再次落入慈禧太后手中。光绪二十六年（1900年）八国联军逼近北京，他与慈禧太后一度出逃西安。

光绪三十四年（1908年）十月二十一日，光绪帝被毒暴崩，享年38岁，庙号德宗，谥号景皇帝，葬于清西陵之崇陵。由醇贤亲王奕譞之孙溥仪继位。

## 诗文与园林背景

光绪皇帝存世有《清德宗御制诗集》一卷、《清德宗御制文集》一卷。

光绪十四年（1888年）在清漪园废墟上建设颐和园，作为慈禧归政养老之所。因财力不足，仅修复万寿山前区域，并建设大墙围合主要水面，不得已将耕织图景区、战船坞区剥离墙外。不过功德寺、玉泉山稻田、六郎庄稻田仍归颐和园管理。光绪前期还整修了西苑三海、钓鱼台行宫，以及南苑部分园林殿堂。

光绪二十六年（1900年），八国联军入侵北京，颐和园被占领，遭到破坏。光绪二十八年（1902年）再次整修，同期还整修了长河沿岸的倚虹堂、紫竹院行宫、万寿寺等。光绪三十二年（1906年）于长河南岸乐善园旧址建立中央农事试验场，标志着中国式新型园林的出现。

清德宗便服读书像

# 光绪颐和园御制诗文及谕旨

**光绪十四年修建颐和园谕旨**

光绪十四年二月癸未。谕内阁：

朕自冲龄入承大统，仰蒙慈禧端佑康颐昭豫庄诚皇太后垂帘听政，忧勤宵旰，十有余年。中外奠安，群黎被福。上年命朕躬亲大政，仍俯鉴孺忱，特允训政之请。溯自同治以来，前后二十余年，我圣母为天下忧劳，无微不至。而万几余暇，不克稍资颐养，抚衷循省，实觉寝馈难安。

因念西苑密迩宫庭，圣祖仁皇帝曾经驻跸，殿宇尚多完整，稍加修葺，可以养性怡神。至万寿山大报恩延寿寺，为高宗纯皇帝侍奉孝圣宪皇后三次祝嘏之所。敬踵前规，尤征祥洽。其清漪园旧名，谨拟改为颐和园。殿宇一切，亦量加葺治，以备慈舆临幸。恭逢大庆之年，朕躬率群臣同申祝悃，稍尽区区尊养微忱。

吁恳再三，幸邀慈允。钦奉懿旨：

"自垂帘听政以后，夙夜祇惧，如临渊谷。今虽寰宇粗安，不遑暇逸之心，无时少弛。第念列圣敕几听政，问民疾苦，凡苑囿之设，搜狩之举，原非若前代之肆意游畋。此举为皇帝孝养所关，深宫未忍过拂。况工用所需，悉出节省羡余，未动司农正款，亦属无伤国计。但外间传闻不悉，或竟疑圆明园工程亦由此陆续兴办，则甚非深宫兢惕之本怀。

"盖以现在时势而论，固不能如雍正年间之设正朝、建公署，即使民康物阜，四海乂安，其应仰绍前猷，克光令绪者，

清德宗御笔《花鸟》

不知凡几。尤当审时度势，择要而图。深宫隐愿所存，岂在游观末节，想天下亦应共谅。惟念皇帝春秋鼎盛，此后顺亲之大，尤在勤政典学，克己爱民，不可因一意奉亲，转开逸游宴乐之渐。至中外大小臣工，尤宜忠勤共励，力戒因循浮靡积习，冀臻上理。庶不负深宫殷殷求治之苦心，实所厚望。钦此！"

清德宗御笔"芳风咏时"

朕钦承慈训，惟当祗服凛遵，不敢稍涉佚纵。诸臣亦应仰体圣慈谆勉至意，各勤职业，共赞升平。现在西苑将次告竣，谨择于四月初十日，恭奉皇太后銮舆驻跸。其一切直班守卫事宜，均照王大臣等前奏章程，敬谨办理。将此谕令知之。

**出处**

《大清德宗景皇帝实录》卷二五二（中华书局）。

### 耕织图

为政求无逸，居高在不骄。
农桑天下本，图绘仰先朝。

**出处**

《清德宗御制诗集》卷一（故宫珍本丛刊，海南出版社2000年版）。

### 西郊秋望 九月二十一日

警跸出郊垌，西山一带青。
为民观稼穑，画舫几回停。

**出处**

《清德宗御制诗集》卷一（故宫珍本丛刊，海南出版社2000年版）。

### 昆明湖阅水操　三月二十日

鸾与西出郭，桃柳正芬芳。览胜穷千里，涵虚有一堂。
风云腾虎旅，雷电助龙骧。阅武承前烈，雄图未敢忘。

**出处**

《清德宗御制诗集》卷一（故宫珍本丛刊，海南出版社2000年版）。

### 秋日诣颐和园敬赋　八月十四日

清跸出重城，秋原一望平。微波迎画舫，疏柳引前旌。
凉燠占天气，辛勤体物情。寝门欣问视，凤驾待鸡鸣。

**出处**

《清德宗御制诗集》卷一（故宫珍本丛刊，海南出版社2000年版）。

### 泛昆明湖至玉澜堂　九月初四日

气候三秋肃，湖光十里平。金牛堤畔卧，画鹢镜中行。
风软维舟稳，波澄照槛明。登高佳节近，菊酒献瑶觥。

光绪印玺：光绪御笔之宝
（光緒御筆之寶）

**出处**

《清德宗御制诗集》卷一（故宫珍本丛刊，海南出版社2000年版）。

光绪御笔之宝印纽

### 西苑观稼　四月十三日

欲识艰难业，西园偶一临。上林宜稼地，列圣重农心。
麦陇风初暖，秧畴水未深。游观余不事，切望沛甘霖。

**出处**

《清德宗御制诗集》卷一（故宫珍本丛刊，海南出版社 2000 年版）。

### 雨后望西山　六月初六日

雨过云开远见山，墙头露出翠螺鬟。
晚来一阵雷车动，又在空蒙杳霭间。

**出处**

《清德宗御制诗集》卷一（故宫珍本集刊·故宫博物院编·海南出版社）。

### 昆明池习水战　二十日

水战原非陆战同，昆明缅想汉时功。
谁知万里滇池远，却在堂阶咫尺中。

**出处**

《清德宗御制诗集》卷一（故宫珍本丛刊，海南出版社 2000 年版）。

### 再咏昆明水战　二十五日

有道惟闻守四夷，筹边端合驻雄师。
昆明池水无多地，安用区区习战为。

**出处**

《清德宗御制诗集》卷一（故宫珍本丛刊，海南出版社 2000 年版）。

光绪印玺：爱日春长
（愛日春長）

## 主要参考文献

1. ［元］虞集：《道园学古录》，民国八年上海商务印书馆四部丛刊景明景泰翻元小字刻本。

2. ［明］宋濂等：《元史》，中华书局，1976年版。

3. 李修生主编：《全元文》，凤凰出版社，2004年版。

4. 杨镰主编：《全元诗》，中华书局，2013年版。

5. ［明］宣宗朱瞻基：《大明宣宗皇帝御制集》，明内府抄本。

6. ［明］李贤等：《明一统志》，清文渊阁四库全书本。

7. ［明］顾鼎臣撰，蔡斌校：《顾鼎臣集》，上海古籍出版社，2013年版。

8. 马积高、曹大中主编：《历代词赋总汇·明代卷》（第7册），湖南文艺出版社，2014年版。

9. ［明］雷礼：《皇明大政纪》，明万历刻本。

10. ［明］沈榜：《宛署杂记》，北京古籍出版社，1980年版。

11. ［明］刘侗、［明］于奕正：《帝京景物略》，北京古籍出版社，1980年版。

12. ［清］圣祖玄烨：《圣祖仁皇帝御制文集》，清文渊阁四库全书本。

13. ［清］世宗胤禛：《世宗宪皇帝御制文集》，清文渊阁四库全书本。

14. ［清］高宗弘历：《清高宗御制诗集》，清文渊阁四库全书本。

15. ［清］高宗弘历：《清高宗御制文集》，清文渊阁四库全书本。

16. ［清］高宗弘历：《御制乐善堂全集定本》，清文渊阁四库全书本。

17. ［清］仁宗颙琰：《清仁宗御制诗集》，《清代诗文集汇编》（第460册），上海古籍出版社，2010年版。

18. ［清］宣宗旻宁：《清宣宗御制诗集》，《清代诗文集汇编》（第539册），上海古籍出版社，2010年版。

19. ［清］文宗奕詝：《清文宗御制诗集》，《清代诗文集汇编》（第718册），上海古籍出版社，2010年版。

20. ［清］德宗载湉：《清德宗御制诗集》，《清代诗文集汇编》（第

792册），上海古籍出版社，2010年版。

21. ［清］朱轼等：《清圣祖实录》，《清实录》（第4—6册），中华书局，1985年版。

22. ［清］董诰等：《清高宗实录》，《清实录》（第9—19册），中华书局，1985—1986年版。

23. ［清］戴均元等：《清仁宗实录》，《清实录》（第28—32册），中华书局，1986年版。

24. ［清］花沙纳等：《清宣宗实录》，《清实录》（第33—39册），中华书局，1986年版。

25. ［清］周祖培等：《清文宗实录》，《清实录》（第40—44册），中华书局，1986—1987年版。

26. ［清］沈桂芬等：《清穆宗实录》，《清实录》（第45—51册），中华书局，1987年版。

27. 陆润庠等：《清德宗实录》，《清实录》（第52—59册），中华书局，1987年版。

28. ［清］官修：《清朝通志》，浙江古籍出版社，1988年版。

29. 中国第一历史档案馆编：《乾隆帝起居注》，广西师范大学出版社，2022年版。

30. 经莉主编：《清内务府档案文献汇编》，全国图书馆文献缩微复制中心。

31. ［清］于敏中等编著：《日下旧闻考》，北京古籍出版社，1983年版。

32. ［清］鄂尔泰、张廷玉等编：《国朝宫史》，北京古籍出版社，1994年版。

33. 蓝德康、松冈荣志编著：《汉字海》，华语教学出版社，2018年版。

34. 冉友侨：《汉语异体字大字典》，四川辞书出版社，2019年版。

35. 罗竹风主编：《汉语大词典》，汉语大词典出版社，1997年版。

36. 李恪非主编：《汉语大字典》，四川辞书出版社、湖北辞书出版社，1996年版。

37. 丁福保编纂：《佛学大辞典》，文物出版社，1984年版。

38. 任继愈主编：《佛教大辞典》，江苏古籍出版社，2002年版。

39.故宫博物院编，郭福祥主编：《清代帝后玺印谱》，故宫出版社，2013年版。

40.侯仁之主编：《北京历史地图集·政区城市卷》，文津出版社，2013年版。

41.中国人民大学清史研究所编：《清史编年》，中国人民大学出版社，2000年版。

42.北京市社会科学研究所《北京历史纪年》编写组编：《北京历史纪年》，北京出版社，1984年版。

43.尹钧科等：《北京历史自然灾害研究》，中国环境科学出版社，1997年版。

44.于德源：《北京灾害史》，同心出版社，2008年版。

45.于德源编著：《北京历史灾荒灾害纪年》，学苑出版社，2004年版。

46.清华大学建筑学院编：《颐和园》，中国建筑工业出版社，2000年版。